Der Ariadnefaden: Ein Schwerpunkt der Ariadne-Reihe liegt auf der Suche und Förderung neuer deutschsprachiger Kriminalliteratur von Frauen. Dabei gilt unser Interesse vor allem Autorinnen, die auf unterhaltsame Art mit dem Genre experimentieren und es nutzen, um die hier und heute gültige Normalität zu hinterfragen und ihre Widersprüche aufs Korn zu nehmen.

Nora Miedlers kriminalliterarisches Debüt inszeniert zunächst eine klassische Krimi-Anordnung: den Mord im geschlossenen Setting. Wie bei Agatha Christie gibt es einen Verdächtigenkreis, der vom Rest der Welt abgeschnitten ist. Doch es sind keine gutbürgerlichen Engländer aus dem Goldenen Zeitalter zwischen den Kriegen, sondern fünf Frauen aus dem heutigen Österreich.

Warten auf Poirot spielt mit einer obskuren Opfer-Täter-Konstellation. Autorin Nora Miedler entführt uns in die Weltwahrnehmung einer Frau, die süchtig nach Illusionen ist und der das Leben bisher keinen Grund gegeben hat, aufzuwachen. Ihr heiliger Gral ist das Glücksversprechen der großen romantischen Liebe. Charlie, die Erzählerin, ist mit 28 Jahren ein nervliches Wrack. Dabei wäre sie gerne ganz normal – oder was sie dafür hält. Ihr Wunschtraum ist noch derselbe wie als Teenager: Sie sehnt sich nur nach einem erfüllten Dasein als innig geliebtes Weibchen an der Seite ihres Traummanns Marc. Dann würde sie sich gewiss nie mehr mies fühlen. Und die anderen würden auch aufhören, auf ihr herumzuhacken und sie zu belächeln.

Aber der Kurzurlaub der fünf Freundinnen auf einer Berghütte verläuft anders als geplant. Es gibt einen Schneesturm, die Handys sind tot. Geheimnisse vergiften die Stimmung. Ein Leben endet gewaltsam. Und der rettende Detektiv Poirot lässt auf sich warten …

Nora Miedler, geboren 1977 in Wien, studierte Schauspiel am Konservatorium Wien und war bis zur Geburt ihrer Tochter als Schauspielerin tätig. Neben einer Episodenrolle in *Kommissar Rex* hatte sie Engagements an etlichen Theatern in Österreich und der Schweiz (u.a. Bernharttheater Zürich, Theater Winterthur, Seefestspiele Mörbisch, Stadttheater Mödling, Theater Rabenhof, Burg Liechtenstein), sie spielte Molière und Shakespeare, Sartre, Neil Simon, Nestroy und Franz Lehar (Operette).

Nora Miedler

Warten auf Poirot

Für Silvia,
es hat mich sehr gefreut,
Dich kennenzulernen!
Alles Liebe,
Deine Nora Miedler

Ariadne Krimi 1182
Argument Verlag

Ariadne Kriminalromane
Herausgegeben von Else Laudan
www.ariadnekrimis.de

Lektorat: Ulrike Wand und Else Laudan

Deutsche Originalausgabe

Glashüttenstraße 28, 20357 Hamburg
Telefon 040/4018000 – Fax 040/40180020
www.argument.de
Umschlaggestaltung: Martin Grundmann, Hamburg
Satz: Iris Konopik
Druck und Bindung: CPI Moravia Books, Pohorelice,
Printed in Czech Republic
Gedruckt auf säure- und chlorfreiem Papier
ISBN: 978-3-86754-182-4
Erste Auflage 2009

1

Die Idee, Rita zu töten, kam mir das erste Mal an Heiligabend. Ich stand im Haus meiner Eltern vor dem kleinen Badezimmerspiegel und beobachtete die Flut in meinen Augen. Sie stand bereits gefährlich hoch – knapp unterhalb der Pupillen. Wenn der Pegel die beiden schwarzen Punkte erreichte, gab es keine Möglichkeit mehr, den Dammbruch aufzuhalten. Charliemaus, heul dich aus. Ich musste zwinkern. Splisch – die Stauseen wurden zu Tränen, die über meine Wangen liefen und auf jeder Seite einen schwarzen Guss Wimperntusche mitnahmen. Vielleicht würde dasselbe mit mir passieren, wenn ich mich gegen die gelb gekachelte Wand stützte. Einfach anlehnen und hinunterrinnen …

Doch nein, ich musste da raus, musste plaudern und glucksen, denn draußen im Wohnzimmer, wo meine Familie seit geschlagenen zwanzig Minuten auf mich wartete, herrschte Weihnachten. Und war es an so einem Freudentag nicht verdammt noch mal meine töchterliche Pflicht, die Christbaumkugeln zu bestaunen, von den Keksen zu naschen und mit strahlendem Gesicht Geschenke auszupacken? Und endlich, endlich Marc aus meinem Kopf zu bekommen. Und vor allem Rita, diese Ringelnatter. Sie musste ich unbedingt loswerden! Am besten drei Spatenlängen unter die Erde als Festmahl für die Würmer, von mir aus bei lebendigem Leib.

Hoppla – wo kam dieser Gedanke plötzlich her? Normalerweise war ich nicht so makaber. Eher harmlos. Wahrscheinlich viel zu harmlos! Ich schnaufte laut und freute mich, dass es böse klang. Wie ein Bulle in der Arena, der mit dem Huf scharrt, den Kopf senkt und losstartet. Ha, da wäre Rita mal eine andere Art von Trophäe. Aufgespießt, durchbohrt, ausgelöscht. Und Marc würde zu mir zurückkommen. Vom Einfluss seiner Schwester für immer befreit.

Ein klein wenig beunruhigte er mich schon, dieser Wonneschauer, der durch meinen Körper jagte. Dennoch ließ ich es zum ersten Mal zu. Sie wissen schon: Was, wenn ich es wirklich täte? Natürlich ohne Stier, es gab da sicher praktischere Methoden.

Und warum schließlich nicht? Im Krieg und in der Liebe war doch alles erlaubt.

»Charlie! Was machst du denn so lange da drin? Wir wollen jetzt endlich den Baum anzünden.«

Bitte nur die Kerzen, Mama. »Meine Kontaktlinse war verrutscht. Bin gleich da.« Mit den Ärmeln meiner Bluse rubbelte ich mir die Wimperntusche von den Wangen. Meine Mundwinkel zwang ich nach oben. Rein mechanisches Dauerlächeln verbessert die Laune, wussten Sie das? Hatte ich mal auf einem Motivationsseminar gehört, zu dem natürlich Rita mich geschleift hatte. Heute Abend würde ich es ausprobieren. Konnte nur hoffen, dass es klappte. Schon vor meinem Badezimmerabstecher war die Sorgenfalte auf der Stirn meiner Mutter preisverdächtig gewesen. Kategorie: Beste Tragödie. Was natürlich kein Wunder war an Heiligabend. Wo doch meine Krankheit, wie es die Ärzte netterweise genannt hatten, in unser aller Erinnerung eng mit der Weihnachtszeit verbunden war. Ich stand im dunklen Flur, keine zwei Schritte vom Wohnzimmer entfernt, als mich das altbekannte Gefühl überkam. Ich widerstand dem Wunsch, die Augen zu schließen, wohl wissend, dass das meinen Zustand verschlimmern würde. Atmen, Charlie, atmen … ein … aus … ruhig, langsam … ein … aus … An der Wand suchte ich Halt. Die Raufasertapete fühlte sich angenehm vertraut an. Meine Fingerkuppen strichen auf und ab. Du bist lebendig, Charlie, alles ist gut … alles ist real …

Da war meine Mutter, sie stand fromm, anders kann ich es nicht nennen, mit der Streichholzschachtel in der Hand neben dem Weihnachtsbaum, die mittlerweile grauen Haare zu einem französischen Zopf geflochten. Ich sah Clemens, der lässig am Boden vor dem Baum lag und mit langen Fingern mit den Geschenkpäckchen hantierte. Und schließlich meinen Vater, der auf dem Sofa saß und sich unaufhörlich die Stirn rieb, als könne er durch die energische Bewegung den Heiligabend beschleunigen und die freudige Festlichkeit so schnell wie möglich hinter sich bringen.

Ganz ruhig, Charlie. Schau mal, dein Vater bekommt eine richtige Glatze. Du hast einen Glatzkopf zum Vater. Das ist völlig in Ordnung, alles ist in Ordnung.

Für Sie mag das jetzt krank klingen: eine junge Frau, die in ihrem Kopf mit sich selbst spricht, noch dazu völlig stupides Zeug. Aber glauben Sie mir, für mich ist Konzentration auf simple Dinge die einzige Chance, eben nicht wieder krank zu werden.

»Na, Schwester, zur Abwechslung mal geistesabwesend?«

Dieses Arschloch! »Weder Geist noch abwesend.« Ich ging an meinem Bruder vorbei und wollte meiner Mutter die Streichhölzer abnehmen.

»Nein, Charlie, lass das mit dem Feuer lieber mich machen.«

Was sollte das jetzt? Ich war doch keine Pyromanin! Ich sah mich nach meinem Vater um, der mittlerweile darauf konzentriert war, den Boden zu seinen Füßen zu begutachten. Natürlich keine Unterstützung von seiner Seite.

»Wann fahrt ihr denn auf diese Berghütte?«, fragte meine Mutter, während sie mit wackeligen Knien auf einen Stuhl kletterte, um an die oberen Kerzen zu gelangen. Klar, dass meine Hilfe nichts bringen würde, ich war ja nur gut einen Kopf größer als sie.

»Am neunundzwanzigsten. Also, Rita, Ingrid und ich. Sonja und Marnie sind, glaub ich, schon einen Tag vorher dort.«

»Habt ihr da oben überhaupt ein Handyempfang?«

»Ich weiß es nicht, Mama. Es sind doch nur vier Tage.«

»Vier Tage, an denen ich keine Ahnung habe, ob es dir gut geht.«

In meinem Kopf dröhnte es, und für einen Moment konnte

ich meinen Vater und sein ständiges Stirnreiben verstehen. »Ich ruf euch an, bevor ich wegfahre, und wenn ich wieder da bin, melde ich mich auch sofort.«

»Und wenn einer von euch etwas passiert?«

Ja, das wäre doch was. Rita und ich auf einem einsamen Spaziergang am schneeigen Steilhang. Ein klärendes Gespräch unter Freundinnen. Sie würde mir vielleicht endlich verraten, warum sie ihren Bruder dazu gebracht hat, mich in den Wind zu schießen, und ich hätte Gelegenheit, mich in aller Form zu rächen. Ein sauberer Stoß, und alle Wege zu Marc stünden wieder offen. Ich sah Rita bereits über dem Abgrund hängen, die zarten Finger verzweifelt am eisigen Felsen festgekrallt, die dunklen Augen flehentlich auf mich gerichtet. Obwohl meine Füße in Socken steckten, konnte ich meine schweren Bergschuhe auf Ritas klammen Händen regelrecht spüren. Ciao, ciao, schöne Rita!

»Wem winkst du?«

Was? Ich starrte meinen feixenden Bruder an, nahm seinen spöttischen Blick wahr, ballte meine Hände zu Fäusten und stach mir mit den Fingernägeln in die Handinnenflächen. Eine meiner erprobten Techniken zur Bekämpfung der aufkommenden Hysterie. Komm schon, Charlie, reiß dich zusammen.

Die Nägel immer noch ins Fleisch gebohrt, wandte ich mich abrupt dem Weihnachtsbaum zu, versuchte mich allein auf die grünen Tannennadeln zu konzentrieren, den nicht vorhandenen Duft des toten Baumes einzusaugen und die latente Panik einfach zu ignorieren.

»Ich hoffe, dass nicht du diejenige bist, die die anderen hinauffährt. Du solltest Stress meiden, Charlie.«

Gott, wie ich sie in diesem Moment hasste. Alle drei. Die Mutter, die mir nichts zutraute. Den Bruder, der, obwohl drei Jahre jünger als ich, nie zu mir aufgeschaut, mich im Gegenteil von Anfang an als minderwertig betrachtet hatte. Und meinen Vater, der zwar physisch anwesend war, aber dermaßen desinteressiert an seiner Tochter und ihrem Leben, dass ich mich, seit ich denken konnte, mit der Frage herumschlug, was ich eigentlich falsch gemacht hatte.

Ich will Sie nicht lange mit diesen Einzelheiten aufhalten. Meine Familie hat mit der Tragödie, die sich am Dachstein abgespielt hat, nichts zu tun. Doch ein kleiner Einblick ist wichtig. Damit Sie verstehen, warum ich im weiteren Verlauf auf diese und jene Weise gehandelt habe. Will ich so etwas wie Absolution von Ihnen? Könnte sein.

»Rita fährt uns rauf.«

»Auch das noch. Mir wird immer noch übel, wenn ich nur daran denke, wie sie Papa und mich vorigen Sommer zum Flughafen mitgenommen hat.«

»Ja, das Mädel ist eine Pracht.«

Natürlich. Das war der erste Satz, den mein Vater in der letzten halben Stunde von sich gegeben hatte. Was war das nur mit Rita? Sobald auch nur ihr Name erwähnt wurde, bekamen Männer diesen hirnlosen Ausdruck. Die Kinnlade kippte bis zur Brust hinunter, und wahrscheinlich hätte man jedem einzelnen von ihnen gratulieren müssen, dass er es schaffte, das Sabbern unter Kontrolle zu halten. Aber warum? An Ritas Puppengröße von einem Meter achtundfünfzig konnte es doch nicht liegen, oder? Genauso wenig wie an ihrer enervierend lauten Stimme. Vielleicht ja weil sie nie um eine Antwort verlegen war. Sprechpüppchen mit Brüsten. Schon damals in der Schule hatten sich die pubertierenden Pickelgesichter um sie gerissen. Und natürlich um Marnie. Wir drei Übrigen waren seit jeher durch den Liebesrost gefallen. Obwohl nein, das stimmt natürlich nicht. Christoph hatte immer nur Augen für Sonja. Herzig, so eine Schülerliebe, die in eine Ehe mit drei Kindern mündet, oder? Erster Kuss, erste Liebe, erstes Mal – bis dass der Tod euch scheidet. Schon gut, natürlich bin ich ein bisschen neidisch. Immerhin hatte ich Marc ja auch schon zu Schulzeiten gekannt und mir mit ihm ein ähnliches Schicksal gewünscht.

Eigentlich lachhaft, wenn ich heute daran denke, wie lange ich auf seine Aufmerksamkeit warten musste. Beinahe zwei Jahrzehnte waren es.

Bis zu einem Nachmittag vor drei Wochen. Im *Rima*. Die Mittagsgäste waren längst weg, der Abendansturm ließ noch auf sich warten. Ich saß an der Bar, die Hände ineinandergefaltet, damit das Zittern nicht so auffiel, und hinter der Theke stand mein Leben und polierte Gläser.

»Hi, Charlie … Na? Heute ganz ohne Freundinnen unterwegs?«

»Ähm ja, ich versuch mir ein letztes bisschen Autonomie zu bewahren.« Hilfe, was red ich da für einen verkrampften Scheiß … aber er lächelt, oh Gott, und wie er lächelt …

»Was darf ich dir mixen?«

Was? Ach ja, Scheiße … ich darf nicht zu schnell betrunken werden, was nehm ich? »Überrasch mich.« Das ist immer gut, den Ball zurückspielen …

»Hmm, wie wär's mit einem Lumumba Speciale? Rum in flüssiger Schokolade. Passt zu deinen Augen, Charlie …«

Gott … cool bleiben, erst mal hinsetzen – oh nein! Verdammt, dieser scheiß Lederhocker! Jetzt glaubt er, ich hab gefurzt!

Er grinst. Ich grinse zurück. Was jetzt? Wir werden doch nicht wegen so etwas Kindischem … er lacht! Ich lache auch – und dieses dämliche Leder quietscht bei jeder Bewegung mit.

Nicht heulen beim Lachen, Charlie. Nicht grunzen!

Er grunzt. Und ihm rinnen Tränen über die Wangen.

Aua, mein Bauch sticht. Die Wimperntusche brennt in den Augen …

Er räuspert sich – und kommt nach vorne zu mir. »So, jetzt befreie ich dich von dem Ding. Der Hocker gehört eindeutig aus dem Verkehr gezogen.«

Was macht er? Er hebt mich runter … er ist so nah …

Ein bisschen seltsam war es schon. Bis zu diesem Gespräch im *Rima* hatte er noch nie mit mir geflirtet. Natürlich habe ich immer darauf gehofft, aber in meinen Träumen war da stets ein essenzieller Auslöser für Marcs Interesse an mir. Eine Geiselhaft, beispielsweise. Marc und ich von unseren Entführern aneinandergekettet. Oder ein Bergunfall, der uns wochenlang in einer eisigen Gletscherspalte festhält, in der die simple Überlebensstrategie lautet: ausziehen und gegenseitig warm halten. Irgendetwas Romantisches eben.

Und doch gaben mir die drei folgenden Tage und Nächte eine gewisse Sicherheit. Diese Zuvorkommenheit, seine ständige Besorgnis, es könnte mir zu schnell gehen – in Wirklichkeit natürlich ein großer Witz, es konnte mir gar nicht schnell genug gehen. Seine Versicherungen, dass er mich *auf jeden Fall* immer schon gemocht hätte, ich aber durch die Freundschaft mit Rita fast so etwas wie eine zweite kleine Schwester gewesen wäre.

Um ehrlich zu sein, wollte ich da gar nicht genauer nachfragen. Schließlich sollte er sich nicht gleich zu Beginn unserer Liaison mit Kindereien herumärgern müssen. Die anfängliche Verliebtheitsphase, die ja bekanntermaßen von allen Beziehungsstufen die aufregendste ist, sollte nicht durch charliesche Unsicherheit zerstört werden. Und außerdem, mal ganz ehrlich – was, wenn er gesagt hätte, dass er mich früher einfach uninteressant fand?

Dass ich an eine gemeinsame Zukunft glaubte, war nach all den Jahren des Träumens ohnehin klar. Wer gerne Luftschlösser baut, ist auch bereit, darin zu wohnen. Oh, und das war ich. Mit wehenden Fahnen war ich einmarschiert. Und mit einem zweiminütigen Telefongespräch wurde ich hinauskatapultiert.

»Was waren die letzten Tage dann für dich? Nur ein Spiel?«

»Nein. Ach, Charlie, es tut mir so leid. Ich muss einige Sachen klären –«

»Verstehe.«

»Nein, tust du nicht. Es – es ist nichts Privates. Es geht ums Rima. *Dezember ist sowieso immer ein harter Monat für uns. Und jetzt hat Raoul uns eröffnet, dass er nach Frankreich zurückgeht – und so kurz vor Weihnachten einen guten, erfahrenen Koch zu finden, ist faktisch unmöglich. Gestern ist auch noch Geld aus der Kasse verschwunden. Ich weiß zurzeit echt nicht, wo mir der Kopf steht.«*

»Ich möchte dir helfen.«

»Charlie, nein. Wir würden uns nie verzeihen, wenn du damit belastet –«

»Wir?«

»Rita macht sich ständig Sorgen um dich. Ich hab ja nicht gewusst, dass du noch diese Anfälle hast. Ich mag dich. Ich mag dich sehr. Das weißt du. Darum glaube ich, dass es das Beste für dich ist, wenn wir uns eine Weile nicht sehen.«

»Das Beste für mich?«

»Rita kennt dich so gut. Und sie ist derselben Meinung.«

Okay, ich weiß, wir alle verlieren geliebte Menschen, und manche auf viel tragischere Weise. Ich will hier niemanden vor den Kopf stoßen und mein Schicksal als das schlimmste darstellen, aber dieser Mann war der Dreh- und Angelpunkt meines Lebens. Verstehen Sie? Für mich gab es einfach nichts anderes.

Und das war nur die eine Seite der Medaille. Die Seite, die Marc betraf. Aber haben Sie auch die Raffinesse meiner guten Freundin Rita erkannt? Sie nannte meine Panikattacken »Anfälle«. Macht einem Mann nicht übermäßig Lust, gleich den Verlobungsring hervorzuziehen, oder?

»Charlie, du musst jetzt endlich deine Geschenke auspacken.«

»Ja, Mama.« Zurück in den Kreis meiner Lieben. Das beigebraune Wohnzimmer meiner Eltern. Links von mir meine Mutter, rechts von mir Clemens. Auf dem Sofa das wortkarge Oberhaupt. Ich griff nach dem erstbesten Paket. »Wow, ist der schön«, log ich, als ich einen fliederfarbenen Skipullover herauszog.

»Damit du es auch warm hast auf der Hütte«, sagte meine Mutter strahlend, nicht ohne gleich wieder ihre berühmte Sorgenfalte aufzusetzen. »Eine Lungenentzündung ist ja nicht auszuschließen, bei eurem Vorhaben.«

»Ja, Mama«, sagte ich und versuchte es den Rest des Abends mit Dauergrinsen.

2

»Hi, du, nicht leicht, dich zu erreichen heute … am Handy wollt ich dich nicht stören … feierst sicher brav bei deinen Eltern, oder? Wie auch immer, schöne Weihnachten.«

Trotz Handy und ständiger Erreichbarkeit hatte ich nach wie vor meinen Anrufbeantworter zu Hause. Er war alt, gab jedem Ton einen blechernen Klang, doch auch der konnte das Lallen in Marnies Stimme nicht überdecken. Wann war sie das letzte Mal nüchtern gewesen? Also, Charlie, wie wär' s wenn du dich zur Abwechslung mal um andere kümmerst? Das süße Bad im Selbstmitleid rinnt dir sicher nicht davon. Haha. Ich hasste mein Leben.

Marnie schaffte es, beim ersten Läuten abzuheben. »Hi, Charlie, wie geht's dir?«, kam es gepresst aus dem Hörer.

»Gut, und dir?«, antwortete ich mechanisch, während ich auszuloten versuchte, in welchem Stadium sie sich befand.

»Weißt du eigentlich, wie hübsch du bist?«

Okay, klarer Fall, Marnie war voll.

»Wirklich, ich hab heute viel an dich gedacht. Du bist mein

unbehandelter Diamant, der von Jahr zu Jahr ein Stückchen mehr geschliffen wird.«

Ich verdrehte die Augen. War das pathetisch! Trotzdem freute ich mich. Okay, sie war nicht ganz nüchtern, aber *in vino veritas*, oder? Bevor ich antworten konnte, redete sie schon weiter, doch ich bekam kaum etwas davon mit, da ich meine Erscheinung im Spiegel einer strengen Prüfung unterzog. Der schwarze Telefonhörer an meinem Ohr war noch das Eleganteste, was ich zu sehen bekam. Ansonsten gab es ein blasses, schlecht geschminktes Gesicht mit spitzer Nase und rotgeränderten Augen. Und diese Haare – ich hasse meine Haare. Wie herrlich mein Leben wäre, wenn ich Marnies Aussehen hätte. Den Namen trug sie zu Recht. Sie sah aus wie ein Abbild von Tippi Hedren in Hitchcocks berühmtem Thriller, mit dem einzigen Unterschied, dass unsere Marnie vor offensichtlichem Sex-Appeal förmlich triefte. Ich stellte mir vor, wie sie jetzt rauchend mit einem Glas Wodka neben sich – oder trank sie aus der Flasche, wenn sie alleine war? – auf dem Fußboden ihrer Innenstadtwohnung saß, bekleidet mit einem ihrer raffinierten Einteiler aus Leder – oder sogar nackt?

»… ausgerechnet den Bruder von dieser falschen Schlange angeln willst«, riss sie mich aus meinen Gedanken.

Was hatte sie gesagt? »Meinst du Rita?«, fragte ich mit klopfendem Herzen und quetschte den Hörer, bis mir der Handballen wehtat.

»Natürlich meine ich Rita. Sie hat etwas geschafft, worauf die meisten scharf sind. Die anderen wie Dreck behandeln und trotzdem vergöttert werden. Sieh der Tatsache ins Auge, Charlie. Sie wird dir Marc nie gönnen.«

»Warum nicht?« Mein Herz raste.

Keine Antwort. Nur das Klicken des Feuerzeugs am anderen Ende der Leitung.

»Marnie, hör zu. Wenn du irgendetwas weißt, dann musst du es mir sagen.«

Ein Seufzer, der bis an die Stadtgrenze zu hören war, dann: »Ich weiß, dass ihr euch in was verrannt habt, das es schon seit Anbeginn der Menschheit gibt. Und so dämlich, wie der angebliche Homo sapiens ist, werden diese Spielchen erst mit ihm gemeinsam aussterben. Vergiss den alten Schleimer Marc. Du kriegst ihn nicht.«

Das war doch zum Verrücktwerden! »Ach ja? Und wenn ich dir jetzt sage, dass ich ihn bereits hatte? Dass er mich vor drei Wochen nächtelang nicht aus seinem Bett lassen wollte? Bis er mich auf einmal fallengelassen hat, und Rita mir ganz wichtig gesteckt hat, dass sie dafür verantwortlich war, selbstverständlich nur zu unserem Besten!« Der Salzseepegel in meinen Augen wanderte bereits nach oben, und diesmal versuchte ich erst gar nicht, die Tränen am Runterlaufen zu hindern. Rita war doch tatsächlich noch stolz auf ihre Einmischung gewesen. Und ich – ich hatte neben ihr gesessen, dermaßen beschäftigt damit, der nächsten Panikattacke auszuweichen, dass ich es nicht einmal geschafft hatte, eine plausible Erklärung von ihr zu verlangen.

In mein Schluchzen hinein klang Marnies raue Stimme: »Kleiner Dummkopf, da hast du dich auf sehr gefährliches Terrain begeben. Rita ist dir über.«

»Himmel, Marnie, fang du nicht auch noch an. Ich bitte dich noch einmal: Sei nicht so scheißkryptisch und sag mir endlich, was du weißt!« Ich brüllte so laut, dass ich erstens augenblicklich ein Kratzen im Hals verspürte und zweitens von unten an meinen Fußboden geklopft wurde und die Worte »Weihnachten« und »Ruhe« durch das Haus hallten. »Scheiß Gemeindebau!«, brüllte ich zurück und zischte dann ins Telefon: »Marnie, bitte, ich bin kurz vorm Durchdrehen. Rede endlich!«

Ihr Zögern war so plastisch, ich hätte es greifen und im Klo runterspülen können. Endlich meinte sie: »Hör mal, vergiss, was ich gesagt hab. Ich bin besoffen, okay? Ich wünsch dir einfach schöne Weihnachten und … Charlie …«

»Ja?«

»Du hast was Besseres verdient als jemanden aus der Familie Juanez.«

Es knackte in der Leitung. Sie hatte aufgelegt.

»Frohe Weihnachten, Marnie«, flüsterte ich und wusste sofort, dass mein Tonfall lächerlich dramatisch war.

Marnie. Trotz ihrer zynischen Weltsicht war sie der Grund, warum ich überhaupt zugesagt hatte, auf diese Berghütte mitzukommen. In ihrer Nähe war es unwichtig, was andere von uns dachten. Marnie scherte sich so was von überhaupt nicht um die Meinung anderer, und ihre Unbekümmertheit machte ihre bloße Anwesenheit für mich jedes Mal zu einem Ereignis. Auch wenn ich sie in diesem Moment am liebsten erwürgt hätte. Vielleicht sollte ich mir langsam eine Liste meiner Mordopfer machen.

Mit den Stiefeln an den Füßen schlurfte ich in mein kleines Wohnzimmer, warf mich auf meine kleine Couch und schaltete mit der stets griffbereiten Fernsteuerung meinen – erraten – kleinen Fernseher ein. Entgegen der allgemeinen Meinung tut mir Fernsehen gut. Wenn ich die fiktiven Probleme der Menschen betrachte, die sich auf dem Bildschirm tummeln, kann ich mir einreden, dass es mir zumindest besser geht als den meisten von ihnen. Nur leider ist Weihnachten ein schlechter Zeitpunkt für Tragödien. Sämtliche Sender gaukelten mir fromme Wünsche, heilige Wunder und Familienschmus vor.

Zum Kotzen.

Aber es lenkte mich ab.

Wovon?

Vom Nachdenken.

Früher, vor dem »mörderischen Bergdrama«, wie es die Zeitungen effektvoll titulierten, habe ich ständig an Marc gedacht. Von früh bis spät, so lange, bis ich Kopfschmerzen hatte. Sie werden jetzt vielleicht sagen, aha, und warum hast du dich nur mit ihm beschäftigt? Natürlich um nicht über dich selbst nachdenken zu müssen! Und wissen Sie was? Ich glaube das auch.

In der Glotze umarmte ein tränenüberströmter Junge seinen amerikanischen Super-Dad. Und in meinem Magen meldeten sich Teile der Weihnachtsgans, die zurück in die Freiheit wollten.

Etwas piepte. Schlaftrunken richtete ich mich auf, erkannte die Zahlen 4 und 19 auf meinem Radiowecker, erinnerte mich, dass wir den 25. Dezember hatten, an dem ich nicht arbeiten musste, und wusste, dass mich irgendein anderes Geräusch geweckt hatte. Da piepte es wieder. Mein Handy! Jemand hatte mir eine Nachricht geschickt. Ich stürzte aus dem Bett, suchte fieberhaft in meinem Rucksack und flüsterte immer wieder: »Bitte, Marc, bitte, Marc, bittebitte, Marc …« Ich hielt mir das Display vor die Nase und kniff die Augen zusammen. Tatsächlich, eine SMS von Marc! Ich konnte mein Glück gar nicht fassen, konnte mein verklärtes Lächeln regelrecht spüren, während ich dastand und die verschwommenen Buchstaben las: *Hey, Charlie – tut mir leid, dass ich dich so verletzen musste – hoffe, wir beide haben noch eine Chance – würde mich über einen Neubeginn sehr freuen – deine Freundin Rita.*

Was? Ich schnappte mir meine Brille vom Nachtkästchen. Dann las ich das Ganze noch mal. Und dann noch mal. Das war der Gipfel der Dreistigkeit! Wie eine Furie begann ich in meinem winzigen Schlafzimmer auf und ab zu rennen. Wilde Gedanken jagten durch meinen Kopf. Rita war so gut wie tot! Ich würde sie auf der beschissenen Hütte in den Schornstein stopfen und dann den Kamin anzünden. Ich würde sie mit dem Kopf nach unten auf ihre verdammten Designerski schnallen und den Berg hinunterjagen. Was dachte sie sich eigentlich? Nicht genug, dass sie mich mitten in der Nacht aufweckte mit ihrer hirnverbrannten SMS, schickte sie sie noch dazu vom

Handy ihres Bruders. Das zeugte nicht einfach von Dummheit oder Taktlosigkeit, das war Berechnung und Gemeinheit. Ich stob in die Küche, füllte mit zitternden Händen Wasser und Kaffeepulver in meine Espressomaschine und malträtierte mit der Faust den Einschaltknopf. Dabei stellte ich mir vor, wie ich Rita mit einem einzigen Schlag zwischen die Augen k.o. schlagen würde. Für immer. Und ewig.

Ich hatte mich nie für eine potenzielle Mörderin gehalten. Doch als ich jetzt meine Stirn gegen die kalte Scheibe des Küchenfensters drückte und in die verschneite Finsternis hinausstarrte, da wurde mir klar, dass ich bisher einfach keinen Grund gehabt hatte, jemanden zu töten.

3

Vier Tage später saß ich auf dem Rücksitz in Ritas Lexus, im Gepäck zwar kein Mordwerkzeug, doch den Kopf voller böser Gedanken.

Ich hatte zerknirschte Blicke von Rita erwartet, vielleicht auch eine persönliche Entschuldigung, nachdem ich die per SMS verfasste völlig ignoriert hatte, aber Rita tat wieder einmal das, was sie am besten konnte: so tun, als wäre nichts gewesen. Sie hatte mich mit den üblichen zwei Küsschen auf beide Wangen begrüßt und mich angewiesen, meine Tasche mit auf den Rücksitz zu nehmen, da der Kofferraum schon mit Lebensmitteln und Getränken beladen war.

Da saß ich also, eingeklemmt zwischen Gepäckstücken, und durfte dem sinnigen Geschnatter von Ingrid und Rita lauschen. Wer mit wem und warum und seit wann und wie lange noch … talata talata talata. Seit Rita im Teenageralter das erste Mal die verführerische Luft des VIP-Bereichs geschnuppert hatte, war sie der High Society verfallen. Und umgekehrt. Rita war der perfekte Aufputz für jede Veranstaltung. »Ich mach das nur fürs *Rima*«, stöhnte sie gelegentlich, aber natürlich genoss sie den Trubel um ihre Person. Hie und da nahm sie eine von uns zu solchen Partys mit. Ich stand dann meist graumäusig in einer Ecke und versuchte auch »Talata talata« zu machen. Gestottert klang das leider nicht so gut. Ich wäre ja gerne mal Gegenstand einer Wer-mit-wem-Diskussion gewesen. Konnte überhaupt nicht verstehen, warum die meisten Frauen sich dadurch beleidigt fühlten. Immerhin gestand man ihnen ein Liebesleben zu. Na ja, neben Rita zog wohl Marnie den größten Nutzen aus den Protzpartys. Zumindest hatte sie einmal im Suff behauptet, es wäre ein fruchtbarer, gut befeuchteter Nährboden für künftige Kundschaft. Wer weiß. Ich konnte ja nicht mal sagen, ob sie uns mit der ganzen Nuttengeschichte nur aufzog oder nicht. Ich glaube, das Image gefiel ihr ganz gut.

Jazzige Klänge erfüllten das Auto. Rita summte mit. Sie hatte eine großartige Gesangsstimme. Gott, aber was an dieser Frau war nicht großartig?

»Rita, können wir bei der nächsten Gelegenheit kurz anhalten?«

»Warum?«

Warum wohl! »Ich muss mal«, sagte ich laut.

Rita schüttelte den Kopf. Doch immerhin hielt sie an. Auf einem Parkplatz, auf dem sich nichts weiter als ein quadratischer Betonklotz befand. Und darin eine Muschel ohne Klobrille und ein Pissoir, bei dem schon längst der Abfluss versagt hatte. Und da schwamm nicht nur Gelbes drin. Ich würgte und rannte zum Auto zurück. Mit einem Ruck öffnete ich die Beifahrertür. »Hat eine von euch ein Taschentuch?«

»Hast du keine mit?«, fragte Ingrid mit hochgezogener Augenbraue. Sie beherrschte das meisterhaft. Die rechte Augenbraue wanderte bis zum Haaransatz hoch, während die linke ungerührt an ihrem angestammten Platz die Stellung hielt.

Ich war dem Explodieren nahe. Und hatte zudem den Verdacht, dass die beiden genau das wollten. Ich riss Ingrid das Taschentuch, das sie mir gnädig entgegenhielt, aus der Hand und stürmte davon. Ein einziges! Diese vermaledeite Kuh! Es war doch klar, dass man auf der versifften Autobahntoilette mit einem einzigen Taschentuch nicht weit kam. Im Geiste hörte ich schon ihr Gegenargument: »Du hast um *eines* gebeten. Du hättest jederzeit auch noch mehr haben können.«

Ich hockte mich über die Muschel, verfluchte mein Dasein als Frau und – hatte eine Klosperre. Ich hasse dich, knurrte ich mich selbst an. Komm schon, Charlie, sei nicht so ein Baby. Du bist sogar zu blöd zum Pinkeln.

Wieder so ein Leiden, von dem ich nicht weiß, ob ich damit alleine auf der Welt bin. Sobald ich mich hetzen muss oder andere auf mich warten, ist es aus. Ich will Ihnen die näheren Einzelheiten ersparen; nur so viel sei gesagt, jeder kleine Tropfen in meiner Blase blieb an seinem Platz – verdammt!

Nach etwa acht Minuten trat ich den Rückzug an. Den lachenden Kommentar der beiden, dass es wohl eine schöne Sitzung gewesen sein musste, ertrug ich mit einem gepressten Grinsen.

Ihr seid wirklich nur in niedrigsten Dosen zu genießen, ihr Tussis.

Ich meinte einen nahenden Migräneschub zu verspüren. Missmutig rieb ich mir die Augen, bis mir meine Wimperntusche einfiel. Scheiße, auch das noch. Ich hatte absolut keine Lust, Ingrid oder Rita erneut nach einem Taschentuch zu fragen. Ich selbst hatte so etwas natürlich nie dabei. Genauso wenig wie einen Spiegel, eine Nagelfeile, einen Kugelschreiber, Kopfwehtabletten, Tampons und was die moderne Frau sonst noch für den Notfall mit sich führen sollte. Also wischte ich mir mit den Fingerspitzen um die Augen herum und fragte mich resigniert, warum ich mich überhaupt geschminkt hatte. Ich werde wieder damit aufhören, beschloss ich. Brachte sowieso nichts.

»Charles, schnall dich bitte an. Sonst darf ich eine Menge Geld hinblättern, wenn wir kontrolliert werden. He, und die Tür ist auch nicht ganz zu, das Licht brennt noch.«

Ich betrachtete meine schwarz verschmierten Finger und spielte kurz mit dem Gedanken, sie an der weißen Ledergarnitur des Lexus abzuwischen. Dann legte ich mir pedantisch langsam den Gurt an. Ich stieß die Autotür auf und knallte sie so fest zu, dass der Wagen wackelte. Und es war ein wirklich schöner Wagen. Ganz die Besitzerin: edel, kurvig, ein wenig protzig und perfekt. Ich passte so überhaupt nicht hinein. Meine Jeans war schmutzig, der dunkelblaue Parka wies einen langen Riss unter der Achsel auf, und ich musste feststellen, dass ich durch die Jacke hindurch meinen Schweiß riechen konnte. Eine Folge des übermäßigen Kaffeegenusses, den ich trotz aller stinkenden Nebenwirkungen nicht abstellen konnte. Doch irgendein Laster braucht der Mensch, ist es nicht so? Besser Kaffee trinken als Leute abmurksen.

»Na, was macht denn unser Träumerlein auf der Rückbank? Schaust aus, als würden dir gerade die schönsten Schweinereien durch den Kopf gehen!« Sprach's, gluckste und wurde in meinen Gedanken dann doch wieder einen Kopf kürzer gemacht. Ingrid auf dem Beifahrersitz belohnte Ritas herausragenden Scherz mit dem üblichen Gegacker. Sollte ich Rita jemals umbringen, könnte ich vielleicht Ingrid den Mord anhängen. Zwei Fliegen mit einer Klappe. Ein schöner Gedanke.

Doch Magistra Juris würde nicht viele Probleme haben, sich aus der Affäre zu ziehen. Du wirst auch immer nerviger, dachte ich und schloss die Augen, um Ingrid nicht allzu auffällig meinen Zorn in den Nacken zu bohren. Sie war immer diejenige gewesen, in die ich mich am schlechtesten hineindenken konnte. Sowohl ihr Überehrgeiz als auch ihre strenge Selbstdisziplin waren Eigenschaften, die mir vollkommen fremd waren. Leider. Aber trotzdem, Ingrid hatte ich schon als Zehnjährige zu kalt gefunden. Ihr wäre echt kein Zacken aus der Krone gefallen, wenn sie mich einmal die Hausaufgaben hätte abschreiben lassen. Oder mir bei der Geschichtsprüfung souffliert hätte.

Ich glaube, die Einzige, die von Ingrid wirklich respektiert und für voll genommen wurde, war Rita.

Ich hielt die Augen weiter geschlossen, in der festen Absicht, nicht aus dem Fenster zu blicken und mir die »megamäßige Schneelandschaft« anzusehen, die von Rita soeben hoch gepriesen wurde. Ich grinste in mich hinein, als ich Ingrids schroffes »Mmhm« auf dieses Hohelied an die Natur hörte. Das war ein Zug an ihr, der mir äußerst sympathisch war: Sie teilte mein Desinteresse an allem, was die frische Luft für uns bereithielt. Ich weiß schon, die Natur ist heilig und unser höchstes Gut, Gottes Gabe an die Menschheit, yippie yei yo. Und naturgemäß wäre mein Naturell *natürlich* von Natur aus ein glücklicheres, würde ich mich bemühen, im Einklang mit Mutter Erde zu leben. Hey, ich bin sicher keine Umweltverschmutzerin oder so, aber was soll ich sagen? Ein prachtvoller Sonnenuntergang, das Rauschen der Wellen, Schmetterlinge, die sich auf Wiesenblumen niederlassen, all das, was den meisten Menschen das Herz höher schlagen lässt: Ich bemerke diese Dinge gar nicht.

Dramen, am besten Tragödien, bei denen man ganze Leintücher zum Tränentrocknen braucht, egal ob in Buch- oder Filmform – das ist meine Welt. Alles, was mich mit meinem kleinen, unbedeutenden und unerfüllten Leben ein bisschen versöhnt.

In der nächsten Sekunde wurde ich gegen den Gurt geschleudert. Die Reifen quietschten. Ich glaube, sogar Ingrid schrie auf.

»Hab ich ihn erwischt?«, rief Rita.

Mein Herz klopfte hart gegen den Rippenbogen. Rechts von uns sah ich etwas winziges Braunes im Schnee verschwinden.

Ingrid ließ ihr Fenster herunter. »Operation geglückt, Hase lebt«, sagte sie.

Rita fuhr das Auto an den Straßenrand und stellte den Motor ab. »Kinder, wir haben ein Leben gerettet. Unter Einsatz unseres Lebens.«

Das war natürlich ein Scherz, doch mir schoss das Blut in den Kopf. Wie ein kleines Kind hatte ich ans Angurten erinnert werden müssen. Angenommen, ich hätte es nicht getan?

»Hätte aber auch ein hervorragendes Abendessen abgegeben«, meinte Ingrid lakonisch. Ich musste kichern.

Rita drehte sich zu mir nach hinten und prustete ebenfalls los: »Hase de la rue, serviert sur le mont.« Sie stieß die Tür auf und erklärte: »Jetzt brauch ich eine Tschik.« Damit stieg sie aus dem Wagen.

Ich blieb sitzen. Ingrid auch. Die kalte Luft, die durch das Fenster hereinströmte, ließ die Scheiben in Sekundenschnelle anlaufen. Nachdem Rita den ersten Zug von ihrer Zigarette genommen hatte, winkte sie uns zu.

Ingrid schnallte sich ab und beugte sich nach vorne. Mit ausgestrecktem Finger schrieb sie »SÜCHTLERIN« auf die beschlagene Windschutzscheibe.

Rita streckte den Kopf wie eine Schildkröte vor und runzelte die Stirn. Es kostete sie sichtlich Mühe, die Buchstaben verkehrt herum zu lesen.

»Ich bin gespannt, wann sie das Rauchen endlich aufgibt«, sagte Ingrid.

»Hmm«, machte ich.

»Spätestens, wenn sie merkt, dass sie Falten davon kriegt«, fuhr Ingrid fort. Aus ihrem Mund klang das beinahe liebevoll.

Ich starrte auf Ingrids Hals, der zwischen Sitz und Nackenstütze hervorlugte, und grinste. Da waren auch schon die ersten Falten zu sehen. Obwohl der heftige Schneefall das Licht im Auto bereits erheblich dämpfte. Rita da draußen war durch die Flocken kaum noch zu erkennen.

Ich kniff die Augen zusammen. Das Weiß auf der Windschutzscheibe hatte einen Riss bekommen. Verantwortlich zeigte sich

Ritas lederbehandschuhter Zeigefinger, der die Antwort auf Ingrids Kritik gab. Schön brav spiegelverkehrt, sodass wir kein Problem hatten, sie zu lesen, malte sie die Worte: »SÜCHTIG NACH LIEBE« in die dünne Schneeschicht. Anschließend öffnete sie die Tür und ließ sich auf den Fahrersitz fallen. Ingrid drehte sich zu mir nach hinten und tippte sich an die Stirn. Dann lächelte sie mir zu. Ich nickte zurück. Freundschaft auf ewig. Das hatten wir fünf uns als Kinder geschworen.

Zweite Klasse Gymnasium. Irgendeine von uns hatte Stephen Kings *Es* gelesen und uns anderen haarklein Bericht erstattet. Wir hatten uns daraufhin eingebildet, ebenfalls etwas Edles und vor allem Mutiges vollbringen zu müssen. Nachdem es uns, anders als den Kindern in Maine, nicht vergönnt war, in die Kanalisation abzusteigen, hatten wir unser Schulgebäude zum Abenteuerszenario erklärt. In den Ferien, wenn die Schule geschlossen war, frequentierten wir sie regelmäßiger als manch anderer unterm Jahr. Wir stiegen durch schlecht geschlossene Fenster ein – oh, und einmal konnten wir sogar das Schloss einer Seitentüre knacken. Dann suchten wir in den Innereien des verhassten Hauses nach verschwundenen Kindern, gegeißelten Lehrern oder sonst irgendetwas Aufregendem. Natürlich fanden wir nichts dergleichen, also mussten wir uns damit zufrieden geben, allerlei kleinen Unfug zu treiben. Zum Beispiel schweinische Ausdrücke auf die Tafeln zu kritzeln. Die Fenster mit Zeitungspapier zu verkleben. An den Waschbecken in der Jungentoilette die Kaltwasser- mit den Heißwasserhähnen zu vertauschen. Einmal wollten Rita und ich alle Wasserhähne aufdrehen, um die Schule zu überschwemmen, aber Sonja hielt uns davon ab. Mit Wasser spielt man nicht, erklärte sie, wenn gleichzeitig die Menschen in Afrika vor Durst umkommen. Und dann sang sie uns ein Lied vor. Über einen Buben im Kongo, der sich aufmacht, um für seine Familie eine Quelle zu finden. Ich werde das nie vergessen. So war Sonja: geboren, um zu helfen. Um sich Gedanken zu machen über Dinge wie

Hungersnot, Weltfrieden und Kampf gegen die Globalisierung. Auch die Ozonschicht und diverse Tierschutzangelegenheiten hatte sie im Repertoire. Sie dürfen das jetzt nicht falsch verstehen. Mir treibt es schon die Tränen in die Augen, wenn ich in den Nachrichten hungernde oder misshandelte Kinder sehe. Doch ich gehöre zu denen, die darüber jammern, sich hinterher ein Wurstbrot machen, es mit Genuss verzehren und einmal im Jahr 15 Euro an Unicef spenden. Ein echter Engel, nicht wahr? Sonja war anders. Mit Leib und Seele Mutter, mit Leib und Seele unbezahlte Sozialarbeiterin, die tat, was sie konnte, um diese Welt zu einer gerechteren zu machen.

Meine Blase schmerzte. Konnte es sein, dass sie platzte? Ablenken, Charlie! Ich sah aus dem Fenster. Die Berge. Wieder so etwas. Als Österreicherin müsste ich die Berge doch lieben, oder? Ich bemühte mich redlich darum. Stellte mir vor, dass ich die frische Luft aus der verschneiten Landschaft trotz geschlossenem Fenster einsaugen konnte. Ein Gedanke, der mir einen Schauder durch den Körper jagte. Ich fröstelte.

»Charlie scheint kalt zu sein.«

»Soll ich wärmer machen?«

»Ja. Dreh den Knopf nach links, Richtung Füße, dann heizt es am besten nach hinten.«

Ich musste mir auf die Zunge beißen. Nett gemeint oder nicht, die beiden redeten über mich, als wäre ich gar nicht da. Wann hatte das angefangen? Dass ich selbstverständlich auf den Rücksitz verbannt wurde. Dass man von mir in der dritten Person sprach, obwohl ich anwesend war. Nämlich auf dem Rücksitz, wo sonst.

»He, du Schumacher, kannst du nicht ein bisschen langsamer fahren?« Ritas wüster Fahrstil auf den eisigen Serpentinen hatte mich unsanft aus meinen Gedanken gerissen. Das fehlte noch, dass ich mit ihr zusammen in den Tod stürzte.

»Na, na, Charlie, du weißt doch, dass ich die Beste im Schleuderkurs war.«

Diese hirnverbrannte Selbstsicherheit. Konnte Rita nicht wie andere Menschen Respekt vor einer verreisten Bergstraße haben? Und das, nachdem sie gerade beinahe den armen Hasen überfahren hatte.

Maul, maul, maul. Mein eigenes Herumlamentieren ging mir schon dermaßen gegen den Strich. Ja, und irgendwann würde ich auch wieder damit aufhören. Aber die beiden da vorne konnten ruhig auch ihren Teil zur Harmonie beitragen. Früher war ich so gerne mit ihnen befreundet gewesen. Also, zumindest die ersten Jahre. Keine Ahnung, wann sich das geändert hatte. Oder warum. Vielleicht weil wir uns in komplett unterschiedliche Richtungen entwickelt hatten. Tja, so was kommt vor, oder? Man kann womöglich gar nichts mehr miteinander anfangen, bleibt aber zusammen, vermutlich aus Angst vor Veränderung. Wieso sollte es in Freundschaften anders laufen als in Partnerschaften? (Nicht dass ich Expertin in Sachen Beziehung wäre. In meinem Bücherregal befanden sich allerdings etliche psychologische Werke darüber. Rein lesetechnisch war ich seit Jahren bestens gerüstet für ein Zusammensein mit Marc.)

Ich versuchte mich zu erinnern, seit wann es diese Grüppchenbildung gab. Rita und Ingrid. Sonja und Marnie. Wo blieb ich? Am Anfang waren wir doch gleichwertig gewesen, oder? Hatte es Ingrid nicht mir zu verdanken, dass sie in unsere Clique aufgenommen worden war? Ach nein, das war sicher Sonjas Verdienst gewesen.

Die Handschuhe juckten. Ich zog sie aus und stopfte sie in die Jackentaschen. Das Leder auf der Sitzbank war kühl. Ich quetschte die Finger unter meine Oberschenkel und genoss den Druck auf den Händen.

»Marc setzt die ganze Angelegenheit enorm zu.«

Was flüsterte Rita ihrer Genossin zu? Ich war plötzlich hellwach. Hatte es etwas mit mir zu tun?

»Was wirst du machen?«

»Ich lass mir was einfallen.«

Ingrid nickte kurz und warf einen Blick zu mir nach hinten. Wieder lächelte sie mir zu. Doch diesmal war es ein rein mechanischer Vorgang, den ihre Lippen vollzogen. Ich weiß nicht mehr, ob ich zurückgelächelt habe. Ich war dabei, in Gedanken das kurze Gespräch zwischen den beiden in Einzelteile zu zerlegen, den Inhalt akribisch zu analysieren und mich blitzschnell in die Todesspirale der Hoffnung zu schwingen. Bestimmt hatte es mit mir zu tun. Bestimmt wollte Marc mich zurückhaben. Bestimmt würden wir glücklich werden. Ich schloss die Augen, um zu signalisieren, dass ich schlief und man in meiner Gegenwart bedenkenlos die größten Geheimnisse ausplaudern konnte.

Lange Zeit war nichts zu hören. Dann sagte Rita: »Marc möchte, dass in Zukunft nur noch er, ich und Fred Zugang zur Kasse haben. Nur weil einmal ein bisschen Geld verschwunden ist. Das ist verrückt. Was, wenn keiner von uns dreien da ist? Außerdem hab ich echt keine Zeit, jeden Abend den Kassierkasperl zu spielen. Da können wir das Lokal gleich zusperren.«

»Denk die nächsten Tage nicht dran.«

»Du hast leicht reden.«

»Rita.« Ingrids Tonfall klang bestimmt.

Rita ließ ein unsicheres Lachen hören, dann fragte sie: »Und, was meinst du? Wird Sonja Baby Nummer vier bei Christoph durchsetzen können?«

Was bitte schön sollte jetzt das? Baby Nummer vier! Was war das überhaupt für ein Ausdruck?

Ich vernahm Ingrids Stimme: »Will sie schon wieder eines?«

»Wusstest du das gar nicht?«

»Keine Spur.«

Mein rechtes Auge öffnete sich einen winzigen Spalt.

»Also, wenn du mich fragst, dann macht sie das Gleiche wie bei Daniel damals. Pille ›vergessen‹.« Ritas rechte Hand formte zwei Anführungszeichen, während ihre Linke lässig am Lenkrad lag und uns exakt die Serpentinen hinaufsteuerte.

Meine Unterlider begannen sich zu füllen. Oh nein, diesmal nicht. Wasserpegel unten halten. Aber warum, verdammt, wussten diese beiden Beelzemädchen immer mehr als ich? Ich hatte weder mitbekommen, dass Sonjas drei Jungs anscheinend nicht von beiden Elternteilen geplant waren – oder war das wieder nur eine von Ritas Verleumdungsgeschichten? –, noch hatte ich gewusst, dass Sonja sich ein weiteres Baby wünschte. Die Worte aus ihrer dritten Schwangerschaft klangen mir im Ohr: »Natürlich würde ich mir nach Felix und Daniel ein Mädchen wünschen, aber sollte es wieder ein Junge werden, ist es auch gut. Von denen kann man sowieso nie genug haben.« Dabei hatte sie liebevoll ihren gerundeten Bauch gestreichelt und lachend hinzugefügt, dass es auf keinen Fall eine vierte Schwangerschaft geben würde. Und ich hatte daneben gesessen, fleißig gratuliert und mir insgeheim auch so einen runden Bauch gewünscht. Mit einem süßen Buben darin, der Marcs schöne spanische Züge und meinen Vornamen erben sollte.

Nun, der kleine Charlie Juanez würde noch ein Weilchen warten müssen. Denn eines stand fest: Von den drei Nächten mit Marc war ich nicht schwanger geworden. Wie denn auch, fragte ich mich jetzt bitter, wo ich doch nicht so eine fleißige Pillenvergesserin wie Sonja war.

Was war das überhaupt für eine Geschichte? Ich kannte niemanden, der so zuverlässig und grundehrlich war wie Sonja. Meine Finger kribbelten. Ich zog sie unter den Schenkeln hervor und betrachtete sie. Rotgemusterte Hautreliefs. Die Hände eines Schwerarbeiters.

»He, Charles, alles okay bei dir da hinten?« Gott, hatte diese Frau denn überall Augen? Warum konnte sie nicht einfach nach vorne auf die Straße schauen. »Du siehst aus, als hättest du geweint.«

Oh bitte, jetzt nur nicht menschlich werden, Rita. Sobald du einen netten Ton anschlägst, kann ich dich nicht mehr hassen. »Wahrscheinlich nur die raue Bergluft. Ist halt nichts für eine Stadtpflanze wie mich«, versuchte ich zu scherzen. Erbärmlich, wie leicht ich mich umstimmen ließ. Kaum zeigte Rita ein bisschen Mitgefühl, war ich ihr schon wieder zugetan.

»Du bist keine Stadtpflanze, Charles. Du bist eine Prinzessin auf der Erbse.«

Und du bist bald tot!

Später habe ich mich oft gewundert, dass mir überhaupt nicht auffiel, wie sehr sich Rita in den letzten Monaten ihres Lebens veränderte. Sicher, sie war immer resolut gewesen und hatte nie ein Blatt vor den Mund genommen. Aber diese ständigen Sticheleien, die in regelrechte Gehässigkeit ausarteten, das war neu.

»Na, ist das hübsch oder ist das hübsch?« Ritas Stimme überschlug sich beinahe.

Ich sah aus dem Fenster. Schnee. Mehr konnte ich dazu nicht sagen. Rita als begeisterte Skifahrerin konnte mit Schnee natürlich eine Menge anfangen. Mir hingegen wurde ein wenig mulmig, als ich die hohe Watteschicht rings um uns betrachtete. Die Flocken wurden immer dichter, das Auto hatte trotz bester Ausrüstung Mühe, den Berg weiter hinaufzukommen.

»Alles weiß«, sinnierte Rita.

Ingrid sah sie an und sagte etwas unsanft: »Jetzt krieg dich mal wieder ein.«

Dann geschah etwas, das ich noch nie zuvor hatte erleben dürfen. Rita buckelte. Sie nickte gehorsam und sagte: »Ja.«

Himmel, Arsch und … was war denn das? Mein Hass auf Rita ebbte sofort ab und schwappte auf Ingrid über. Was hatte dieses Weib zu befehlen? Und warum, in Gottes Namen, hörte Rita auf sie?

»Ich hab jetzt schon keinen Empfang mehr. Du, Charlie?«

Gehorsam kramte ich mein Handy hervor und dachte mir, toll, Charlie, du springst ja auch gleich, wenn Ingrid ruft. »Ebenfalls kein Empfang.«

»Tja, das werden wohl einsame Tage werden.« Ingrid sprach emotionslos.

Rita nickte düster. Mir war schlecht. Ich hatte natürlich damit gerechnet, die nächsten vier Tage nicht erreichbar zu sein, doch jetzt, wo es amtlich war, fühlte ich mich eingesperrt in dem verdammten Lexus. Ich fuhr in die falsche Richtung! Mein Leben lag bereits zwei Autostunden hinter mir. Marc konnte mich nicht erreichen. Die letzte winzige Hoffnung, den erlösenden Telefonanruf mit einer Zuneigungsbekundung zu erhalten, lag unter tückischen Schneemassen begraben. Ich würde elend zugrunde gehen.

Langsam atmete ich aus. »Rita, wir müssen noch einmal anhalten.«

»Charles, ich bitte dich! Wir werden nie ankommen, wenn das so weitergeht. Außerdem wird das Schneetreiben immer heftiger, was das Fahren nicht unbedingt leichter macht, weißt du.«

»Ja. Tut mir leid.« Ich *wollte* elend zugrunde gehen.

Die Autobahn hatten wir längst hinter uns gelassen. Weit und breit keine eklige Toilettenabsteige mehr – und jetzt hätte ich wer weiß was dafür gegeben. Schließlich parkte Rita erneut am Straßenrand, und ich zog ab in den angrenzenden Wald. Der exhibitionistische Faktor an meiner Position war der Klosperre natürlich ungeheuer zuträglich, doch die Mission gelang. Und – was für ein Glück, haha – ich lebte immer noch.

Im eisigen Wind kämpfte ich mich zurück zum Wagen. Ich öffnete die hintere Tür und wusste instinktiv, dass Rita und Ingrid mitten in einer hitzigen Diskussion gesteckt haben mussten, die bei meinem Erscheinen abrupt abgebrochen war.

Ritas Wangen glühten, während Ingrid mit steinerner Miene den Kopf abwandte und aus dem Fenster blickte.

»Alles okay?«, fragte ich.

Na ja, eine Antwort hatte ich nicht wirklich erwartet.

»Scheiße, wieso schafft er das nicht? Schrottkiste!« Rita schlug mit beiden Fäusten so heftig auf das Lenkrad ein, dass ich auf meinem Rücksitz zusammenfuhr und die Hupe ein langgezogenes Heulen von sich gab. Wir waren an der letzten Steigung vor der Hütte angekommen, und der immer dichter fallende Schnee hatte die Straße vollends verschwinden lassen.

»Dann müssen wir halt anschieben.« Wie ein Papagei wiederholte ich diesen Satz, von Mal zu Mal lauter, während Rita, den Rücken an die Lehne gepresst, den Kopf weit vorgereckt, wie besessen das Gas aufheulen ließ.

Die Räder drehten munter weiter durch, und schließlich schrie Rita nach hinten: »Hör auf zu brüllen, Charlie! Du machst mich noch wahnsinnig!«

In meine stumme Bestürzung hinein sagte Ingrid: »Okay, jetzt beruhigen wir uns mal alle. Am besten, wir schieben das Auto an. Komm, Charlie.«

Danke, Ingrid. Wunderbare Idee. So ein kluger Einfall kann nur von einer Studierten kommen. Während wir uns mit aller Kraft gegen das Auto stemmten, presste ich hervor: »Woran liegt das? Ich hab diesen Vorschlag jetzt ungefähr zehn Mal gemacht und werde dafür nur angeschrien. Dann machst du den Mund auf, und gesagt, getan. Wann habt ihr aufgehört, mich für voll zu nehmen?«

»Ich würde dich wirklich bitten, dir deine Krise für später aufzuheben, Charlie.«

4

Es hieß Schleppen. Wie viele Monate wollt ihr in dieser Einöde verbringen?, dachte ich grantig, als ich die Unmengen von Lebensmitteln und Flaschen sah. Rita hatte so viele Alkoholika zu tragen, dass sie keine Hand mehr für ihr Gepäck frei hatte. Und mir ging es natürlich maßlos gegen den Strich, dass ich mich mit ihrem parfümierten quietschrosa Markenkoffer abmühen durfte. Motivation genug, um mich auf den etwa hundert Metern, die wir vom Auto bis zur Hütte zurückzulegen hatten, nach einer Gletscherspalte umzusehen, die für Rita passend schien.

Die Kulisse eignete sich nicht schlecht für ein Verbrechen. Die Hütte stand auf einer Art Plateau, das einen Radius von etwa fünfzig Metern hatte und zahlreiche schwindelerregende Abhänge aufwies. »Für erfahrene Naturliebhaber« stand in dem Prospekt, den Rita uns bereits im August stolz unter die Nase gehalten hatte. »Wir müssen uns jetzt entscheiden, sonst sind die besten Hütten weg«, hatte sie verlautbart, und niemand hatte Einspruch erhoben. Wie üblich. Jetzt stand er vor uns, »der Abenteurer unter Österreichs Berghütten«, und ich fand ihn genial. So wenig ich übrighatte für die Freuden der Natur, dieser abgelegene Holzbau, der mit dem vielen Schnee an ein Lebkuchenhäuschen samt Zuckerguss erinnerte, war schlichtweg perfekt für eine Tragödie.

Daran denke ich oft zurück. Angenommen, ich hätte den weiteren Verlauf gekannt, wie wäre meine Entscheidung in diesem Moment ausgefallen? Hätte ich schnurstracks kehrtgemacht, mein Leben mit Scheuklappen weitergelebt und nie etwas über die Abgründe in uns erfahren? Oder wäre ich den mutigen Weg gegangen? Hinein in die Veränderung …

Ich ging diesen Weg, müde und verdrossen, und ohne jeden blassen Schimmer, dass ich kaum achtzehn Stunden später nur noch eine Freundin haben würde.

»Hereinspaziert. Schön, dass ihr schon da seid.«

»Wir wären viel schneller gewesen, wenn Charlie sich mehr unter Kontrolle hätte.«

»Man wird ja noch aufs Klo gehen dürfen.«

»Sei doch nicht gleich beleidigt. War nur Spaß.«

Ich drängte mich an Rita und Sonja vorbei und musterte den kleinen Vorraum, der eine Garderobe und ein Metallgestell für die Schuhe bereithielt.

»Na, sehr komfortabel ist das ja nicht«, hörte ich Ingrid hinter mir nörgeln.

»Du hättest die Hütte gestern sehen sollen, bevor unser Weibchen hier wie eine Verrückte herumgeputzt hat«, raunte Marnie. Sie stand im Wohnzimmer, ein Wasserglas mit einer goldgelben Flüssigkeit in der Hand, und sah genauso genervt aus, wie ich mich fühlte.

»He, selber Weibchen!«, rief Sonja ihr zu.

»Natürlich. Und stolz darauf! Hi, Charlie.«

»Hi. Wie geht's?«

»Man lebt«, erwiderte Marnie und sagte dann betont laut: »Hast du eine Ahnung, wie zwanghaft sie ist?«

Obwohl ich wusste, dass sie Sonja und deren Putzfimmel meinte, kostete es mich Mühe, die Worte nicht auf mich zu beziehen. Um mich vom Geplänkel der anderen abzulenken, begann ich vor mich hin zu pfeifen. Mit dem Radetzkymarsch auf den Lippen erforschte ich das Wohnzimmer.

Das Erste, das mir ins Auge stach, war das braune Bärenfell, das auf dem Boden lag. Mit Kopf, wohlgemerkt! Der Abenteurer unter den Berghütten eben. Rund um das Fell waren schwarzweiße Flickenteppiche verteilt. Ich bückte mich und fuhr mit den Fingern über die Nase des Bären. Angenehm, so gegen den Strich zu streicheln. Lebendige Tiere wollen das ja nie.

Auf der linken Seite des Raumes stand der Esstisch. Die Eckbank und die vier Stühle waren aus dunklem Holz und mit rotweißkarierten Polstern garniert. Die perfekte Bauernstube aus dem Katalog. Dahinter war ein Kamin zu sehen. Ich stellte mit Erleichterung fest, dass er elektrisch war. Fröhliches gemeinsames Holzhacken wäre so ungefähr das Letzte, was ich brauchte. Die Wand gegenüber beherbergte die Küchenzeile, die mit Herd, Spüle und Kühlschrank ausgestattet war. Am Ende befand sich eine Türe. Ich schaute dahinter. Eine Badewanne in der Größe einer Nussschale und ein Klosett. Na, wenigstens kein Plumpsklo.

»Charlie! Alle anderen haben's auch geschafft, sich die Schuhe auszuziehen. Ich möchte den Boden nicht umsonst gewischt haben.«

Oh Gott, auch das noch. »Klar. Tut mir leid, Sonja.« Wie ein kleines Kind, das ausgeschimpft wird, zog ich mir an Ort und Stelle die Stiefel aus. Ich hielt sie in der Hand und blieb in der Mitte des Raumes stehen wie festgewachsen.

Sonja schlug mir kumpelhaft auf die Schulter. »Nichts für ungut, gell, Maus«, sagte sie grinsend.

Ich nickte. Warum war mir heute die ganze Zeit zum Heulen? Ich hasste es, in der Öffentlichkeit zu weinen. Vielleicht passierte es mir deshalb ständig.

»Marnie und ich haben uns das blaue Schlafzimmer ausgesucht«, sagte Sonja jetzt.

Ich stand direkt hinter Rita und hörte, wie sie Ingrid zuflüsterte: »Wie passend für Marnie.«

Ich drehte mich nach Marnie um. Es war zwei Uhr nachmittags, und das Glas in ihrer Hand – in dem sich bestimmt kein Apfelsaft befunden hatte – war schon wieder leer. In der anderen Hand hielt sie die übliche Zigarette. Sie lächelte mich an.

»Nehmen wir das rote?«

Ich sah zu Rita, doch sie hatte natürlich nicht mich gemeint. Ingrid nickte.

Das rote, das blaue? Fragend blickte ich zu den drei Türen, die von der vierten Wohnzimmerwand abgingen. An jeder

Türe prangte eine Schleife. Links eine rote. In der Mitte eine weiße. Und rechts eine blaue. Ich würde also das weiße Schlafzimmer bekommen. Allein. Na, das konnte mir nur recht sein. Trotzdem gab es mir den berühmten kleinen Stich ins Herz. Wieder einmal ausgeschlossen.

Ich brachte meine Stiefel in den winzigen Vorraum, wo ich sie neben die bereits volle Schuhablage stellen musste. Dann nahm ich meine Tasche und marschierte schnurstracks in mein Zimmer. Am liebsten hätte ich wie ein pubertierender Teenager die Türe zugeschmissen. Was ich als pubertierender Teenager übrigens nie gemacht habe.

Das Zimmer war klein und praktisch. Ein Doppelbett nahm den Großteil des Raumes ein. Ich warf die Tasche aufs Bett und mich gleich hinterher. Warum war ich bloß mitgefahren? Wie herrlich hätte ich diese Tage alleine zu Hause verbringen können. Mit jeder Menge Süßigkeiten auf meinem Sofa, in eine Decke gewickelt mit der Fernsteuerung in der Hand. Ich sehnte mich nach Seifenopern und Talkshows. Die wunderbarste, weil seichteste Ablenkung.

Meine Mordgelüste hatte ich nicht vergessen, doch in Gesellschaft der anderen erschienen sie mir äußerst unwirklich. Nebenbei bemerkt wusste ich, wenn ich tatsächlich irgendwann mal einen Mord begehen sollte, würde ich vor mindestens drei gravierenden Problemen stehen. Das erste hatte mit der Vorgehensweise zu tun. Brutale Handgreiflichkeiten waren nicht meine Sache. Und Blut sowieso nicht. Erschießen, Erstechen, Erwürgen, das alles schied von vornherein aus. Gift hingegen konnte ich mir vorstellen. Doch natürlich besaß ich nichts in der Richtung. Das also wäre Problem Nummer eins.

Problem Numero zwei war, nicht erwischt zu werden. Denn dann wäre die ganze Strapaze ja umsonst. Tja, und Problem Nummer drei war natürlich auch nicht zu unterschätzen. Sosehr ich die Vorstellung genoss, hundertprozentig sicher war ich nicht, dass ich jemanden töten könnte. Trotz aller Vorteile, die Ritas Tod für mich hätte, trotz all meiner schönen Fantasien, dass theoretisch ein Giftmord noch am ehesten … das war schon was anderes, als in der Tankstelle einen Schokoriegel zu stibitzen. Und nicht mal darin war ich jemals gut gewesen.

Aber wenn Rita weiter in ihren Diktatorenstöckeln auf meiner Zukunft herumtrampelte, konnte ich meine Familienpläne vergessen. Dann durfte ich in zehn Jahren noch meinen mies bezahlten Job in der Videothek machen und von Marc träumen. Scheiße. Wahrscheinlich würde ich noch in der verdammten Videothek arbeiten, wenn es schon gar keine Videos mehr gab. Oder DVDs. Vermutlich würde ich Mikrochips vermieten. Würde sie pickeligen Teenagern gleich direkt aufs Auge schrauben. Marc würde Kinder mit einer anderen haben. Und Rita die coole Tante spielen.

Vielleicht konnte ich … irgendeine hatte doch bestimmt einen Föhn mit … wenn Rita also in der Badewanne saß, würde ich einfach den angeschalteten Föhn hineinfallen lassen – nur wie, ohne dass alle wussten, dass ich es war? Denn selbst wenn die Aktion als Unfall durchginge, verzeihen würde Marc mir das nie.

Verflucht! Ich sprang vom Bett und begann energisch meine Tasche auszupacken. Eine halbe Minute lang legte ich brav Stück für Stück in den Kleiderschrank, dann gewann mein Naturell, und ich schmiss den Rest irgendwie hinterher. Der fliederfarbene Pullover von Weihnachten, den ich pflichtschuldig eingepackt hatte, rief mir meine Mutter in Erinnerung und damit die ganze Nichterreichbarkeitsproblematik hier oben. Ich holte mein Handy aus dem Rucksack und setzte mich wieder aufs Bett.

Wie erwartet, kein Empfang. Na, ein Gutes hatte die Sache ja. Ich konnte wenigstens nicht in Versuchung geraten, Marc anzurufen. Durch die linke Wand vernahm ich Ritas markante Stimme. Wortfetzen drangen an mein Ohr. Ich erhob mich leise und lehnte mich gegen die Wand.

»… nicht mehr weiter. Es wächst mir über den Kopf.«

Ingrids Antwort war nicht zu verstehen. Ich hatte aber den Eindruck, dass sie Rita ermahnte, leiser zu sprechen. Was die auch prompt tat. Flüsternd stieß ich einen Fluch aus und drückte mich noch fester gegen die Wand. Nichts zu machen. Ein Trick aus meiner Kindheit fiel mir ein. Ich marschierte ins Wohnzimmer, schickte Sonja und Marnie ein aufgesetztes Grinsen an den Esstisch und begann den Küchenbereich nach einem Glas abzusuchen.

»Und? Gefällt's dir hier?«, fragte Sonja.

»Mmhm«, murmelte ich und füllte das Glas etwa halbvoll mit Leitungswasser.

»Stört es dich nicht, dass du alleine im Zimmer bist?«

Ich schüttelte den Kopf. Dann stutzte ich. Konnte es sein, dass meine Antwort sie enttäuschte? War ihr eben eine Chance entgangen, ihre Mama-Tentakel um ein Wesen in Not zu legen?

»Sei froh, dass du allein bist.« Marnie nahm einen Zug von ihrer Zigarette. »Ich hab letzte Nacht wegen eines Nostalgieanflugs meiner Zimmernachbarin eine Mitternachtsparty à la Schullandwoche feiern dürfen.«

Ich zog eine Grimasse. Immerhin hatte sie eine Zimmernachbarin.

»Moment, ich wollte mich nur unterhalten. Du hast eine Party daraus gemacht«, sagte Sonja.

»Wenn du das bisschen Schnaps als Party bezeichnest.«

»Ich hab drei Kinder. Für mich ist jede Tasse Kaffee schon ein Freudenfest.«

Ich ergriff die Gelegenheit, kicherte pflichtschuldig und verschwand wieder in meinem Zimmer. Ich war mir ziemlich sicher, dass die beiden meinen Abgang nicht einmal bemerkten. Schon ein komisches Pärchen. Wenn man ein paar Klischees bemühen wollte, dürfte eine Sexgöttin wie Marnie mit einem Hausmütterchen wie Sonja eigentlich gar nichts zu tun haben wollen. Und Sonja müsste alles daransetzen, die verdorbene

Marnie um keinen Preis in die Nähe ihrer Kinder zu lassen. Doch das einzige Klischee, das sich zu bewahrheiten schien, war, dass eine Versagerin wie ich sich wirklich für nichts zu schade ist. So leerte ich das Glas in Windeseile und drückte es mit der Öffnung an die Wand zu Ritas Zimmer. Dann presste ich mein Ohr auf den Boden des Glases. Wenn mich jetzt jemand erwischte, würde ich mir ein Loch graben müssen, um darin zu versinken. Aber vorerst lauschte ich frohgemut, in Erwartung, jederzeit meinen Namen zu hören.

»… nicht so schwach sein, Rita.«

»Bitte, Ingrid –«

»Nein. Was ist bloß los mit dir? Schluss jetzt.«

Ich kroch beinahe durch die Mauer, doch leider war nichts mehr zu hören. Die beiden hatten vermutlich angefangen zu flüstern. In meinem Kopf tanzten die Fragezeichen. Konnte es sein, dass Ingrid Rita aufgetragen hatte, mir bei Marc dazwischenzufunken? Das ergab doch keinen Sinn. Oder hatte ihr Gespräch gar nichts mit meiner Misere zu tun?

Ich starrte in das Glas, in dem sich noch ein paar Tropfen Wasser befanden, und fragte mich unwillkürlich, wer vor mir daraus getrunken hatte. War es danach gut gespült worden? Ich musste mich aufs Bett setzen, so schwindlig war mir plötzlich. »Bitte nicht hier«, flüsterte ich. Bitte, bitte nicht. Alles ist gut … alles … Es war zum Verrücktwerden. Ich war von einem Mann besessen, den ich nicht haben konnte, ich hatte dieses Leiden mit der Klosperre, ich besaß nicht das geringste Selbstbewusstsein – und jetzt drohte mir auch noch eine Panikattacke, weil ich mir unbedingt vorstellen musste, dass irgendein besonders grauslicher Mensch das Geschirr vor mir benutzt hatte!

Ich tat einen schweren Atemzug. Himmel, Arsch und Zwirn, lass dir was einfallen, Charlie. Wenigstens eine Taktik, wie du die nächsten Tage überstehst.

»Du hast hier auch keinen Empfang, oder?«, fragte ich Marnie, die alleine auf der Eckbank saß.

Sie strich ihre Zigarette an einem gusseisernen Aschenbecher ab und sagte: »Gestern kurz. Aber seit es dermaßen schneit … Der Vermieter hat irgendwas davon gesagt, dass es normalerweise geht. Frag Sonja, die hat sicher besser zugehört.«

»Wobei?« Sonja kam aus der Toilette. Sie zog sich den weißen Wollpullover über die Hose, und mir fiel ein, was Rita im Auto gesagt hatte. Konnte es tatsächlich sein, dass Sonja wieder schwanger war?

Marnie deutete mit dem Kopf in meine Richtung. »Charlie wartet anscheinend auf einen wichtigen Anruf.«

Ich stöhnte unwirsch. »Ich warte auf gar nichts. Wollte nur wissen, ob das mit dem Empfang noch besser wird.«

»Im Sommer ist der Empfang hier ganz in Ordnung. Im Winter geht meistens gar nichts.«

»Aha.«

»Was ist los?« Marnie blies mir Rauch ins Gesicht.

Ich hustete. »Nichts.«

Ingrid und Rita kamen aus dem roten Zimmer. Ich musterte sie aufmerksam. Von ihrem kleinen Disput war nichts zu merken, im Gegenteil. Wäre Ritas Grinsen noch breiter gewesen, dann hätte ich einen Blick auf ihr Zäpfchen erhascht. Dass die ganze Schose ein wenig angestrengt wirkte, war nicht weiter ungewöhnlich. Ich meine, kein Mensch kann ständig gut drauf sein. Auch wenn Rita natürlich gern so tat. Oh ja, auf ihre unerschöpfliche Energie war sie immer stolz gewesen. Show must go on. Egal, wie's einem wirklich geht. Sie und Ingrid hatten sich sogar umgezogen, die Jeans gegen hautenge Stretchhosen getauscht.

»Findet ihr das nicht ein bisschen übertrieben?«, versuchte ich es auch einmal auf die herablassende Tour.

»Ehrlich gesagt gefällt es mir trocken besser, Charles.« Rita sah an meinen Beinen hinab.

Sie hatte recht. Wie immer. Die Aufschläge meiner Jeans waren durchnässt. Demonstrativ stützte ich die Hände in die Hüften und hob das Kinn. Diesmal würde ich die Niederlage nicht einstecken. Rita zauberte ein Fältchen auf ihre glatte Stirn und legte den Kopf schief. Offensichtlich bekundetes Mitleid. Die Hysterie tauchte ohne Warnung auf. Mit einem lauten Lachen.

»Was denn, Maus?«, fragte Sonja.

»Nichts.« Nein, bitte nicht jetzt. Reiß dich zusammen.

»He, was ist so lustig?«

»Geht's dir noch gut?«

Ich brüllte vor Lachen. Tränen schossen mir aus den Augen. Mein Gesicht fühlte sich an wie ein wabbeliger Brei, das Gehirn hatte jede Kontrolle über die Muskeln verloren. Ich wusste, sie hielten mich für verrückt. Ich wusste, dass ich mir einen Grund für meine fulminante Heiterkeit ausdenken musste. Doch mir fiel partout keine Erklärung ein, und formulieren hätte ich sie momentan ohnehin nicht können.

»Lasst sie doch. Ich wünschte, ich hätte auch einen Grund zu lachen. Prost, Charlie.«

Danke, Marnie.

Jeder Anfall geht irgendwann vorüber. Sehen Sie, jetzt verwende ich auch schon dieses unschöne Wort: Anfall. Doch wenn es wieder einmal so weit war und ich mich in Gesellschaft lächerlich gemacht hatte, dann kam auch dieser unheimliche Zorn zurück, den ich auf mich selbst hatte. Warum war ich so anders? Warum konnte ich nicht einfach normal sein?

Die anderen zeigten wie üblich Verständnis. Soweit das eben ging. Natürlich spürte ich die – nicht allzu gut versteckten – Blicke, mit denen sie mich musterten. Vernahm das Flüstern hinter meinem Rücken. Daran gewöhnt man sich nie. Ich weiß nicht, warum. Nach drei Jahren hätte ich mich längst damit abfinden müssen, dass ich die Menschen in meinem Umfeld schockierte. Dass selbst die besten Freundinnen ihre Betroffenheit nicht verbergen konnten. Ja, nicht einmal die Familie. Als ich mich anfangs immer auf den Boden legen musste, weil ich das Gefühl hatte, jederzeit bewusstlos oder tot zusammenzubrechen, wissen Sie, was mein Vater da gemacht hat? Den Raum verlassen. Ja, so ist das.

»Ich hab keine Tschik mehr. Die Stange, die ich mitnehmen wollte, hab ich vergessen. Hilfst du mir die paar Tage aus, Marnie?«

»Klar.« Marnie warf Rita das Päckchen zu. Dann fragte sie: »Wie läuft's im *Rima*?«

»Geht so. Der neue Koch ist nicht grade eine Koryphäe.« Rita zündete sich eine Zigarette an und setzte sich zu Marnie. Dann zuckte sie die Schultern. »Na ja, wir werden schon wieder jemand Guten finden.«

Ich saß mit ausgestreckten Beinen auf einem der Flickenteppiche und steckte spaßeshalber meinen linken Fuß in das Maul des Bären. Durch den Socken hindurch konnte ich die spitzen Zähne des braunen Giganten spüren. Das kitzelte. Ein abenteuerlicher Plan schoss mir durch den Kopf. Konnte ich Rita – in der Nacht, während alle anderen schliefen – dazu bringen, ihren Hals in das Bärenmaul zu betten? Und dann ganz unschuldige Hüpfübungen auf dem Fellkopf machen?

Nein, zu viel Blut.

»Früher sind dir die Männer nicht davongelaufen.« Etwas an Marnies Tonfall ließ mich aufschauen.

Ritas Reaktion schien harmlos. Sie lächelte und sagte: »Raoul ist schwul. Das zählt nicht.«

»Jeden Hetero hast du auch nicht gekriegt.«

»Du möchtest jetzt aber keine alten Geschichten aufwärmen, oder?«

Nun wurde es interessant. Ich versuchte meinen Fuß aus dem Gebiss zu ziehen, was sich als gar nicht so leicht erwies.

Marnie schüttelte den Kopf. »Einem Kind trage ich nichts nach.«

Rita nahm einen Zug von ihrer Zigarette und rezitierte: »Du fragst mich, Kind, was Liebe ist? Ein Stern in einem Haufen Mist.«

Was bitte? Ich nahm die Hände zu Hilfe, um meinen Fuß zu befreien.

»Lessing?«, fragte Marnie.

»Nein. Heine. Ich liebe seine Gedichte.«

Mit dem Socken hing ich noch am Eckzahn fest. Ich zerrte.

»Ich wusste gar nicht, dass du ein Faible für Literatur hast«, sagte Marnie.

Rita stand auf. »Ihr wisst vieles nicht von mir.«

Autsch. Mein Fuß war frei, doch der Socken hatte ein Loch. Ich zog ihn aus. Ein dünnes rotes Rinnsal floss von meiner großen Zehe zur Ferse.

Wäre ich nur zu Hause geblieben. Wir saßen um den Esstisch, jede mit einer Tasse Jagatee zwischen den Händen. Ceylon mit Obstler. Österreichische Winterkultur. In der Mitte stand eine Schüssel Erdnüsse. Die Dämmerung hatte bereits eingesetzt, obwohl es noch nicht einmal vier Uhr war.

»Heute werde ich meine Rita-Speziale machen. Ich hoffe, ihr habt ordentlichen Hunger.«

Allgemeine Zustimmung. Ich begann innerlich bereits zu kochen. Jetzt musste ich auch noch diesen Fraß essen, den uns das falsche Luder vorsetzen würde.

»Schade, dass es nicht der Hasenbraten geworden ist«, sagte ich. Einfach, um ein bisschen zu ätzen.

»Was für ein Hase?«, fragte Sonja.

»Ach, ich hab heut einem das Leben gerettet«, antwortete Rita und warf sich eine Handvoll Nüsse in den Mund.

Konnte ich sie nicht gleich hier und jetzt und auf der Stelle umbringen?

Die Kocherei wurde mühsam. Mich hatte man zum Karottenschälen eingeteilt. Das hieß, dass ich mich nicht in mein Zimmer zurückziehen konnte, sondern sinnlosen Diskussionen über die Vor- und Nachteile des Kochens mit einem Gasherd zuhören musste. Marnie hatte es als Einzige richtig gemacht. Sie war auf ihrer Bank sitzen geblieben und dachte gar nicht daran, sich zu beteiligen. Sie konnte sich das leisten. Narrenfreiheit. Irgendwas musste ich falsch gemacht haben: Meinen Status als ordentliches Clubmitglied hatte ich längst verloren, doch meine niederen Küchendienste waren durchaus gefragt. Ich brach eine geschälte Karotte entzwei und schob mir die vordere Hälfte quer in den Mund. Ich hatte Hunger, und obwohl es das Letzte war, was ich zugeben wollte – der angebratene Knoblauch roch verflixt verlockend in seinem Topf.

»Der große Vorteil von Gasflammen ist ja, dass sie extrem gut zu regeln sind. Beim Elektroherd dauert es meistens viel zu lang, bis die Platte wieder kühler wird.«

»Mir brauchst du das nicht zu sagen. Ich würde gar keinen E-Herd haben wollen. Die Kinder würden ständig an den heißen Platten kleben bleiben.«

»Aber Gasflammen sind auch nicht ungefährlich. Richtiges offenes Feuer.«

»Eben. Feuer sieht man. Davor haben sie Respekt.«

»Klar, beim E-Herd sieht man die Hitze nicht.«

Uff. Ich flüchtete mich samt meinen Karotten zu Marnie auf die Bank. »Na, wie geht's?«, fragte ich sie.

»Lass doch die Floskeln. Sag schon. Nerven sie dich auch so wie mich?«

Ich war ein bisschen schockiert. Aber vor allem erfreut. Meine Verbündete, die sich nie um die Etikette scherte. Ich sah sie von der Seite an. Ihre vollen Lippen bliesen ringförmige Rauchwölkchen in die Umgebung. Das blonde Haar fiel ihr offen über die Schultern. Wahrlich die leibhaftige Versuchung aller Nikotinjunkies.

»Was starrst du mich so an?«

»Ich hab nur grade gedacht, wie wenig ich eigentlich über dich weiß.«

Sie lachte rau. »Sei froh.«

»Bist du wirklich so schlimm, wie du immer tust?«

»Schlimmer.«

Mir tat der Kopf weh. Was hatte Marnie und die anderen eigentlich bewogen, diesen Ausflug mitzumachen? Das alles war reichlich grotesk. Ingrid und Rita, die angeblich so tollen Freundinnen, schienen ihr eigenes Süppchen zu kochen – allerdings ein ganz spezielles. Was lief da zwischen den beiden? Warum war Rita plötzlich so devot? Und Sonja? Die war sicher zu Hause bei ihren Kindern am glücklichsten. Mir konnte keiner erzählen, dass sie diese Tage wirklich genoss. Ja, und Marnie war sowieso das größte Rätsel.

»Charles, wie schaut es mit den Karotten aus?«

Ich fuhr zusammen. »Bin gleich so weit«, meldete ich eifrig. Fehlte nur noch, dass ich salutierte. Woher kam dieser Drang, es immer allen recht machen zu müssen?

Marnie schnaubte. Sie hatte damit natürlich keine Probleme. Doch dann sah ich, dass sie eine Hand gegen ihren Magen gedrückt hielt. Ihr Gesicht war schmerzverzerrt.

»Was hast du?«, fragte ich.

»Gastritis, sonst nichts.«

»Maus?« Faszinierend. Eben noch hatte Sonja schnatternd am Herd gestanden, mit einem Mal war sie an Marnies Seite. Ein wirklich gut funktionierender Sorgensensor. Und ein Gesichtsausdruck, der eine äußerst irritierende Ähnlichkeit mit dem meiner Mutter hatte.

»Lasst mich doch endlich in Ruhe«, quetschte Marnie hervor.

»Du solltest es heute mal langsam angehen lassen«, murmelte Sonja beschwörend.

»Und du«, ächzte Marnie, »solltest aufhören, so viele Erdnüsse zu futtern. Sonst brauchst du bald wieder einen Hebekran beim Sex.« Mit diesen Worten erhob sie sich und steuerte gekrümmt das Badezimmer an.

Belustigt trat Ingrid zu Sonja. Mit vor der Brust verschränkten Armen fragte sie: »Sag mal, so was lässt du dir gefallen?«

Sonja machte eine wegwerfende Handbewegung. »Halb so schlimm. Das ist lediglich eine Anekdote aus der letzten Schwangerschaft.«

»Aha«, machte Ingrid wohl extra humorlos.

»Apropos«, rief Rita, während sie weiter in ihrem Topf rührte, »bist du wieder schwanger, Sonja?«

Obwohl ihr Tonfall vordergründig harmlos klang, meinte ich, eine provokante Nuance herauszuhören. Sonja ging es wohl ebenso. Sie kniff die Augen zusammen und verneinte gereizt.

Mir war das plötzlich alles ganz egal. Voller Elan drückte ich mich von der Bank hoch. Dies war das erste Mal, seit ich zu Rita ins Auto gestiegen war, dass sie sich ein bisschen abseits von den anderen aufhielt. Die erste Möglichkeit, alleine mit ihr zu sprechen. Ich klammerte mich am Herd fest und fasste vor Aufregung beinahe in die Gasflamme. Ja, ja, offenes Feuer, kleine Kinder und ich.

»Rita?«

»Hmm?«

»Ich muss mit dir reden. Warum bist du –«

»Was hast du denn da, Charles? Eine Spinne.«

»Was?« Augenblicklich fuchtelte ich panisch an meinem Kopf herum.

»Sachte, sachte – so, komm her, du Kleiner.« Rita griff in meine Haare. Spitzbübisch hielt sie mir ihre Hand unter die Nase. Ich zuckte zurück. Ein langbeiniger Weberknecht tastete sich an ihren Fingern entlang. »Im Winter sieht man die selten. Der ist wahrscheinlich erst vor kurzem geschlüpft.«

»Woraus geschlüpft?«, fragte ich vorsichtig.

»Na, aus seinem Ei, was denkst du denn? In den Bodenritzen werden einige davon sein.«

»Interessant«, sagte ich und versuchte erst gar nicht, auf Ritas Begeisterungswelle mitzuschwimmen. Eier mit Spinnen drin. Im Boden.

Sonja rückte tatkräftig an. »Lass ihn runter. Ich zertrete ihn.«

»Nein!«, riefen Rita und ich gleichzeitig. Wir sahen uns an. Und dann – Mist, ich hätte mich ohrfeigen können – lächelten wir.

Sonja stutzte. Schließlich sagte sie: »Aber wenn ihr ihn rauslasst, erfriert er sowieso.«

»Dann soll er halt drinnen bleiben«, meinte ich großmütig. Wenn sie ohnehin überall lauerten, was kam es dann auf einen mehr oder weniger an?

Rita setzte ihn in die Ecke hinter dem Kamin. Dabei sang sie leise: »*There's a place for us, somewhere a place for us …*«

Die *Westside Story*. Ihr Bravourstück. »Sing lauter!«, bettelte Sonja und zog sich gleich einen Stuhl heran. Erste Reihe fußfrei. Am Programm: Liederabend einer Verräterin.

Marnie kam aus dem Badezimmer, schlurfte in Richtung Esstisch und zündete sich unterwegs eine neue Zigarette an. Ingrid gähnte.

Rita öffnete eine der Küchenladen und zog einen Schneebesen heraus. Sie hielt ihn wie ein Mikrofon vor den Mund. Rauchig und warm drang ihre Stimme durch das Drahtgeflecht. »*There's a time for us, someday a time for us …*«

Und sogar jetzt noch, nach dieser ganzen unseligen Sache mit ihrem Bruder, bescherte mir Ritas Gesang eine wohlige Gänsehaut. Sonja, die gerade eben ein unschuldiges Tier hatte töten wollen, seufzte und meinte: »Schön, gell?«

Ich drehte mich zu Ingrid und Marnie um. Unisono rollten sie verächtlich mit den Augen.

Rita widmete sich wieder ihren Töpfen. Leise summte sie weiter vor sich hin. Und als ich sah, wie Sonja abschätzig ihren

Rücken musterte, da kam es mir plötzlich vor, als wäre ausgerechnet ich die Einzige, die einen Augenblick lang ehrliche Sympathie für Rita empfunden hatte.

»Ingrid, gibst du mir bitte den Parmesan.«

»Mm, deine Spaghetti sind die besten, Rita. Ich hab dir wieder nicht genug auf die Finger geschaut. Was ist dein Geheimnis?«

»Unbedingt richtige Tomaten nehmen. Nichts aus der Dose. Viel Knoblauch, frisches Basilikum. Beim Oregano allerdings den gerebelten aus dem Glas verwenden. Und die Soße mindestens eine Stunde auf dem Herd lassen. Das sind die Hauptpunkte. Und natürlich nur auf dem Gasherd kochen.« Rita zwinkerte.

Ich litt Höllenqualen. Was war mir bloß eingefallen, mich dieser ganzen scheinheiligen Freundlichkeit auszusetzen? Wie sie da alle saßen und diese stinknormalen Spaghetti über den grünen Klee lobten. Ich hatte mich natürlich auch dazu hinreißen lassen. Selbstverständlich. In Wahrheit war ich die Scheinheiligste von allen.

»Kannst du mir bitte den Wein geben, Ingrid«, sagte ich mit vollem Mund.

»Na, Charlie will es heute aber auch wissen.« Ingrid blickte beifallheischend in die Runde.

Ich schluckte geräuschvoll. »Irgendwie muss ich euch ja ertragen.«

Alle lachten. Hach, Charlie ist so was von lustig.

Ich lachte mit, schob mir einen weiteren Löffel Rita-Speziale in den Mund und kaute so energisch, dass ich mir in die Wange biss.

5

Marnie, ich liebe dich, war das Erste, das ich dachte, als ich Ritas Reaktion sah. Wir saßen auf dem Boden in meinem Zimmer und spielten »Pflicht oder Wahrheit«. Und Marnie hatte Rita gerade nach ihrem finstersten Geheimnis gefragt. Eigentlich eine überdramatische, lächerliche Frage, mindestens so kindisch wie dieses Spiel an sich. Doch Rita sah so – ja, so ertappt aus. Ihre perfekte kleine Nase kräuselte sich unwillig. Sie spielte nervös mit ihrem Haar, wobei sie die braunen Locken mit beiden Händen dermaßen glattzog, dass man eine akute Haarentwurzelung fürchten musste. »Mit deinen Perversionen kann ich sicher nicht mithalten.«

Marnie leckte sich die Lippen und schüttelte den Kopf. Das Ganze schien ihr ungeheuren Spaß zu machen. »Das ist keine Antwort auf meine Frage.«

Ich hielt den Atem an. Hier lag Feindschaft in der Luft. Ich konnte nicht anders, ich musste plötzlich grinsen. Ich hatte zwölf Zentiliter Johnny Walker intus, und Rita war das erste Mal in ihrem Leben sprachlos. Die Welt war herrlich.

Wir hatten das Bärenfell und zwei der Flickenteppiche aus dem Wohnraum in mein Zimmer gebracht. Da ich als Einzige alleine hauste, standen bei mir die wenigsten Gepäcksstücke im Weg. Ich fand es idiotisch, doch die anderen Damen wollten sich die Intimität von »Pflicht oder Wahrheit« nicht durch die grelle Oberleuchte im großen Raum zerstören lassen. Die kleine Nachttischlampe verbreitete ein warmes schummriges Licht, gerade hell genug, um einzelne Gesichtsregungen ausmachen zu können. Zwischen uns standen eine halbleere Flasche Whisky und eine angeschnittene Schokoladentorte, in deren Mitte ein großes Kuchenmesser prangte. Ich starrte auf das Messer, stellte mir – durch den Alkohol etwas hemmungsloser geworden – als Scheide dafür Ritas hübschen Busen vor.

Die Locken sprangen in ihre Ausgangsposition zurück. Rita hatte offensichtlich ihre Fassung wiedergefunden. »Also gut, ich will keine Spielverderberin sein. Mein finsterstes Geheimnis ist, dass ich mit so manchem internationalen Haubenkoch geschlafen habe, um an diverse Spezialrezepte zu kommen.«

»Das ist schon lang kein Geheimnis mehr«, erwiderte Marnie lakonisch. Sonja lachte glucksend.

Ich wartete gespannt ab, ob Rita ihre Frage nun an mich richten würde. Doch sie wandte sich Ingrid zu. »Pflicht oder Wahrheit?«

»Wahrheit.«

»Okay, also hier kommt meine Frage an dich: Findest du, dass Freundschaft das Wichtigste im Leben ist?«

Mein Herz pumpte plötzlich eine ziemliche Menge Blut durch meinen Körper, ohne dass ich wusste, warum. Glitzerte da tatsächlich eine Träne in Ritas Augenwinkel?

Ingrids Stimme war vollkommen leidenschaftslos. »Das hängt ganz von der Freundin ab. Wenn ich das Gefühl habe, dass sie es wert ist – ja, dann finde ich, Freundschaft ist das Wichtigste.« Ohne auf eine Reaktion zu warten, fuhr sie fort: »Sonja, Pflicht oder Wahrheit?«

»Traditionsgemäß bleibe auch ich bei der Wahrheit.« Wie um ihre Worte zu unterstreichen, verneigte Sonja sich kichernd.

»Denkst du an andere Männer, während du mit Christoph schläfst?«

»Pfff, lahme Frage«, ätzte Marnie.

»Stimmt.« Sonja zuckte mit den Schultern. »Ist doch logisch, oder? Manchmal an George Clooney, manchmal an den Postboten. Läuft aufs selbe raus.«

Marnie ließ ihr kehliges Lachen hören.

»Ich hab das Gefühl, ihr nehmt das hier alle nicht ernst«, lamentierte ich.

»Warte, warte, du kommst ja schon dran, Charlie-Engel.« Sonja strahlte. »An dich hab ich nämlich eine ganz besondere

Frage. Das heißt, natürlich nur, wenn auch du dich für Wahrheit entscheidest.«

Ich überlegte kurz. Pflicht konnte im schlimmsten Fall bedeuten, dass ich Rita küssen oder Ingrids Zehennägel schneiden musste. Je nachdem, wie kreativ Sonja war. »Wahrheit«, sagte ich.

»Sehr gut.« Sonja holte tief Luft. »Du und Ritas kesser Bruder, habt ihr …?« Ihre dicken kleinen Finger machten allerlei ungeschickte Gesten, die wohl zweideutig wirken sollten.

»Was meinst du?« Der Whisky hatte meine Stimme in ein Reibeisen verwandelt. Sonjas Frage verpasste dem Reibeisen noch einen akuten Stimmbruch.

»Gott, Charlie«, Sonja konnte sich kaum halten vor Lachen, »da hab ich ja den Nagel auf den Kopf getroffen! Also, habt ihr oder habt ihr nicht?«

Moment, das lief aus dem Ruder. »Pflicht oder Wahrheit« war ein gutes Spiel. Vor allem für meine Zwecke. Ich hatte die Wahrheit aus Rita herausquetschen wollen, sie entblößen vor ihren Freundinnen. Die Dunkelheit der Nacht, das nicht enden wollende Schneetreiben vor der Tür, die Einsamkeit der Hütte, die Anwesenheit der anderen und vor allem mein neuer Freund Johnny Walker hatten mir ein gutes, sicheres Gefühl gegeben. Trügerisch. Ich blickte in die Runde. Sah Sonjas neugierig glänzende Augen, Marnies wissendes Lächeln, Ingrids hochgezogene Augenbraue und Rita, die mit aufeinandergepressten Lippen und gesenktem Kopf dasaß, während ihre im Schneidersitz gekreuzten Beine auf und ab wippten. Okay, Rita fühlte sich erneut schlecht. Anscheinend drückte sie doch ihr Gewissen. Fabelhaft. Dann würde ich endlich etwas aus ihr herausbekommen.

»Ja«, sagte ich mit Nachdruck und versuchte ein leichtes Lallen zu unterdrücken, »und es war das Fabelhafteste, das mir je passiert ist.« Nach einer kurzen Pause, die einerseits der Dramatik dienen sollte und die ich andererseits zum Aufstoßen nutzte, fuhr ich fort: »Leider hat sich der Gute wieder verabschiedet, da seine Schwester ihm anscheinend nahegelegt hat, die Finger von mir zu lassen, wo ich doch nicht alle Tassen im Schrank hab.« Ich holte röchelnd Luft. »Und das alles, nachdem ich mehr als mein halbes Leben darauf gewartet habe, dass er mich überhaupt bemerkt. Danke, Rita!« Die letzten beiden Worte spie ich aus. Dann beugte ich mich direkt zu ihr und zischte: »Sag mir endlich, warum!«

Totenstille, nur durchbrochen von meinem Keuchen. Keine ätzenden Bemerkungen von der Seite. Keine Reaktion von Rita. Am liebsten hätte ich sie gepackt und geschüttelt, um ihr begreiflich zu machen, dass sie mein Leben zerstört hatte. Endlich hob sie den Kopf. Jetzt noch sehe ich ihr Gesicht vor mir, und ihren Blick werde ich nie vergessen. Denn plötzlich erkannte ich es. *Sie* war eifersüchtig auf *mich*. Mein Gott, sie hasste mich ja viel mehr als ich sie!

Wie aus weiter Ferne vernahm ich Marnies Stimme: »Lies doch bei den Ägyptern nach, Charlie. Noch nie von Isis und Osiris gehört?«

Was, Isis …? Doch nicht Marnies Worte rüttelten mich auf, sondern Ritas seltsame Reaktion. Die war nämlich nicht auf Marnie gerichtet, und auch mich hatte sie anscheinend vergessen. Sie lachte hysterisch auf und warf Ingrid einen triumphierenden Blick zu.

Und dann tat Ingrid etwas völlig Überraschendes. Sie stürzte sich mit einer Heftigkeit auf Marnie, dass sie beide gegen das Nachtkästchen knallten. Die Lampe fiel herunter. Glas klirrte, und mit einem Mal war alles schwarz um uns herum.

»Du elendige Hure, halt endlich dein versoffenes Schandmaul!« Das war Ingrid, die nicht nur wie von Sinnen schrie, sondern dem Klatschen nach zu urteilen offenbar auch auf Marnie eindrosch.

War sie komplett verrückt geworden? Jemand stieß gegen meine linke Schulter, sicher Sonja, die versuchte, Marnie zu retten. Ich musste auch helfen. Mit einer Hand schützte ich mein Gesicht, mit der anderen tastete ich nach vorne. Überall waren Haare und Körperteile, alles war in Bewegung. Mehrmals wurde ich gekratzt und geschlagen. Ich hatte das Gefühl, mich wehren zu müssen. Schließlich prügelte ich wie wild um mich. Ich spürte einen heftigen Schmerz in der Magengegend, der wahrscheinlich von einem Fußtritt herrührte.

Rita schrie: »Oh Gott!«

Sonja stöhnte: »Was ist los?«

»Lass mich –«, kam es keuchend von Ingrid.

Irgendjemand röchelte.

»Aua! Verdammt noch mal!«, fluchte Marnie.

Ich spürte den Schnitt an meinem Arm nicht sofort, aber ich hörte ihn. Durch die Weste hindurch. Ich werde nie wieder Fleisch schneiden können, ohne daran zu denken.

Doch ein weit beängstigenderes Geräusch lenkte mich ab. Es klang wie einer dieser Zimmerbrunnen, in denen Wasser über einen hübschen Stein läuft. Ich keuchte. Meine Hände fühlten sich klebrig und warm an, als hätte mir jemand den gesamten Whisky darüber gegossen. Panische Schreie übertönten den Zimmerbrunnen, und ich kann heute nicht mehr sagen, ob sie von mir kamen oder nicht.

Auf einmal wurde ich geblendet, anscheinend hatte jemand die Oberleuchte eingeschaltet. Ich kniff die Augen zusammen. Dann riss ich sie auf. Oh Gott!

Sonja stand als Einzige. Sie war es, die das Licht angedreht hatte. Sie lehnte an der Wand, ihr Gesicht mit aufgerissenem Mund zu einer Maske verzerrt. Diesen Ausdruck musste Munch vor sich gehabt haben, als er seinen »Schrei« malte.

In mir gefror etwas. Es war nicht das Blut – weder das an mir noch das auf dem Boden –, es war auch nicht Rita, die so seltsam verändert aussah mit ihren verdrehten Augen und der klaffenden Kehle. Was mir die Kälte in die Knochen jagte, mich nach Luft japsen ließ, das waren Sonja und ihr Munch-Gesicht.

Als hätte sie eben dem Teufel gegenübergestanden. Und erfahren, dass ihre Söhne seine Nachfahren sind.

Ich komme auch in die Hölle, wollte ich ihr sagen, doch meine Zunge gehorchte mir nicht. Wie durch einen Schleier sah ich Ingrid, die sich über Rita beugte. Sah dann Sonja auf die beiden zustürzen, Marnie, die sich ihren dünnen Pullover herunterriss und ihn an Ritas blutüberströmten Hals drückte. Hörte Sonja nach einem Telefon schreien. Bekam mit, wie Ingrid verzweifelt auf ihr Handy einhämmerte. Ich sah alldem zu und konnte mich nicht bewegen. Keinen Zentimeter. Ich saß auf dem Boden, den Rücken gegen mein weißbezogenes Bett gelehnt, im Kopf einen einzigen, verzweifelten Gedanken: Ich wollte sie nicht töten!

6

Haben Sie sich jemals in einer Seifenblase befunden? Oder sich gefühlt, als wären Sie in Watte verpackt? Nein? Das nenne ich tapfer. Wo es doch so einfach ist, sich in seliges Nichtdenken zu flüchten. So verführerisch, das Gehirn auszuschalten. Dumpf und taub und in Sicherheit, während die Welt ringsum in Chaos versinkt.

Ich kann es auch nicht immer. Was Marc betrifft, zum Beispiel, nein, keine Chance. Nach seinem Anruf traf mich das Leid mit voller, realer Wucht. Schlimmer als all der Liebeskummer der vergangenen Jahre.

Aber damals in der Psychiatrie, an dem Tag, als ich die Lustige Witwe fand, habe ich die wunderbare Zuflucht meiner Seifenblase entdeckt. Rita war nämlich nicht meine erste Leiche, müssen Sie wissen. Das war Anja, eine Deutsche, die wir aufgrund ihres Familienstandes und ihres heiteren Gemüts die Lustige Witwe genannt hatten. Ich fand sie in ihrem Bett, wo sie sich aller Fröhlichkeit zum Trotz mit einer Packung Rohypnol das Leben genommen hatte. Die Ärzte waren so nett, mich nicht mit Vorwürfen zu überhäufen, dass ich nicht gleich Meldung erstattete. Dass ich mich stattdessen seelenruhig in mein Bett legte, das dem ihren gegenüberstand, und mit dem Gesicht zur Wand liegen blieb, bis der Abend kam und ein kleiner Suchtrupp nach uns beiden ausgeschickt wurde. Wahrscheinlich halten Sie mich jetzt endgültig für verrückt, aber ich versichere Ihnen, was die Ärzte mir versichert haben: Das war in meiner Lage eine völlig normale Reaktion. Kaum zu glauben, oder?

Ich ließ ein bisschen Realität zu mir durchdringen. Eisiger Wind drückte seine kalten Lippen gegen meine Seifenblase, hauchte sanft durch die dünne Wand hindurch und ließ mich frösteln. Irgendwo musste es einen kleinen Riss geben, denn der Schneesturm entlud sich über mir. Ich spürte die Nässe der Flocken auf meinem rechten Unterarm. Ich ließ noch ein bisschen mehr Realität zu. Spähte durch den Türrahmen in den Wohnraum. Marnie stand in der geöffneten Hüttentür. Sie schien jemanden zu rufen. Wahrscheinlich Sonja. Schon interessant, dass die beiden so aneinander hingen. Wie Ingrid und Rita. Immer eine Lange und eine Kurze. Der Riss in meiner Blase wurde größer. Ich sah Marnie die Hüttentüre von innen zuknallen. Der Schneesturm war jetzt wieder draußen, dennoch fühlte ich seine eisige Kälte an meinem Arm. Sonja hatte sich zu Marnie gesellt. Ihr Haar und ihr Pullover waren feucht und weiß gesprenkelt. Traurig sieht sie aus, dachte ich. Und wütend. Ich wollte doch nicht – bitte … Ich spürte, dass mir der Mund offen stand. Ich ließ die Hände nach unten fallen und tastete herum. Da war der Boden … Boden ist gut, Boden ist vertraut …

»Das nennt man unterlassene Hilfeleistung!«

»Sonja, wenn du das noch einmal sagst, fühl ich mich gezwungen, dich zu schlagen. Man kann nichts mehr für sie tun.«

»Wenigstens die Polizei …«

»Unbedingt. Bin ganz deiner Meinung. Wenn sich die Lage da draußen beruhigt hat.«

»Ich kann nicht hier auf der Hütte bleiben. Oh Gott, Marnie. Jemand hat sie … Rita, unsere Rita –«

»Ich weiß. Scheiße … Komm schon, hör auf zu –«

»Lass mich. Kapierst du das nicht? Jemand hat sie umgebracht!«

»Ich war's nicht!«

Marnie und Sonja drehten sich um. Suchten diejenige, die sich so frech in ihr Gespräch gemischt hatte.

»Charlie, was ist mit dir?«

»Ich war's nicht.«

»Gott, Schätzchen, hast du schon wieder den Verstand verloren?«

»Ja.«

Was sollte ich sonst sagen? Ich hatte Rita töten wollen. Jetzt war sie tot. Fünf Tage, nachdem ich es das erste Mal in Erwägung gezogen hatte. Und ich wusste nicht im Geringsten, wie ich das angestellt hatte. Infolgedessen musste ich verrückt sein, oder? Das machte mir in dem Moment gar nichts aus. Ich schaukelte in meiner Blase umher und fand mich geradezu liebenswert.

»Charlie, wo ist dein – Charlie! Hörst du mich?«

Ich schüttelte den Kopf. Dann sah ich, wie Sonja sich zu mir herunterbeugte.

»Du wirst mich jetzt filzen«, stellte ich fest. Logisch, irgendwo musste ich ja die Waffe haben, die Rita derartige Verletzungen zufügen konnte.

»Hör auf mit dem Mist! Wo ist dein Handy?«

Ich wedelte mit der Hand in Richtung Nachtkästchen. Sonja richtete sich mit knackenden Knien und einem unterdrückten Stöhnen auf.

»Vergiss es. Wir haben doch alle das gleiche scheiß Netz.« Das kam von Marnie.

»Na und!«, rief Sonja. »Wir dürfen nichts unversucht lassen.«

»Das ist doch Blödsinn.«

»Hast du irgendetwas dagegen, dass wir die Polizei verständigen?«

»Du spinnst!«

»Es reicht! Habt ihr gehört? Schluss jetzt! Rita ist tot! Tot! Kapiert das denn keiner?«

Baff. Die Seifenblase zerplatzte. Ingrids unerwarteter Gefühlsausbruch hatte sie zerstört. Ich starrte sie an. Jetzt erst wurde mir bewusst, dass sie die ganze Zeit in meinem Zimmer gewesen war. Sie kauerte auf dem Bärenfell. Genau wie zuvor. Nur dass Rita jetzt nicht mehr neben ihr saß, sondern lag, ihr Kopf in der Blutlache wie auf ein rotes Kissen gebettet. Seite an Seite mit dem Bärenschädel, aus dessen aufgerissenem Maul die spitzen Zähne ragten.

»Du traust dich noch!« Marnie fuhr herum. Mit einem Satz war sie bei Ingrid. »Du wagst es, auch nur den Mund aufzumachen. Findest du nicht, dass du genug angerichtet hast?«

»Was bitte?« Ingrids Tonfall war eisig. Stand im krassen Gegensatz zum Zittern ihrer Beine.

»*Was bitte*«, äffte Marnie sie nach. »Glaubst du, ich weiß nicht, dass du es eigentlich auf mich abgesehen hast? Dass du schlicht und ergreifend danebengestochen hast? Wir kennen doch beide den Grund!« Sie stampfte mit dem Fuß auf. In ihrem dicken Wollsocken blieben kleine Glasscherben hängen.

Danebengestochen …

Ich riss die Augen auf. Das Messer. Es lag direkt vor Ritas leblosem Körper.

Ich schlug die Hände vor den Mund. Schmeckte Blut. Ritas Blut. Ich spuckte aus und erbrach mich beinahe. Sonja war auf der Stelle bei mir. Half mir auf die Beine. Zog mich hinüber in den Wohnraum zur Spüle. Wusch meine Hände. Die geborene Mutter. Selbst über und über mit Ritas Blut beschmiert, stand sie da, tröstete mich und sorgte dafür, dass ich mich besser fühlte.

»Geht's wieder, Charlie?« Gott, wie erbärmlich von mir, mich mit meiner hünenhaften Größe auf diese kleine Frau zu stützen. »Charlie, das ist ja – das ist dein eigenes Blut. Dein Arm ... komm, du musst aus der Weste raus.«

»Wieso blutet sie?«, ertönte Ingrids Stimme aus meinem Zimmer.

»Was weiß denn ich. Sie hat einen Schnitt im Arm.« Zum zweiten Mal mischte Sonja die richtige Wassertemperatur für mich. »So, jetzt säubern wir die Wunde. Arme Maus.«

»Au«, machte ich und kam mir in höchstem Maße belämmert vor. Rita lag tot in meinem Zimmer, und ich stand hier und sagte »au«.

Sonja wickelte eine Mullbinde um meinen Arm. Wo hatte sie so schnell so ein Ding her? Und warum wunderte mich bei ihr überhaupt irgendetwas? Gott, wie ich mich für die Trivialität meiner Gedanken hasste! Sonja nickte mir zu. Ich sah Angst in ihren Augen.

Ein Geräusch hinter mir ließ mich zusammenfahren. Mein Herz raste – Gott, nur Ingrid und Marnie, die uns nachgekommen waren.

»Ich werde der Polizei raten, dich ein paar Tage in eine Ausnüchterungszelle zu sperren«, presste Ingrid hervor. Ihre Stimme vibrierte.

Marnie schrie sie an: »Du kapierst es noch immer nicht, oder? Du wirst bei der Polizei nichts zu melden haben!«

Ich musste mich an Sonja festklammern, an etwas Vertrautem. Ich spürte ihre Haare zwischen meinen Fingern. Alles ist gut, Charlie ... alles, alles ... Ich musste die Hysterie zurückhalten. Eine halbe Stunde zuvor hatte ich noch überlegt, ob ich es über mich bringen konnte, Rita mit diesem Kuchenmesser abzustechen. Hatte mir die glänzende Schneide angesehen. Mir in meinem whiskygeschwängerten Hirn vorgestellt, wie die Schokoladeglasur, die daran klebte, in Ritas makellos gebräunte Haut schnitt. Und jetzt lag sie da. Das Messer hatte ganze Arbeit geleistet.

Marnie hielt anscheinend Ingrid für die Vollstreckerin. Genau wie ich es mir im Auto ausgedacht hatte. War ich – oh Gott, war ich ein Genie? Hatte ich es tatsächlich fertiggebracht? Oder war ich endgültig dem Irrsinn verfallen?

Ich starrte meine Freundinnen an. Alle waren blutverschmiert und verschwitzt. Das Gesicht jeder Einzelnen gerötet. Die Augen unnatürlich weit geöffnet.

Seht mich nicht alle so an! Ich wollte das nicht, ich wollte doch gar keine Mörderin mehr sein …

Ich stolperte meinem Zimmer entgegen, doch nach einem Blick auf das leblose Wesen am Boden machte ich kehrt. Ich betrachtete Ingrids Hinterkopf. Fand eine kleine Stelle von Kopfhaut, die der Wirbel freigab. Ingrid bekommt eine Glatze wie mein Vater, dachte ich. Kicherte los. Konnte mich einfach nicht zurückhalten. Wusste, dass es hysterisch und vollkommen fehl am Platz war, aber ich war nicht Herrin meiner Sinne.

»Schätzchen, ich erschlag dich, wenn du jetzt nicht langsam zu dir kommst.«

»Scht!« Sonja warf Marnie einen warnenden Blick zu.

Ingrid nickte. »An Morddrohungen wird die Polizei ziemlich interessiert sein, Marnie.«

Ich biss mir auf die Unterlippe, kämpfte darum, mich in den Griff zu bekommen.

»Ihr habt doch alle miteinander einen Schaden«, fauchte Ingrid.

Marnie ballte die Fäuste. Wäre wohl am liebsten handgreiflich geworden. Sie atmete keuchend aus, schloss die Augen und drehte sich um hundertachtzig Grad. Ingrid starrte ihren Rücken an und schüttelte den Kopf.

Sonja zog Marnie zur Spüle, drehte den Wasserhahn auf,

mischte erneut die richtige Temperatur und fing an, Marnies blutige Hände zu waschen. Marnie jedoch schien plötzlich aufzuwachen, schubste Sonja zur Seite und zischte: »Danke, aber das kann ich grad noch alleine.«

»Schon gut. Ich wollte nur –«

»Ja, ja, du wolltest nur helfen, wie immer. Weißt du was? Langsam wird's Zeit, dass du dich mal um dich selbst kümmerst. Auf die Dauer nervt deine Bemutterung nämlich.« Marnie drehte mit einem Ruck das Wasser ab, schüttelte sich die Nässe von den Fingern und verschwand in ihrem Zimmer. Ich hörte Schranktüren klappen. Sie packt ihre Sachen, dachte ich.

»Sie zieht sich nur um«, murmelte Sonja geistesabwesend, als hätte sie meine Gedanken gelesen.

Ich sah an mir hinab. Die blaue Strickweste, die Sonja mir ausgezogen hatte, hielt ich noch in der Hand. Sie war über und über mit Blut verschmiert. Zu viel Blut für die Wunde an meinem Arm. Es kostete mich Überwindung, sie nicht einfach fallen zu lassen. Auch mein T-Shirt war blutgetränkt. Ich würgte ein »Ich gehe mich auch umziehen« hervor und lief Marnie nach. »Kannst du mir was borgen? Bitte … ich kann nicht in mein Zimmer.«

»Sicher. Was brauchst du? Hose, T-Shirt, Pullover?«

Ich nickte. Sie warf mir ein paar Kleidungsstücke zu. Alle schwarz. Mechanisch begann ich die verschmutzten Sachen auszuziehen. Mein rechter Unterarm brannte unter der Mullbinde.

Rita! Ihre Augen so weit aufgerissen, ihre Kehle so … rot, und dieses schreckliche Geräusch. Ich steckte mir die Zeigefinger in die Ohren, um das Zimmerbrunnengluckern auszusperren, doch dafür hatte ich jetzt den Geruch ihres Bluts in der Nase. Durch die Wand hindurch konnte ich sie riechen. Sie stank!

Ich schloss die Augen und versuchte es mit Selbstsuggestion.

Komm schon, Charlie, solche Dinge passieren nur im Film. Du hast geträumt, weiter nichts. Alles ist gut, alles ist in Ordnung. Du gehst jetzt hinüber und bist ganz besonders nett zu Rita.

Ich öffnete die Augen. Starrte auf den Boden, wo meine blutverschmierte Weste unter der blutverschmierten Hose lag. Gott, dieser bestialische Gestank …

Anziehen, schnell! Nur nicht nachdenken. Hose. Shirt. Meine Hände zitterten so sehr, dass es mir fast nicht gelang, den Reißverschluss der Hose zu schließen. Meine Knie fühlten sich an, als könnten sie in jedwede Richtung abknicken, und ich musste dem Drang, mich auf Marnies Bett fallen zu lassen und unter die Decke zu verkriechen, gewaltsam widerstehen.

Sonja kam ins Zimmer. »Alles okay bei euch?«

Marnie fuhr sie an: »Wo ist Ingrid?«

Sonja sah irritiert drein. »Im Wohnraum –«

Doch Marnie war schon draußen. Ich folgte ihr.

Ingrid war nicht im Wohnraum. Sie kniete in meinem Zimmer vor Rita. Marnie hockte sich daneben und untersuchte mit den Augen das Messer. Es schien, als wollte sie uns demonstrieren, dass sie peinlichst darauf bedacht war, es nicht zu berühren.

»Und? War das wirklich ein Grund, mich anzuschreien?«, fragte Sonja müde. Sie stand in der Tür und zog sich einen gelben Wollpullover über den Kopf.

Marnie richtete sich auf. »Sorry, Sonja, aber das geht einfach nicht.«

»Was denn?«, fragte ich.

»Dass Ingrid hier alleine gelassen wird.«

»Hast du Angst, dass ich wegrenne?« Ingrids Tonfall war lauernd.

Ohne darauf einzugehen, sagte Marnie: »Bis die Polizei hier ist, werden wir uns an bestimmte Regeln halten müssen.« Ich traute meinen Ohren nicht. Die Revoluzzerin sprach von Regeln? Ausgerechnet sie? »Und dazu gehört, dass nichts hier drin verändert werden darf. Um das zu gewährleisten, darf sich nie eine allein in diesem Raum aufhalten. Klar? Wir müssen zumindest zwei und zwei zusammenbleiben.«

»Du bist doch als Erste in dein Zimmer verschwunden. Ganz alleine«, rief ich anklagend.

»In meinem Zimmer liegt ja auch keine Tote! In meinem Zimmer befindet sich kein Messer, von dem die Mörderin ihre Fingerabdrücke abwischen könnte, kapiert?«

»Lass Charlie in Ruhe«, sagte Sonja.

»Ich kann für mich selbst sprechen«, keifte ich. »Ich hab's kapiert, ja. Eine von uns – eine von uns ist eine Mörderin. Eine richtige Mörderin.« Ich kicherte hysterisch auf. »Das muss man sich mal auf der Zunge zergehen lassen.«

Ich wartete auf Zurechtweisung. Auf Kopfschütteln, gehobene Augenbrauen oder einfach nur Ignoranz. Doch ich hatte die ungeteilte, wortlose Aufmerksamkeit meiner Freundinnen. Die der toten Rita, die zu meinen Füßen lag und nie mehr widersprechen würde. Und die der anderen, die mich trotz meines Zustands so ernst nahmen wie nie zuvor. Die Ironie wurde mir schwach bewusst.

Mein Zeigefinger dirigierte gebieterisch den Rhythmus, als ich sagte: »Eine von uns hat einen Mord begangen.«

Keine antwortete. Doch das war nicht das Schlimmste. Es waren unsere Blicke. Gesenkt, unstet. Nur ja keine zu lange ansehen. Nur ja nicht zu hastig wegsehen. Alles konnte Anklage oder Schuldgeständnis bedeuten. Ich fühlte die Anspannung in jeder Faser meines Körpers. Meine Fäuste waren geballt. Ich war sprungbereit.

Die Oberleuchte flackerte. Ich hob den Kopf. Sah Marnies Gesicht in stetem Lichtspiel erst dunkel, dann wieder hell werden. Dunkel. Hell. Dunkel. Hell. Sie starrte mir direkt in die Augen. Ihr Blick hatte etwas Grausames.

Ich starrte zurück. Biss mir auf die Unterlippe, bis ich den metallischen Geschmack meines eigenen Bluts schmeckte.

Das Licht hörte auf zu flackern. Ich blinzelte. Marnie sah aus wie immer.

»Wenn die Glühbirne jetzt ihren Geist aufgibt, dann mach ich mir in die Hose«, sagte sie.

Vorsichtiges Lachen. Ein winziger Moment der Gelöstheit. Ich öffnete meine Fäuste, was beinahe wehtat.

Ingrid räusperte sich. Sonja sagte leise: »Wir sollten sie wenigstens zudecken.«

Marnie klopfte sich mit den Fingerspitzen auf die Oberschenkel. Dann erwiderte sie: »Ja, wahrscheinlich schon.« Sie schlüpfte an Sonja vorbei, die noch immer in der Türe stand, ging in das rote Zimmer hinüber und kam mit einer roten Decke zurück. »Sie braucht sie ja nicht mehr«, murmelte sie und blieb andächtig vor Rita stehen.

Ein Gefühl der Unwirklichkeit überkam mich. Das braune Haar, das so seidig weich gewesen war, stand wirr um Ritas Kopf, von all dem Blut darin strähnig und beinahe schwarz. Die prachtvoll gebogenen Wimpern, die nie einer Verschönerung bedurft hatten, waren das erste Mal so verklebt wie meine, wenn ich zu viel Wimperntusche benutzte. Nur dass in Ritas Fall ihr eigenes Blut die Fliegenbeine produziert hatte. Mein Blick wanderte tiefer. Die offene Kehle – was, um Himmels willen …! Ich glotzte. Da hing etwas raus – wie eine Zunge … vielleicht die Speiseröhre … Ich musste würgen.

Endlich breitete Marnie die Decke über unsere tote Freundin. Ritas Körper war so klein, dass er gänzlich unter dem roten Stoff verschwand.

Kaum hatte ich das Würgen überstanden, spürte ich ein Ziehen in der Brust. Erst konnte ich es nicht einordnen. Schrieb es meiner Verwirrung und meiner Angst zu. Doch dann wurde mir klar, dass ich eine Art Trauer verspürte. Und Schmerz.

Der Damm brach. Ich heulte.

Wie sehr hatte ich Rita in den letzten Tagen gehasst. Wie sehr hatte ich mir ihren Tod gewünscht. Und jetzt, wo ich bekommen hatte, was ich wollte? Ich starrte auf das reglose Bündel hinab.

Sie würde nie mehr atmen. Nie mehr lachen. Nie mehr sprechen. Würde sich nie mehr freuen dürfen. Nie mehr weinen. Nie, nie, nie. Aus. Vorbei.

Die Tränen liefen an meinem Kinn hinab, und ich war froh, dass keine auf den Gedanken kam, mich zu trösten. Ich war die Letzte, die Zuspruch verdiente.

Sonja unterbrach die Trauer. »Sollen wir die Scherben einfach so liegen lassen? Und den Kuchen?« Sie zeigte auf den Boden. Die meisten unserer Gläser waren bei dem Kampf zerbrochen, die Tortenplatte lag umgedreht dazwischen, der Kuchen hatte sich selbstständig gemacht und lag in viele Teile zerfallen auf dem Bärenfell.

»Wehe, du fängst jetzt an zu putzen!«, knurrte Marnie.

»Ich würde mich auch gerne umziehen«, sagte Ingrid gedehnt und legte ihre Hand wie zum Abschied auf die Stelle der roten Decke, wo sich Ritas Kopf befand.

»Halt! Stopp! Du darfst nichts mehr berühren«, rief Marnie. Breitbeinig stellte sie sich über das blutige Kuchenmesser. »Ich hab doch gesagt, dass alles so bleiben muss wie zur Tatzeit.«

Ingrid lachte spöttisch. »›Tatzeit‹! Was bist du? C.S.I.-Detective?«

»Du musst es ja am besten wissen, Fräulein Anwältin. Magistra Juris, summa cum laude und der ganze Scheiß. Gleich wirst du anfangen, uns irgendwelche blödsinnigen Paragraphen runterzubeten. Dann wirst du uns erklären, wie wir uns zu verhalten haben. Und danach? Danach greifst du dir wahrscheinlich das Messer, um es genauer zu ›untersuchen‹, und kannst dann auf diese Weise deine Fingerabdrücke darauf erklären.«

»Ich empfinde diese Diskussion zwar als unter meinem

Niveau«, die künstliche Langeweile in Ingrids Ton provozierte ein wütendes Funkeln in Marnies Augen, »aber wir alle haben natürlich unsere Fingerabdrücke darauf hinterlassen. Oder hast du ein anderes Messer benutzt, als du dir was vom Kuchen abgeschnitten hast?«

»Du weißt genauso gut wie ich, dass es einen Unterschied macht, ob man es als Kuchenmesser oder als Mordwaffe verwendet. Die Abdrücke werden eindeutig zeigen, wer es so in der Hand hatte, dass –«

»Schluss jetzt! Es reicht! Bitte keine Diskussionen mehr.« Sonja trat zwischen die Fronten und streckte die Arme nach beiden Seiten. Es erinnerte an die Geste des Schiedsrichters, wenn er den Boxkampf unterbricht. Durch ihre Statur wirkte Sonja allerdings eher wie der gemütliche Schutzmann in meiner Gasse, der in der Früh und zu Mittag die Schulkinder über die Straße lotst. Doch ihr Ton war eindringlich, was eine gewisse Wirkung nicht verfehlte. »Ihr werdet es sonst bereuen. Wer weiß, wie sich die ganze Sache aufklärt. Ihr bezichtigt euch gegenseitig des Mordes, und am Ende habt ihr beide nichts damit zu tun, habt aber Sachen zueinander gesagt, die ihr nie mehr zurücknehmen könnt.«

Ingrid spitzte die Lippen. Marnie verdrehte die Augen.

»Wir sind doch nicht irgendwelche Fremde füreinander. Schaut euch mal um, das sind *wir*. Erinnert euch an früher. Denkt dran, wie lange wir schon befreundet sind. Und was wir uns geschworen haben.«

Freundschaft auf ewig. Den Eid hatte ich längst gebrochen. Aber Rita auch …

Sosehr mir Sonjas Gutmenschgehabe oft auf die Nerven ging, in diesem Moment klammerte ich mich an ihre Worte. Das starke Kinderband noch einmal heraufbeschwören. Zurückgleiten in dieses selige Vertrauen, das damals zwischen uns war. Ich schloss die Augen und sah fünf Mädchen vor mir. »Ich schwöre bei meinem Leben, dass ich alles in meiner Macht

Stehende tun werde, um für immer eure Freundin zu sein.« Fünf Zwölfjährige mit glühenden Wangen, die stolz ihren Eid vortrugen. Und tapfer die Schneide des Taschenmessers an die Fingerkuppe setzten. Der Schnitt brannte. Und pochte bei der Berührung mit den anderen Zeigefingern. Es war ein großartiges, erhebendes Gefühl gewesen. Das Blut der anderen würde für immer durch meinen Körper fließen.

Jemand schnaubte. Die Erinnerung glitt davon, und ich öffnete die Augen.

Ingrid erklärte süffisant: »Ich brauche diese lächerlichen Machtkämpfe sicher nicht.« Und dann, mit einem Seitenblick auf Marnie: »Ich hoffe, Jessica Fletcher hier gestattet mir, meine Hände zu waschen und mich umzuziehen.« Sie lächelte dünn. »Dumm, dass ausgerechnet du als Erste aufgesprungen bist und dich deiner Kleidung entledigt hast. Schon mal davon gehört, dass man ein Verbrechen anhand solcher Beweismittel nachstellen kann? Dürfte die Polizei interessieren …«

Marnie starrte sie perplex an, dann trat sie einen Schritt zurück und zuckte mit den Schultern. »Zieh dich doch endlich um.«

Wir waren wieder im Wohnzimmer. Ingrid in einer grünen Cordhose mit dazu passendem Pullover. Der Knödel auf ihrem Hinterkopf hatte seine exakte Rundung zurückerhalten.

Das Schweigen im Raum war weit belastender als die Diskussionen zuvor. Wenn nur endlich jemand –

»Und jetzt?«, fragte Sonja. Gott sei Dank.

Ingrid ging zur Eingangstür und schob den Vorhang des kleinen Fensters zur Seite, Marnie flüsterte Sonja etwas zu. Ich hätte gerne gewusst, was, denn Sonja legte die Stirn in Falten und sah aus wie ein Mops. Immer dieses Tuscheln. Ich sank auf die Bank. Mit Nachdruck platzierte ich meinen rechten Arm auf der Tischplatte. Den Ärmel hatte ich zuvor schon hochgeschoben, der Verband war gut sichtbar. Wann fragten sie mich endlich nach meiner Wunde? Wussten die nicht, wie weh das tat? Ich war sehr, sehr tapfer. Nur wozu, wenn's keiner merkte.

Draußen peitschte der Schneesturm. Das perfekte Ambiente für einen Horrorfilm. Fehlte nur noch, dass Yeti vorbeischaute. Mich fröstelte, und ich zog den Ärmel wieder runter.

»Solange es dermaßen schneit, können wir nichts unternehmen.« Ingrid zog den Vorhang wieder zu.

»Lass offen«, sagte Sonja. »Damit wir sofort sehen, wenn es besser wird.« Sie atmete hörbar ein und dann wieder aus. »Ich habe ein ganz schlechtes Gefühl bei dem Gedanken, dass wir uns minütlich mehr und mehr einschneien lassen«, sagte sie dann.

»Trotzdem. Jetzt ins Auto zu steigen wäre glatter Selbstmord. Das Problem sind die Schluchten. Bei dem dichten Schnee ist es unmöglich zu sagen, wo die Straße verläuft.«

»Und morgen früh sind wir dermaßen eingeschneit, da kommen wir mit dem Auto keinen Zentimeter weit«, konterte Sonja.

»Hast du keine Schneeschaufel mit?«

Sonja schüttelte unglücklich den Kopf. »Nein, extra ausgeladen, damit die Vorräte Platz haben.«

Ingrid nickte düster. »Und in Ritas Auto ist nur diese kleine. Aber wer hätte auch mit so viel Schnee gerechnet.«

Marnie gähnte. »Ich brauch jetzt erst mal was zur Stärkung«, meinte sie dann, marschierte zur Küchenzeile und griff nach einer Flasche.

Wir anderen senkten die Köpfe und verlegten uns erneut aufs Schweigen. Marnie bot uns vom Whisky an, doch wir lehnten alle ab. Sie zuckte die Schultern und trank direkt aus der Flasche. Mich hatten die grausame Situation und der darauf folgende Schock mit einem Schlag nüchtern werden lassen. Leider. Wie gern wäre ich jetzt eine Säuferin gewesen. Doch Alkohol hat auf mich nicht diese angenehm dämpfende Wirkung.

Zumindest nicht lange. Deswegen die Seifenblase. Ich fühlte mich plötzlich entsetzlich ausgelaugt. Immer wieder glitt mein Blick zu der Tür, hinter der Ritas toter Körper lag. Die weiße Schleife war ein einziges Magnetfeld. Und meine Augen zwei dämliche Eisennägel.

Mir wollte einfach nicht in den Kopf, dass Rita weg war. Für immer.

Das war doch zum Verrücktwerden. Eine Stunde zuvor noch war mir eine Welt ohne Rita paradiesisch erschienen. Und jetzt? Diese beklemmende Trostlosigkeit … Konnte es sein, dass ein Teil von mir mitgestorben war? So abgedroschen das klang?

Immerhin gab es kaum eine Erinnerung, die nicht mit Rita verbunden war. Ich hatte sie fast mein ganzes Leben lang gekannt.

Ich schloss die Augen. Was würde aus uns allen werden? Es erschien mir schier unmöglich, dass die Zeit einfach weiterlief. Dass es irgendwann wieder Tag werden würde. Dass die Welt sich weiter um die Sonne drehen konnte. Dass Charlie sich weiter um Marc drehen konnte, denn bis jetzt war er meine Sonne gewesen – Marc!

7

Oh mein Gott, Marc! Ich sank gegen die Rückenlehne und starrte die Tischplatte an. Wie würde er damit zurechtkommen?

Ich würde ihn trösten, ihn halten, ihn lieben – ich war ein Scheusal! In dieser Situation wieder nur an mich zu denken.

Doch er würde natürlich meine Unterstützung brauchen. Es war völlig sinnlos, mir vorzumachen, dass es jetzt nicht um Marc und mich ging. Verdammt, es ging immer um Marc und mich. Ich würde schon dafür sorgen, dass er den Schmerz überwand …

Marnie mit ihrer Flasche war die Erste, die sich zu mir setzte. In der freien Hand hielt sie eine Zigarette. »Du bist ganz weiß im Gesicht.«

Ich nickte. Wieso sagt sie das jetzt, fragte ich mich.

Sonja setzte sich neben Marnie. Ingrid nahm gegenüber auf einem der Stühle Platz.

Ich gab mir einen Ruck. »Wie spät ist es?«, fragte ich.

»Halb zwei«, antwortete Sonja nach einem Blick auf ihre Uhr.

»Und was, wenn der Schneefall nicht nachlässt? Was, wenn wir tagelang hier oben bleiben müssen?«

»Oder was, wenn wir für immer hier bleiben müssen, Charlie?«, raunte Marnie ironisch und zündete sich eine frische Zigarette an, obwohl die im Aschenbecher abgelegte noch brannte.

Der Rauch stieg mir in die Augen. Angewidert fragte ich zurück: »Ja, was ist dann? Wie sollen wir hier oben schlafen? Selbst wenn wir in zwei Tagen gerettet werden, so lange können wir nicht wach bleiben.«

»Dann schläft eben immer nur eine«, sagte Sonja fest. Ihr Tonfall ließ keine Diskussionen zu.

Ingrid stützte die Ellenbogen auf die Tischplatte und verschränkte die Finger ineinander. »Wenn ich am dritten Januar nicht in Wien bin, kann ich den Prozess vergessen. Dann ist meine Karriere gelaufen.«

Mein Mitleid mit ihr hielt sich in Grenzen.

Wieder dieses Schweigen. Und das Starren aus den Augenwinkeln. Eine von uns eine Mörderin … einfach verrückt. Wir waren so liebe Mädchen gewesen, damals im Gymnasium. Aus uns waren doch eigentlich auch ganz liebe Frauen geworden. Oder? Gut, eine war Alkoholikerin. Eine gehörte in die Klapse. Eine warf ein Kind nach dem anderen, offenbar ohne Einverständnis ihres Mannes. Eine war eiskalt und berechnend. Und eine war eine Mörderin. Eine von uns …

Dieser Kampf, bevor Rita erstochen wurde – Ingrid hatte ihn angezettelt. Deshalb verdächtigte Marnie sie. Aber warum war Ingrid auf Marnie losgegangen? Was hatte Ritas merkwürdiges Lachen zu bedeuten gehabt?

Mitten in meine Grübelei stellte Sonja die richtige Frage: »Sag mal, Marnie, was hast du vorhin gemeint? Mit Isis und Osiris?«

Isis … Osiris … Isis … Osiris … Es klingelte. Zuerst leise und verzögert, dann ganz schriller Alarm. Isis und Osiris! Das Herz klopfte mir bis zum Hals. Mein ganzer Körper fing zu zittern an. Mein Atem rasselte.

»Ist schon gut, Schätzchen, beruhige dich. Die Welt geht davon nicht unter.«

»Sag schon«, stieß ich hervor.

Marnie legte den Arm um mich. Eine seltene Geste von ihr. Ingrid blickte mich mitleidig an. Mir wurde schlecht.

Es war, als hätte ich ein Kettenkarussell bestiegen, das mit Höchstgeschwindigkeit um seine Achse rotierte. Die Gesichter meiner Freundinnen verschwammen vor meinen Augen. Wortfetzen drangen an mein Ohr. Ingrids zögerliche Umschreibungen, die so gar nicht zu ihr passen wollten. Marnies Kraftausdrücke, die sie mit einem gewissen Genuss verlautbarte.

Und schließlich Sonjas fragende Zusammenfassung in einem einzigen, hässlichen Wort: »Inzest?«

Die Ketten meines Karussells rissen. Ich wurde hinauf in das schwarze Weltall katapultiert.

Rita und Marc. Das Traumgeschwisterpaar als Liebespärchen. Brüderchen und Schwesterchen als Romeo und Julia.

Es war unglaublich. Unfassbar. Ein Schlag für die altehrwürdige Familie Juanez. Und bitterster Hohn für mich und die letzten achtzehn Jahre meines Lebens. Das zerstörte alles. Alles, wofür ich gelebt hatte. Meine Träume, meine Zukunftspläne. Jeder nur erdenkliche Sinn in meinem Dasein war mit diesem einen Wort ausgelöscht.

Inzest.

»Wer weiß, ob es stimmt«, startete ich einen kläglichen Versuch, meine Existenzberechtigung wieder herzustellen.

»Vertrau mir, Schätzchen, ich hab's mit eigenen Augen gesehen.«

»Was?«, riefen Ingrid und Sonja wie aus einem Mund.

Marnie nickte. »Ich bin sicher alles andere als prüde, aber daran hatte selbst ich zu knabbern.«

»Wann war das?«, fragte ich ängstlich.

»Und was genau hast du gesehen?«, fragte Sonja.

»Vor ungefähr zwei Monaten, und – alles.«

Was! Das war ja gar nicht lange her. Vielleicht hatte er uns zeitgleich …?

»Was heißt ›alles‹?«, forschte Sonja hartnäckig.

»Bitte, Ferkelchen, du musst doch wissen, was das heißt. Du hast drei Kinder. Also, Ende Oktober war ich einen Nachmittag im *Rima*. Mit einem Bekannten. Es war niemand da, der uns bedient hätte. Da bin ich zu Ritas Büro gegangen.« Marnie zuckte mit den Schultern. »Das hat sich schon von draußen so komisch angehört. Drum hab ich ganz vorsichtig reingeschaut. Ich wollte ja nicht stören.« Zu Sonja gewandt fuhr sie fort: »Sie lagen auf dem Tisch, okay? Mit unten ohne.« Sie trank einen Schluck aus ihrer Flasche und sah dann mich an. »Tut mir leid, dass ich's dir nicht schon früher gesagt hab. Keine Ahnung, was für ein Sensibler mich da geritten hat, aber ich hab's einfach nicht über mich gebracht.«

Ich nickte. Mir war alles egal. Marnie wollte einmal in ihrem Leben rücksichtsvoll sein. Ob Rita oder mir zuliebe, wer weiß. Wen interessierte das noch? Mein Leben war vorbei. Ich wartete auf die unvermeidliche Panikattacke. Auf den Nervenzusammenbruch. Auf irgendeine angebrachte Reaktion meines Körpers. Doch nichts geschah. Keinerlei Ablenkung. Mein Körper ließ mich im Stich. Ich musste diese Sache mit klarem Bewusstsein ertragen. Mein Blick fiel auf den Whisky. Müde streckte ich die Hand danach aus und ließ sie wieder sinken. Auch das war mir egal. So wie alles andere.

Rita tot? Na und. Eine von uns eine Mörderin? Pfff, wen juckt's. Eingesperrt in eine abgelegene Berghütte, draußen finstere Nacht? Herzlich willkommen, Schneesturm, Tod und Einsamkeit.

Wie stolz Marc immer auf seine erfolgreiche kleine Schwester gewesen war. Wahrhaftig, Bruder und Schwester, die man beneiden konnte um ihre geschwisterliche Liebe. Ganz anders als Clemens und ich, zwei Menschen, die nichts gemeinsam haben als den gleichen Genpool und eine gewisse wechselseitige Antipathie. Rita und Marc, das hatte wahre Zusammengehörigkeit bedeutet, Achtung, Respekt, Zuneigung.

Und Sex. Ritas fester kleiner Körper, der sich leidenschaftlich wand, über und über mit Marcs Schweiß benetzt. Sein Herzschlag an ihrer Brust. Seine Lippen an ihren. Eine Vorstellung, die eine Serie von beklemmenden Bildern in meinem Kopf auslöste. Die Rita-Speziale kamen mir hoch. Ich biss mir in den Daumenknöchel. So fest es ging. Der Schmerz half, den Brechreiz zu unterdrücken.

Rita und Marc. Wozu dann diese Geschichte mit mir? Der Versuch eines Ausbruchs? Um der Unmoral ein Ende zu setzen?

Ich drückte meinen Eckzahn in die Daumenhaut, bis ich Blut schmeckte. Jetzt musste ich tatsächlich würgen. Ich schloss die Augen.

»Gott, Charliemaus, für dich muss das ja … oh Gott.«

Ich sah Sonja nicht an. Wahrscheinlich würde ich die Augen nie wieder öffnen.

»Meine Güte, was für eine Geschichte«, schnatterte Sonja weiter. »Und sie … Ich meine, du hast wirklich gesehen, wie sie …? Und Ingrid, dir hat Rita es erzählt?«

Mein Daumen pochte. Unter halbgeöffneten Lidern schielte ich in Ingrids Richtung.

»Sie wollte es beenden. Immer wieder hat sie versprochen, dass sie damit aufhören wird.«

Sonja keuchte. Ich konnte nicht sagen, ob aus Ekel oder aus Faszination. »Und es hat dir nichts ausgemacht? Ich meine, davon zu wissen und weiter mit ihr befreundet zu sein?«

Ingrids rechte Augenbraue verschwand in ihrem Haaransatz. Spöttisch sagte sie: »Wir waren doch nicht irgendwelche Fremde füreinander. Denk dran, wie lange wir schon befreundet waren. Und was wir uns geschworen haben.«

Sonja klang verärgert. »Komm schon, das ist was völlig anderes.«

»Was?«, hakte Ingrid nach. »Der Mörderin soll ich vergeben, aber Rita nicht?«

»Ich versteh einfach nicht, wie es zu so was kommt. Dass man –« Sonja unterbrach sich, dann sagte sie: »Wenigstens ist mir jetzt klar, wieso Rita immer nur Affären hatte.«

»Wieso denn?«, rief ich verzweifelt. »Wie lange ging das denn schon?«

Keine Reaktion. »Ingrid«, flehte ich.

Mit einem Seufzer erbarmte sie sich schließlich. »Genau weiß ich es nicht. Mir hat sie vor einem Jahr davon erzählt. Und ich hab nicht nachgefragt. Ganz ehrlich«, sie sah mich an, »ich wollte so wenig wie möglich darüber wissen.«

»Also ich hätte sie genau nach allem gefragt«, warf Sonja dazwischen.

Marnie grinste. »Du bist ja auch insgeheim pervers, Mama.«

»Seid doch mal still«, rief ich wütend. »Ingrid, ist das der Grund, warum Rita so durch den Wind war? Und du sie andauernd zurechtgewiesen hast?«

Ingrid warf mir einen herausfordernden Blick zu. »Was hättest du an meiner Stelle getan?«

Ich? Ich hätte sie natürlich umgebracht.

»Also wenn ich mir vorstelle, dass meine Jungs – oh Gott, die armen Eltern.«

Ich sah Sonja an. Sie hatte recht. Was würde geklatscht werden über die reiche Familie Juanez. Rita war schließlich nicht die Einzige, die eine gewisse Stellung in der Gesellschaft hatte. Ihr Vater leitete einen angesehenen Verlag in Wien. Es waren nette Leute. Herzlich und großzügig. Scheiße. Erst würden sie den Tod der Tochter verkraften müssen, und dann womöglich …

»Hoffentlich kommt das nicht raus.« Sonja stieß einen Seufzer aus.

»Kommt drauf an, was die Polizei draus macht.«

»Du willst es der Polizei erzählen, Marnie?«

»Was denkst du denn, Schätzchen. Hier geht es immerhin um Mord.«

»Das kannst du nicht machen!« Sonja klang ehrlich entsetzt. »Das kannst du diesen armen Menschen doch nicht antun.«

»Diesen armen Menschen? Diesen armen Menschen?« Marnies Stimme überschlug sich. Sie sprang auf, drängte sich an mir vorbei und blieb anklagend neben dem Tisch stehen. »Und was ist mit mir? Schaut mich mal an! Ein Wrack bin ich! Hat sich damals jemand um mich gekümmert? Hat damals einer gesagt, halt, es darf nichts an die Öffentlichkeit gelangen, wir müssen das arme Kind schonen?« Sie hieb mit der Handfläche auf den Tisch. »Niemand hat das gesagt! Niemand hat mich geschont!« Sie holte hörbar Luft, und ich hatte das ungute Gefühl, dass sie uns gleich anspucken würde. Doch stattdessen passierte etwas, das ich mir nie hätte vorstellen können. Marnie weinte.

Seit achtzehn Jahren kannte ich sie. Ich hatte sie in zig Situationen erlebt, in denen ich an ihrer Stelle zusammengebrochen wäre. Der Tag, als sie ihren Vater erschossen fand. Das Begräbnis, bei dem schon über den Millionenbetrug gemunkelt wurde, der wenig später traurige Gewissheit war.

Und jetzt weinte sie. Sie stand einfach da, neben dem Tisch, die Hände hingen an ihrem Körper herab, die Tränen liefen über Wangen und Kinn. Völlig unspektakulär nach dem dramatischen Auftritt vorher.

Ingrid und ich sahen uns an. Dann blickten wir beide hilflos in Sonjas Richtung. Komm schon, Mama, dachte ich, geh zu ihr und alles wird gut. Und Sonja war anzusehen, dass sie mit sich kämpfte. Sie wollte aufstehen und Marnie trösten. Ihr sagen, dass alles in Ordnung war, dass wir ihre Freundinnen waren, dass wir sie nicht in Stich lassen würden. All das sah ich in Sonjas Gesicht, und trotzdem stand sie nicht auf. Sie kannte Marnie besser als wir. Sie wusste wohl, dass es keinen Sinn haben würde.

»Weißt du was, Schätzchen«, sagte sie stattdessen und versuchte Marnies legeren Ton zu treffen. »Ich glaub, ich trink jetzt doch einen mit. Ich wäre doch blöd, wenn ich unseren Ausflug nicht nutzen würde. Zu Hause kann ich mir schlecht einen hinter die Binde kippen. Die Kinder beobachten mich immer.« Sie lachte leise und griff nach dem Whisky.

»Tu das nicht.« Marnie wischte sich die Tränen vom Gesicht und nahm Sonja sanft die Flasche aus der Hand. Ihr Ton war feierlich und ernst, mit dieser gewissen Dramatik in der Stimme, die man nur zustande bringt, wenn man beschwipst oder ein besonders schlechter Laienschauspieler ist. »Das ist nichts für dich.« Sie reckte das Kinn vor. »Und für mich auch nicht mehr. Ich werde jetzt endlich diese Scheißtabletten nehmen, und dann rühr ich nie wieder einen Schluck an.«

Tabletten? Was für Tabletten? Mir rauschte der Kopf von den ständigen Wendungen.

»Welche?«, fragte auch Sonja misstrauisch. »Du meinst doch nicht diese Dinger, die dich umbringen, wenn du sie mit Alkohol mischst?«

»Doch, genau die. Wo hab ich sie denn …« Marnie wandte sich ab und ging auf ihr Schlafzimmer zu.

»Hast du den Verstand verloren? Nichts wirst du tun!« Sonja sprang auf und hastete Marnie nach.

Ingrid schüttelte bedächtig den Kopf. Fast hätte ich es ihr gleichgetan, aber eine Verbrüderung mit ihr war das Letzte, was ich jetzt wollte. Mir fiel etwas anderes ein. »Warum war Rita dir plötzlich so hörig? Das kann doch nicht nur das mit Marc … Ich meine, das war ja schon fast ein Kniefall vor dir.«

»Was?«

»Während der Fahrt. Sie hat von der Landschaft geschwärmt, und du hast gesagt, sie soll sich einkriegen.«

»Und?«

»Und?« Ich sah sie verwirrt an. »Sie hat sich sofort zusammengerissen. Du kannst mir doch nicht erzählen, dass das typisch war – für sie. Oder war sie wegen dem Geld so fertig?«

»Welchem Geld?«, fragte Ingrid stirnrunzelnd. Es schien, als wäre sie plötzlich auf der Hut.

»Na, das Geld, das im *Rima* aus der Kasse gestohlen worden ist.«

»Was? Davon weiß ich nichts.«

Erst wollte ich es ausführen, ihr sagen, dass sie sich doch erinnern musste, dass sie erst heute Vormittag im Auto darüber gesprochen hatten, aber dann bekam ich kein Wort heraus. Es war so eine dumme, unsinnige Lüge, die Ingrid mir da auftischte, dass ich Herzklopfen bekam. War es möglich, dass Ingrid im *Rima* gestohlen hatte? Aber wie …?

Die Pause dauerte schon zu lange, ich musste etwas sagen. »Jedenfalls ist sie in letzter Zeit etwas durch den Wind gewesen, oder?«, brachte ich hervor.

Ingrid spitzte die Lippen. »Was unter den gegebenen Umständen kein Wunder war. Sie wusste, dass sie das Verhältnis mit Marc endlich beenden musste.«

Ich nickte, doch im Geiste notierte ich mir zwei einfache Worte: Ingrid lügt. Laut sagte ich: »Das ist doch seltsam, oder? Sie ist gerade erst … gerade erst gestorben, und wir haben uns schon daran gewöhnt, nur noch in der Vergangenheit von ihr zu sprechen.«

»Es nützt nichts, ihren Tod zu leugnen.«

»Wieso bist du immer so tough?«

»Weil mir nichts anderes übrig bleibt.«

Ich sah sie lange an. Irgendeine Regung würde sie schon zeigen. Ich musste nur lange genug starren. – Nichts. Schließlich gab ich das Warten auf. »Du bist doch sicher traurig. Oder wütend. Sie war deine beste Freundin.«

»Charlie!« Ingrid begegnete meinem forschenden Blick und sagte nachdrücklich: »Du kannst dir nicht vorstellen, wie wütend ich bin. Und du kannst dir nicht einmal annähernd vorstellen, wie traurig ich bin. Aber meine Gefühle gehören immer noch mir, verstanden? Ich muss sie mit niemandem teilen.«

Mist, wieso konnte ich mich nie so unter Kontrolle haben? Etwas spitz fragte ich: »Heute, als wir das Auto anschieben mussten, da hab ich dich gefragt, wann ihr angefangen habt, mich zu ignorieren.«

Ingrids linke Augenbraue wanderte steil nach oben.

»Hey, du kannst das ja mit beiden Seiten«, entfuhr es mir. Ich war wirklich fasziniert.

»Wovon redest du eigentlich?«

»Meine Frage. Du hast gesagt, ich soll mir die Krise für später aufheben«, sagte ich. »Also?«

Okay, kann sein, dass der Zeitpunkt ein wenig ungünstig gewählt war. Aber irgendwie mussten wir die nächsten Stunden sowieso runterbiegen, und Gesprächsstoff war zwischen Ingrid und mir seit jeher Mangelware.

»Meinst du nicht, dass es im Augenblick etwas unsensibel ist, nur von dir zu reden? Schau dich doch bitte um. Rita ist tot. Marnie dreht durch.« Ingrid schüttelte den Kopf wie eine Oberlehrerin, die zum wiederholten Male von ihrem schlechtesten Schüler enttäuscht ist.

Wut stieg in mir hoch. Musste sie mir ständig das Gefühl geben, dass sie etwas Besseres war? »Wieso bist du dir deiner selbst eigentlich immer so sicher?«, fragte ich zornig. »Wie kannst du ständig der festen Überzeugung sein, dass deine Meinung die einzig richtige ist? Merkst du nicht, dass du alle wahnsinnig machst mit deiner Arroganz? Du glaubst, du bist was Besseres.« Sie lächelte – verdammt, bestimmt würde sie klug kontern. Ich kam ihr zuvor: »Wenn ich daran denke, dass wir Spenden gesammelt haben, damit du mit auf Maturareise fahren kannst!«

Meine Wangen fühlten sich an, als ob sie glühten. Meine Augen waren staubtrocken und brannten. Verwirrt starrte ich Ingrid an. Wie hatte ich das nur sagen können? Meine Hände zitterten. Ich war nicht mehr ich selbst. Das war die einzige Lösung. Jemand anders war in meinen Körper geschlüpft und verantwortlich für die bösen Dinge, die ich äußerte und tat.

Ingrid erhob sich.

»Ingrid –«

Mit tonloser Stimme sagte sie: »Weißt du eigentlich, wie verletzend es ist, wenn man auf die Almosen anderer angewiesen ist? Wenn man lächeln und buckeln muss, damit man das bekommt, was jedem von uns von Geburt an zustehen sollte. Du hast keine Ahnung, was es für mich bedeutet hat, in eure Gesichter zu sehen und in die eurer Eltern, und zu wissen, dass ihr euch fantastisch fühlt, weil ihr gerade ›etwas Gutes‹ getan habt.«

Shit, da könnte was dran sein …

»Ich habe eure Geschenke angenommen, ja. Und ich habe mich dafür bedankt. Was verlangst du noch? Dass ich mich mein Leben lang schwach und hilfsbedürftig fühle? Ich habe was aus mir gemacht, klar?« Sie schlug mit der Faust auf den Tisch. Ich bemühte mich, nicht zurückzuzucken. »Ich habe mich aus diesem Drecksloch hochgearbeitet, und das habe ich, wenn du erlaubst, rein mir selbst zu verdanken. Das ist der

Unterschied zwischen uns beiden. Du hast alles vorn und hinten reingeschoben bekommen. Und was machst du daraus?« Sie legte eine kurze, äußerst wirkungsvolle Pause ein, in der ich am liebsten im Erdboden verschwunden wäre, und sagte dann genüsslich: »Videos verleihen.«

Ich biss mir auf die Lippen. Versuchte ihrem Blick standzuhalten.

»Ich hatte nichts«, fuhr Ingrid fort. »Kein Taschengeld. Keine neue Kleidung. Keine liebevollen Eltern wie ihr alle. Soll ich dir sagen, was mein Vater gemacht hat, wenn ich mit einem Einserzeugnis nach Hause gekommen bin?«

Sie gab mir Gelegenheit zu einer Antwort, doch ich ergriff sie nicht.

»Verprügelt hat er mich, weil ich ihn damit belästigt habe. Und meine Mutter ist geflüchtet, weil sie den Anblick nicht ertragen konnte. Kannst du dir das vorstellen? Kann sich die kleine behütete Charlie das auch nur ansatzweise vorstellen?« Sie lachte verächtlich. »Nein, oder? Aber weißt du was? Heute bin ich die jüngste Teilhaberin in einer der größten Anwaltskanzleien, die es in Wien gibt. Und deswegen«, sie sah auf mich herab, »deswegen bin ich der festen Überzeugung, dass meine Meinung etwas zählt. Dass ich voll und ganz zu mir stehen kann. Gerade du solltest einmal darüber nachdenken.«

Mir stand der Mund offen. Als ich ihn schloss, schlugen meine Zähne aufeinander. Gott, war die Frau gut. Und noch dazu hatte sie recht. Ich war in meinem Leben noch nie für etwas wirklich eingetreten. Schon gar nicht für mich selbst. Mit achtundzwanzig Jahren war ich ein ähnlich unbeschriebenes Blatt wie mit achtzehn. Die Therapie spätestens hätte mich zu einer kraftvollen und starken Persönlichkeit formen sollen. So verlockend hatte das damals aus dem Mund der Ärztin geklungen. Nur hatte ich in der ganzen, schönen Jetzt-wird-alles-besser-Euphorie vergessen, dass ich selbst auch etwas dazutun musste.

Mit beiden Händen knetete ich eins der karierten Kissen. Noch ein weiterer Punkt ging an Ingrid: Sie war nicht nur die stärkere von uns beiden, nein, sie verdiente auch mehr Mitgefühl. Und hätte wesentlich mehr Gründe gehabt als ich, ein Nervenwrack zu sein. Verdammt.

Ich fing an zu stammeln. »Äh … ähm, ich bin eine Vollidiotin. Es tut mir so leid. Ich hab nicht gewusst, dass du –«

»Natürlich nicht. Ich war nicht scharf auf euer Mitleid. Du kannst die ganze Angelegenheit auch gleich wieder vergessen. Mein Leben von damals hat mit dem heutigen nichts mehr zu tun.« Sie ging zur Küchenzeile, lehnte sich an die Spüle und sagte leichthin: »Und um auf deine Frage zu antworten, ich bin nicht der Meinung, dass wir diejenigen waren, die dich ignoriert haben.«

Für einen kurzen Moment hatte ich keine Ahnung, wovon sie sprach. Ich war noch dabei, mir ihren Vater in Erinnerung zu rufen. Wahrscheinlich hatte ich ihn das letzte Mal vor fünfzehn Jahren gesehen. Ein stiller, schweigsamer Mann. Keineswegs ein Schlägertyp.

»Du hast doch die meiste Zeit teilnahmslos daneben gesessen«, fuhr Ingrid fort, »hast dich an keinem Gespräch beteiligt und warst auch kaum ansprechbar.« Sie nahm sich ein Glas aus dem Regal und füllte es mit Wasser aus der Leitung. »Ich weiß nicht, was sie mit dir in diesem Krankenhaus gemacht haben, aber danach war nichts mehr mit dir anzufangen.«

Jetzt war ich wieder voll da. »Ingrid, ich hatte ernsthafte Probleme. Ich war … diese Panikattacken, ihr habt es doch erlebt, damals im Schwimmbad. Oder auf meinem Geburtstagsfest. Was weiß ich, wo noch!«

»Und? Geht's dir heute besser? Du kannst mir doch nicht erzählen, dass dein Lachanfall am Nachmittag etwas mit Fröhlichkeit zu tun hatte.«

Mir traten die Tränen in die Augen. Ich fühlte mich bloßgestellt.

»Es liegt an dir selbst, verstehst du mich, Charlie.«

Aus dem blauen Zimmer war leise Sonjas Stimme zu vernehmen. Konnte sie nicht endlich zurückkommen und mich aus den Fängen der Inquisition befreien?

Ingrid warf einen Blick in Richtung Tür und kam dann schnell zu mir. Sie stellte ihr Wasserglas auf den Tisch und rückte den Stuhl so zurecht, dass sie mir genau gegenübersaß. »Charlie, rede dir doch nicht ständig ein, dass du einen Dachschaden hast. Eine kleine Neurose, okay, und hie und da ein paar Panikattacken. Damit bist du doch nicht alleine auf der Welt. Viele Menschen schlagen sich damit herum.«

Ich sah sie an, spürte, dass mein Blick hoffnungsvoll war. Ich wollte ja glauben, dass ich nicht verrückter war als der Rest der Welt.

»Du musst dich endlich mal auf deine Füße stellen. Vergiss Marc. Vergiss die ganzen Männer. Das ist nur Ablenkung vom Wesentlichen.«

»Und was ist das Wesentliche?«

»Das, was du aus deinem Leben machst!« Ingrid sah mich mit beinahe leuchtenden Augen an. Sie geriet richtig in Fahrt. »Man kann so viel erreichen, wenn man es nur möchte. Das darfst du dir nicht entgehen lassen.« Sie sprach verschwörerisch, wie ein besonders ausgefuchster Versicherungsvertreter. »Nutze jede Chance, die sich in deinem Leben bietet. Da muss es doch noch mehr Interessen geben als Ritas Bruder. Was wolltest du werden, als du klein warst? Welche Träume hattest du?«

Es schien ihr wirklich wichtig zu sein, darum bemühte ich mich ernsthaft, über ihre Frage nachzudenken. Natürlich hatte auch ich Berufswünsche gehabt. Eiskunstläuferin zum Beispiel. Die hatten mir immer so gut gefallen in ihren weißen Röckchen und mit ihren durchtrainierten Körpern. Oder Profireiterin, Black Beauty lässt grüßen. Einmal hatte ich mir mit meiner Großmutter einen alten Esther-Williams-Film angesehen. Kennen Sie die noch, die badende Venus? Bei der nie der Lippenstift verwischt war, trotz ständiger Unterwasserakrobatik? Das hätte mir auch gefallen, Wasserphobie hin oder her. Doch konnte ich Ingrid das erzählen? Lauter Berufswünsche, die von vornherein ausgeschlossen waren, wie selbst eine zehnjährige Ingrid sofort erkannt hätte, was eine verträumte Charlie jedoch – egal, ob mit zehn oder mit achtundzwanzig – nicht weiter störte.

Warum hatte ich eigentlich nie etwas durchgezogen? Zumindest eine von den drei Studienrichtungen, die ich angefangen hatte? Spanisch. Das hätte doch meins sein müssen, oder? Ich meine, die Vorstellung, Marcs zweite Muttersprache zu erlernen, hatte beinahe erotischen Charakter. Und in genau solche Phantasien war ich nach Erlernen der Worte »Te quiero« auch abgetaucht. Vierzehn verschwendete Doppelstunden an der Uni, nur um drauf zu kommen, dass das Träumen zu Hause weit entspannender war. Und das Psychologiestudium? Ach ja, mein Männerkomplex. Hatte mir gar nicht gefallen, diese Eigenentlarvung. Wenn es nach der Psychologie ginge, wäre ich ja komplett verdreht. Und zum Dritten schließlich die Philosophie. Marc existierte. Und ich existierte. Wir beide auf derselben Welt. Im gleichen Zeitalter geboren. So viel Glück musste man mal haben. Das musste Bestimmung sein – und wieder war es nach Hause ans Träumen gegangen.

Mir fiel ein glühend heißer Augusttag ein, der über acht Jahre zurückliegen musste. Rita und ich vor der Tür dieser Agentur. Sie fröhlich und entspannt, mit einem Hauch von Blumenduft. Ich mit klopfendem Herzen, in einem schwarzen Minikleid, das an meinem Körper klebte, und Achseln, aus denen der Schweiß rann.

»Erinnerst du dich«, fragte ich Ingrid, »wie Rita mich zum Model machen wollte?«

»Tss, reiner Blödsinn.«

Düster nickte ich. »Sie hat mich da hingeschleift, weil sie

meinte, dass ich die perfekte Größe hätte. Und dass die Modeschöpfer auf Mädchen stehen, die flach sind wie Bügelbretter.«

»Wie nett von Rita.«

Ich runzelte die Stirn. »Ich hab mich damals wirklich darüber gefreut. Ich meine, du weißt, wie sie war. Sie hat mit ihren Ansichten nie hinterm Berg gehalten. Ich hab mir gedacht, wenn sie meint, dass ich zum Modeln tauge, dann bedeutet das was.«

»Und dann?«

Ich zuckte mit den Schultern. »Sie haben Rita in ihre Kartei aufgenommen.«

»Kismet.«

War es das? War es Schicksal, dass Rita immer gewonnen hatte? Und hatte die Vorsehung entschieden, dass sie so jung sterben musste? »Wieso Kismet?«, fragte ich. »Du bist doch der Meinung, jeder kann selbst über sein Leben entscheiden.«

»Ihr Aussehen war ihr Schicksal. Was sie daraus gemacht hat, das hatte sie selbst in der Hand.« Sie tippte mit dem Zeigefinger in meine Richtung. »Das Umfeld, in das du hineingeboren wurdest, deine genetischen Voraussetzungen, deine Optik, das ist dein Schicksal, aber was du daraus machst, darauf kommt es letztlich an. Du hast es in der Hand.«

Ich machte den Mund auf. Und wieder zu. Schließlich entschied ich mich für einen kompletten Themenwechsel. »Hat Rita je mit dir über Marc und mich gesprochen? Nachdem du wusstest, dass sie mit Marc, nun ja, etwas hatte –«

»Charlie! Das ist es, was ich meine! Hast du mir überhaupt nicht zugehört? Du konzentrierst dich auf die falschen Dinge.«

»Ich weiß, ich weiß. Aber hör zu, es ist wichtig. Was hat Rita in den letzten Wochen über mich gesagt?«

»Gar nichts. Wir haben nicht über dich gesprochen.«

»Ach komm, das gibt's nicht. Sie war – sie hatte Gefühle …

komische Gefühle für Marc. Und dann hab ich dazwischengefunkt. Ich weiß doch, dass sie Marc überredet hat, mich abzuservieren. – Du warst ihre beste Freundin. Also, was hätte sie gemacht, wenn Marc nicht mit mir Schluss gemacht hätte?«

Ingrid stand abrupt und sichtlich genervt auf. »Dir ist nicht zu helfen.«

Ich ließ mich gegen die Rückenlehne fallen und wusste, dass Ingrid schon wieder richtig lag. Trotzdem war mein erster Impuls, mich zu rechtfertigen. Was dachte sie sich eigentlich? Nur weil *sie* nie die wahre Liebe erleben würde – Frau Tiefkühlschrank mit eingebauter vollautomatischer Emotionsabwehr? Verdrossen betrachtete ich ihren geraden Nacken. Ein Mal so kontrolliert sein wie Ingrid. Ein Mal was auf die Reihe bekommen. Ich klammerte mich mit beiden Händen an die Sitzfläche. Mit den Fingern strich ich über das Holz, auf der Suche nach einem möglichst großen Splitter, den ich mir einziehen konnte. Ein bisschen die Märtyrerin spielen, dann würde ich im Ansehen wieder steigen … Ach, hör auf mit dem Scheiß, du Nichtsnutznudel! Der Schnitt in deinem Arm hat auch keine interessiert, und außerdem, willst du bis in alle Ewigkeiten ›Charliemaus, heul dich aus‹ sein? Dein Leben findet ohne dich statt, kapier das endlich! Tu was! Sei es wert, dass man dich liebt – igitt! Ich zog meine Hände hervor. Unter meinem linken Daumennagel klebte ein graues Stück Kaugummi. Genau so etwas durfte nie wieder passieren. Ich rubbelte die zähen Fasern an der geborgten Hose ab und presste die Kiefer aufeinander, bis es knirschte. Jetzt würde sich erweisen, ob ich erwachsen, lebensfähig, mutig und entschlossen war.

Rita und Marc. Rita und Marc. Ich wiederholte die drei Worte wie ein Mantra. Vielleicht half das ja, endlich den Tatsachen ins Auge zu sehen. Rita und Marc. Diese Korrelation gab es. Oder hatte es gegeben. Das zu akzeptieren war ein wesentlicher

Stein des Fundaments, auf dem ich aufbauen wollte. Rita und Marc. Ich lehnte mich nach vorne, um einen Blick auf die Tür mit der weißen Schleife zu erhaschen. Dahinter lag sie.

Ohne Vorwarnung tauchte das Bild der nackten Rita vor mir auf. Feingliedrig, weich. Der schöne Busen, um den ich sie immer beneidet hatte. Gott, war mein Leben beknackt.

»Habe ich nicht eine charmante kleine Schwester? Ihr hättet sie sehen sollen, wie sie die Franzosen bezirzt hat. ›Elle est incroyable, la belle petite‹, haben sie gesagt. Und sie auf Händen getragen. Falls diese Hütte hier Erfolg haben wird, dann allein deinetwegen. Ich hoffe, das weißt du, Kleine.« Bei diesen Worten hatte er hinter ihr gestanden, sein Gesicht an ihre Wange gedrückt und ausgesehen wie ein liebeskranker Tölpel. Ja, genau das hatte ich vor sechs Jahren am Abend der Eröffnung des *Rima* gedacht.

Komisch, dass ich dem Gedanken nie weiter nachgegangen war. Diese Beziehung war ganz offensichtlich schon immer zu eng gewesen. Hatte ich es vielleicht unbewusst gespürt? Mich aber nicht damit beschäftigt, da ich Anormalitäten von vornherein ausschloss? Rita war die einzige Frau gewesen, auf die ich nicht eifersüchtig sein musste. Sie war für mich Mittel zum Zweck, meine Hühnerleiter zu Marc. Gefahr ging von ganz anderen Frauen aus. Die ständigen kurzen Affären, die er hatte. Jedes Mal, wenn ich ihn im Schlepptau einer Frau antraf, drängte sich dieselbe bange Frage in mein Herz: Ist sie es? Ist sie diejenige, die ihn für immer erobern kann? Anna, Beatrice, Sandra, Conny, Silvia, Susan, die Amerikanerin – bei all diesen Frauen und noch vielen mehr hatte ich gezittert.

Auf Rita war ich nicht gekommen.

Falls ich ihn zurückhaben konnte, würde ich dann damit leben können, dass Marc seiner Schwester verfallen war? Ich hatte mir bisher keinen Fehler an ihm vorstellen können, den ich ihm nicht verzeihen würde. Im Gegenteil, alles, was ihn fehlbar machte, vergrößerte noch meine Zuneigung.

Angenommen, er hätte eine Bank ausgeraubt. Wunderbar,

ich hätte ihn auf die gerade Bahn zurückgebracht. Angenommen, er wäre Alkoholiker wie Marnie. Auch okay, mit meiner Unterstützung konnte er alles schaffen. Ja, selbst einen Mord hätte ich ihm vermutlich verziehen. Doch das? Wo endete so ein Inzest? Spürte er keine Grenzen, wenn es um Familie ging? Hatte er vielleicht auch verquere Gefühle für seine Mutter? Und was war mit etwaigen Kindern? Okay, jetzt mach dich nicht verrückt, Charlie. Am Teppich bleiben, schön am Teppich bleiben. Kinder sind was völlig anderes … es war nur seine Schwester … nur – Rita.

So, und jetzt noch einmal zurück zu einem ganz wesentlichen Punkt. Warum ich? Warum hatte er sich ausgerechnet mit mir eingelassen? Mit Ritas Freundin?

Um dem Inzest endgültig ein Ende zu bereiten. Anders konnte es nicht sein!

Und dann gab es da noch etwas. Wenn schon mit einer Freundin von Rita, warum dann nicht mit Marnie? Die doch wesentlich attraktiver war als ich. Oder Ingrid? Die erfolgreich und gescheit war und keinesfalls hässlicher als ich.

Weil er eben mich wollte. Weil es zwischen uns seit jeher etwas ganz Spezielles gab.

So, und damit hatte ich die beiden essenziellen Antworten. Erstens: Er wollte raus aus der Sache mit Rita. Zweitens: Ich war etwas Besonderes für ihn.

Das war's. Mein Entschluss stand fest, mit allen Konsequenzen. Es würde eben keine Kinder geben.

Dumm, nicht wahr? Aber ich hatte mich entschieden. Jetzt hieß es, Taten folgen zu lassen.

Ich räusperte mich. Ingrid, die mit dem Rücken zu mir stand, fuhr herum und legte schützend die Arme um ihren Körper. »Mein Gott, hast du mich erschreckt!«

Ich schüttelte den Kopf. »Vor mir braucht sich niemand zu fürchten«, sagte ich. Zur Unterstreichung meiner friedlichen Absichten hielt ich ihr meine leeren Hände entgegen.

Ingrid nickte abwesend. Dann sagte sie: »Ehrlich gesagt würde ich mich schon wohler fühlen, wenn wir in der nächsten Zeit einfach alle zusammenblieben.«

Ich gab ihr recht. Wenn ich darüber nachdachte, war es tatsächlich komisch, mit einer alleine im Zimmer zu sein. In dieser Nacht, in der eine nette junge Frau zur kaltblütigen Mörderin geworden war, konnte alles geschehen.

Eine leise Vorahnung kitzelte mich im Nacken. Die Erkenntnis, dass keine von uns in Sicherheit war – nicht die Unschuldigen und nicht die Täterin –, ließ mich frösteln.

»Ist dir kalt?«, fragte Ingrid.

»Wahrscheinlich. – Schauen wir zu den anderen?«

»Gute Idee.«

Wir klopften an die Tür zum blauen Schlafzimmer.

»Herein.«

»Stören wir?«

Marnie und Sonja saßen auf Marnies Bett. Marnie, die auf ihrem Kopfkissen thronte, hatte stark geschwollene Augen. Sonja sah mitgenommen aus. Ihre Wangen waren rot gefleckt und ihre Bewegungen ungewohnt fahrig. Sie stand auf, als wir eintraten. »Ablöse ist wahrscheinlich ganz gut«, sagte sie wie zu sich selbst. »Schaut so aus, als würde ich Marnie ziemlich auf die Nerven gehen.«

»Sei nicht beleidigt, Mutter Teresa.« Marnies Stimme klang kraftlos.

»Schon gut.« Sonja nickte Ingrid zu und sagte: »Bleib du bei ihr.«

»Ich denk nicht dran.« Ingrid runzelte die Stirn.

»Dann eben du, Charlie. Und pass ja auf, dass sie diese Dinger nicht nimmt.« Sonja verschwand ins Wohnzimmer.

Ingrid folgte ihr auf dem Fuße. »Warum müssen wir uns ständig aufteilen?«, hörte ich sie noch fragen. Was Sonja antwortete, konnte ich allerdings nicht mehr verstehen.

Ich verwarf den Gedanken, dass es klüger wäre, nicht schon

wieder nur zwei und zwei zusammenzubleiben, und setzte mich zu Marnie aufs Bett. Auf ihrem Nachtkästchen lag eine Tablettenpackung.

»Antabus«, las ich laut. »Was ist das für ein Zeug?«

»Wenn du die nimmst, dann darfst du nichts mehr trinken, sonst geht's dir ziemlich schlecht.«

»Sonja hat Bedenken, dass du doch noch was trinken könntest?«

Marnie lachte freudlos. »Ich hab selbst die größten Bedenken.« Sie nahm mir die Packung aus der Hand, öffnete die Schublade ihres Nachtkästchens und warf sie achtlos hinein. »Egal, die Frage stellt sich jetzt sowieso nicht. Man darf sie erst nehmen, wenn man zehn Tage ohne Alk war, sonst kann das tödlich enden.«

»Was? Und so was verschreiben die Ärzte?«

»Natürlich. Ich bin ein mündiger Mensch. Oder bist du anderer Meinung?« Ihre Stimme klang herausfordernd.

»Doch. Doch natürlich.«

»Ich weiß nicht, ob ich sterben möchte, Charlie.«

»Du wirst nicht sterben!«, erwiderte ich heftig. »Wie kommst du auf so etwas?«

Sie sah mich lange an, dann sagte sie zusammenhanglos: »Der Grund, warum mein Vater das Geld unterschlagen hat, war ich. Dabei war ich so klein. Luxus war mir egal. Aber er hat wohl gedacht, wo er allein die Verantwortung für mich hat …« Sie ließ den Satz in der Luft hängen.

Das schien mir denn doch etwas zu viel Verklärung für einen Millionenbetrüger und Selbstmörder. »Seine Verantwortung wäre es gewesen, seiner Tochter ein guter Vater zu sein«, erwiderte ich ziemlich barsch. »Und dass er sich einfach aus dem Staub gemacht hat –« Verlegen unterbrach ich mich. Anscheinend hatte ich eine zu große Dosis Ingrid genossen.

»Das war feige, ja. Aber auch menschlich, oder?« Marnie lachte kurz und bitter auf. »Ich hab die Erinnerung an ihn jahrelang verdrängt. Du kennst mich ja, Charlie. Gefühle mag ich nicht besonders. Aber heute, als ich Rita so daliegen sah … Er war ein guter Mensch.«

»Er war toll«, beeilte ich mich zu sagen. »Du weißt doch, dass wir alle verliebt in ihn waren.«

Marnie schnitt eine Grimasse. »Das weiß ich nur zu gut. Was glaubst du, was Rita alles versucht hat, um ihn zu kriegen.«

»Im Ernst?«

Marnie nickte. Es wirkte, als würde sie gleichzeitig den Kopf schütteln.

»›Jeden Hetero hast du nicht gekriegt‹«, zitierte ich sie. »Das also war damit gemeint.«

»Yepp. Aber lassen wir das Thema. Sonst fang ich noch an, über eine Tote zu lästern.«

Doch mich beruhigte es, endlich über etwas anderes als Mord oder meine verkorkste Persönlichkeit zu sprechen, also klammerte ich mich noch ein bisschen daran. »Muss komisch für dich gewesen sein, dass wir alle für deinen Vater geschwärmt haben.«

Marnie zuckte mit den Schultern. »Wenn er heute noch leben würde … dir hätte ich ihn schon gegönnt. Jedenfalls besser, als weiter diesem Schnösel nachzulaufen.«

Ich hatte echt keine Lust, mir von Marnie die gleiche Litanei anzuhören wie von Ingrid vorhin. Also doch zurück zu den harten Sachen. »Wieso hast du das eben gesagt? Dass du nicht weißt, ob du sterben willst?«

Marnie starrte mich an. »Du weißt nicht, wie das ist. Ich kann regelrecht spüren, wie meine Leber immer mehr zusammenschrumpft. Bis sie nur noch so groß ist wie ein Kieselstein.« Sie winkte ab. »Du fragst dich sicher, warum ich nicht einfach aufhöre. Mit dem Trinken.«

Ich nickte.

»Ich kann nicht«, sagte sie schlicht.

»Du musst eine Therapie –«

»Ich weiß.« Plötzlich lächelte sie. »Das glaubt mir jetzt bestimmt niemand. Aber wenn die Dinge anders lägen, würde ich es wieder mit einer Therapie versuchen.« Sie nickte, um ihre Worte zu unterstreichen. Ich wollte fragen, was für Dinge sie meinte, doch sie sprach schon weiter: »Ich bin nicht nur eine beschissene Säuferin, verstehst du?«

»Natürlich nicht.«

»Ich hätte vielleicht auch noch studieren wollen. Oder ins Ausland gehen.« Sie sah mich ernst an. »Vorhin im Wohnzimmer, da hab ich mir geschworen, dass ich nie wieder etwas trinken werde. Nie wieder! Ich will mich nicht zu Tode saufen. Ich möchte, dass mein Vater auf mich stolz sein kann, wenn ich ihn irgendwann wiedersehe.«

Ich spürte Tränen in mir aufsteigen. Natürlich wusste ich, dass Marnie noch immer betrunken und deswegen leicht pathetisch war, doch ihr plötzlicher Gefühlsüberschwang steckte mich an. Ich hätte mit Plattitüden aufwarten können, sie müsse die Abstinenz für sich schaffen wollen, nicht für ihren toten Vater. Weil es um ihr Leben ging. Weil sie es sich wert war. Doch was hätte das gebracht? Marnie soff seit Jahren wie ein Loch. Wenn sie jetzt einen Grund gefunden hatte, nüchtern zu werden, dann war das wunderbar. »Wenn du nicht sterben willst, dann solltest du wohl die Finger von diesen Tabletten lassen.«

Marnie lächelte leicht. »Sicher. Ich war einfach besoffen.«

»Und jetzt bist du nüchtern?«

»Sei nicht so verblödet selbstgerecht. Hast du etwa nichts getrunken heute Abend?«

Na, ich durfte ja auch.

Als hätte sie dasselbe gedacht, schloss Marnie die Augen. Die langen blonden Haare hingen ihr wirr um den Kopf, die Wimperntusche klebte schwarz und zerlaufen auf ihren Wangen, und trotzdem sah sie wunderschön aus.

Sie riss die Augen auf. Dann murrte sie: »Schau mich nicht so an.«

»Ich hab nur grade gedacht, wie hübsch du bist.«

»Ich weiß. Ich hasse das.«

»Ich weiß.«

Sie lächelte.

»Charlie, passt du eh auf, dass Marnie die Finger von diesem Zeug lässt!«, rief Sonja in diesem Moment vom Wohnzimmer aus.

Marnie verdrehte die Augen zum Himmel.

»Hier lässt jeder die Finger von allem!«, rief ich zurück. Zu Marnie sagte ich: »Sie ist schon ein kleiner Feldwebel, oder?«

»Manchmal könnte ich sie erwürgen.« Trotz des Grinsens lag ein schuldbewusster Ausdruck auf ihrem Gesicht. »Sorry, ist heute nicht mein Tag.«

»Schon komisch, wie oft wir solche Sachen sagen. Irgendwann bring ich sie um, ich erschlag ihn, ich reiß dir den Kopf ab …«

»Das möchte ich sehen.«

Wir lachten verlegen.

Dann sagten wir lange Zeit nichts, lauschten dem Stimmengemurmel von nebenan, obwohl es zu leise war, um etwas zu verstehen.

»Ich wette, unsere Übermutti erzählt Fräulein Anwältin gerade, wie sehr sie immer aufpassen muss, dass ich ja keine Blödheiten mache.«

»Sie meint es gut«, sagte ich.

Marnie setzte sich in den Schneidersitz, beugte ihren Kopf zu mir und sah mich zweifelnd an. »Charlie«, sagte sie. »Charlie, jetzt mal ganz unter uns. Brauchst du Leute, die es gut mit dir meinen?«

»Brauchen wahrscheinlich schon. Mögen eher nicht.«

»Eben.«

»Aber Sonja ist deine beste Freundin. Du steckst ständig mit ihr zusammen. Wieso?«

»Na, weil ich sie brauche natürlich.« Sie grinste mich an, so als hätte sie gerade die logischste Schlussfolgerung überhaupt gezogen. Vielleicht war das ja auch so.

»Aber mögen tust du sie schon auch.«

Marnie sah mich lange an, dann sagte sie: »Du willst immer alles eindeutig haben. Es gibt aber nicht nur Schwarz und Weiß. Schon mal was von Grautönen gehört? Das ganze beschissene Leben besteht daraus. Und was meine Freundschaft mit Sonja angeht«, sie unterbrach sich, hielt sich geziert die Hand vor den Mund und ließ ein dröhnendes Rülpsen hören, »alles, was wir tun oder zulassen, verfolgt ein einziges Ziel: Es soll uns besser gehen. Klar?«

»Das ist aber nicht grau, das ist tiefschwarz«, murmelte ich.

In gespielter Verzweiflung warf sie die Hände nach oben. »Aber nur für dich. Weil du es so siehst! Du bist, wie die meisten, vollkommen farbenblind. Ich kenne dich, Charlie. Am liebsten würdest du von mir hören, ja, ich mag Sonja, sie ist so ein guter Mensch, ich kann ihr alles sagen, sie ist meine Freundin.«

Ja, genau so etwas hätte ich erwartet.

»Natürlich brauche ich auch ein bisschen Ansprache. Sicher weniger als die alle anderen, aber ein paar nette Plauschereien neben der ganzen Beine-Spreizerei sind einfach notwendig.«

Ich nickte. Gefasst, wie ich hoffte. Es stimmte also. In der Nobel-Begleitagentur war Full-Service inklusive.

»Siehst du, das meine ich«, sagte Marnie triumphierend. »Du solltest mal dein Gesicht sehen. Und darum bin ich meistens mit Sonja zusammen. Sie ist mit ihrer ganzen sozialen Masche und ihrem Familiengetue nicht unbedingt mein Fall. Aber sie akzeptiert mich so, wie ich bin.«

Ich versuchte etwas darauf zu erwidern, doch sie fiel mir ins Wort.

»Ich weiß, ich weiß. Du tust das auch.« Sie schüttelte den Kopf. »Aber das kannst du gar nicht, Charlie. Zu gut behütet.«

Niemand hört so etwas gerne. Und schon gar nicht zum

zweiten Mal in einer Nacht. »Marnie, mein Leben ist auch nicht das reine Zuckerschlecken.«

»Du machst es dir nur selbst schwer.« O-Ton Ingrid. Danke schön.

»Und du nicht?«

Sie lachte. »Doch, natürlich.«

»Schöner Scheiß, oder?«

»Yepp.«

Ich deutete auf die Türe. »Ich frage mich, was die da draußen besprechen.«

»Jedenfalls müssen wir auf alles gefasst sein. Ich trau Fräulein Anwältin keine Sekunde.«

»Glaubst du, sie könnte Sonja etwas tun?«

Marnie winkte ab. »Nicht ernsthaft. Sonst würde ich die beiden nie so lange alleine lassen. Nein, nein. Sie hatte es nur auf Rita abgesehen. Oder auf mich.«

Sie glaubte das anscheinend wirklich. »Bist du dir sicher?«

Marnie zog sich die Socken aus und fing an, ihre Füße zu massieren. »Klar. Alle Indizien sprechen dafür. Es kann zwei Gründe geben, warum sie sich auf mich gestürzt hat. Entweder, um dabei die Lampe umzustoßen und Rita im Dunkeln ermorden zu können. Oder sie hatte es tatsächlich auf mich abgesehen, aber im Finstern die Falsche erwischt.«

»Aber warum?«

Sie schnaubte. »Vor ein paar Wochen hab ich sie auf diesem Clubbing im Justiztower getroffen. Mit ihrem Chef. Kaum war der außer Sichtweite, hat sie sich das Maul über ihn zerrissen.« Sie machte eine kunstvolle Pause, in der sie mich beinahe treuherzig ansah, dann fuhr sie fort: »Kann ich was dafür, dass der mir zwanzig Minuten später unbedingt sein Penthouse zeigen wollte?«

»Du hast die Nacht mit Ingrids Chef verbracht und ihm erzählt, dass sie über ihn herzieht?«

»Ich hab exakt zwei Stunden mit ihrem Chef verbracht und

ihm gar nichts erzählt. Aber seitdem hat Ingrid Schiss vor mir. Keine Ahnung, warum sie mir nicht traut.« Der unschuldige Blick war eine nette Untermalung für ihren ironischen Tonfall.

Während ich mir diese neue Facette durch den Kopf gehen ließ, fuhr Marnie fort: »Und trotzdem … vielleicht war die ganze Action doch wegen der schönen Isis und ihrem Bruder Osiris. Hast du den Blick gesehen, mit dem Rita Ingrid angeglurt hat?«

Ich starrte auf Marnies Hände. Die Art, wie sie ihre Füße bearbeitete, ließ mich an ihre Profession denken. Rasch wandte ich mich ab. Sie hatte recht. Ich war konservativ und bieder.

»Hörst du mir zu?«

»Ja, klar, 'tschuldige. Den Blick hab ich gesehen. Triumphierend irgendwie, oder?«

Marnie klatschte in die Hände. »Charlie, du bist ein Genie! Die ganze Zeit hat mir der passende Ausdruck gefehlt. Sie hat richtig stolz ausgesehen. Als wollte sie Ingrid verklickern, siehst du, ich hab dir doch gesagt, dass ich mit meinem Bruder bumse.«

Ich zuckte zusammen.

»Sorry, Charlie. Also weiter im Text. Warum könnte Ingrid deswegen so ausgeflippt sein?«

Sonja streckte ihren Kopf zur Tür herein. »Darf man stören?«

»Nein, mein Schatz, darf man nicht.«

Sonja sah uns erstaunt an. Ich blickte schuldbewusst zurück.

Marnie hatte da weniger Skrupel. »Verdammt, Sonja, schau, dass sie ja nicht in der Nähe vom Messer ist.«

Sonja warf einen schnellen Blick in Richtung Wohnzimmer und zischte: »Ich hab sie dauernd im Auge. Aber es wäre nett, wenn die Damen sich bequemen würden, uns mal wieder Gesellschaft zu leisten.«

»Wir haben grad eine heiße Spur. Du musst den Haarknödel noch ein bisschen beschäftigen.«

Sonja verdrehte die Augen. »Beeilt euch.« Die Tür fiel ins Schloss.

Marnie legte los: »Also, Rita zu Ingrid, hey, siehst du, ich hatte recht, ich hab's voll drauf, was Marc betrifft. Dann geht Ingrid auf mich los. Auf die Verursacherin des Ganzen. Sie schafft es, die Lampe zum Fallen zu bringen. Sie nimmt das Messer und schlitzt Rita die Kehle auf.«

Ich fand die Idee, einfach Ingrid die Schuldige sein zu lassen, nach wie vor äußerst verlockend, zudem konnte ich noch ein Schäuflein nachlegen. »Wusstest du, dass vor ein paar Wochen Geld aus der Kassa im *Rima* verschwunden ist?«

Marnie stieg sofort drauf ein. »Du meinst, dass Ingrid da was geklaut hat und Rita ihr dahintergekommen ist?«

»Ich weiß nicht«, antwortete ich zögernd, »wie hätte sie das machen sollen? Da kommst du nur mit dem richtigen Code oder Schlüssel hinein. Aber das Komische ist, ich weiß genau, dass Ingrid und Rita im Auto darüber gesprochen haben, trotzdem hat Ingrid mir gegenüber so getan, als wüsste sie von nichts. Als wäre es ihr peinlich.«

»Bingo!« Marnie nickte begeistert. »Da haben wir unser Motiv.«

»Aber Ingrid hat doch eigentlich genug Geld.«

»Die Menschen sind gierig. Rita könnte etwas geahnt haben. Und Ingrid hat die Gunst der Stunde genutzt und sie kaltgemacht.«

»Die Polizei wird fragen, wie sie im Finstern das Messer so schnell finden konnte«, gab ich zu bedenken. »Noch dazu, ohne sich selbst dabei zu verletzen. Und wie konnte sie Rita so gezielt am Hals erwischen?«

»Du meinst, sie hat das Ganze vielleicht geplant? Hat das mit dem Messer arrangiert? Hat arrangiert, dass sie auf diejenige losgeht, die vor der Lampe sitzt? Hat meine Bemerkung nur zum Anlass für einen Kampf genommen?«

»Also, ehrlich, das erscheint mir genauso unmöglich.«

»Überlegen wir doch mal. Das Messer. Wer hat dafür gesorgt, dass der Kuchenteller zwischen uns am Boden steht?«

Ich senkte den Kopf, um die aufsteigende Röte zu verbergen. Toll, wegschauen erweckte sicher gar keinen schuldbewussten Eindruck. Natürlich hatte *ich* die Kuchenplatte mitsamt Messer in unsere Mitte gestellt. Und natürlich war mir die Nähe eines potenziellen Mordinstruments äußerst verlockend erschienen.

Aber auf die Gefahr hin, mich zu wiederholen: nicht unbedingt, um es tatsächlich zu benutzen, sondern, nun ja, es hat mich ein bisschen angemacht. Mir ein Gefühl von Macht verliehen, verstehen Sie? Nach dem Motto: Haha Rita, wenn du wüsstest, wie sehr ich dich hasse, und wenn du wüsstest, wie sehr ich dieses Messer benutzen werde, wenn du mir heute keine befriedigenden Antworten lieferst.

Dennoch beschloss ich, die Wahrheit zu sagen. »Tut mir leid, Marnie, aber ich glaube, ich hab den Teller in die Mitte gestellt. Es war mir zu blöd, ständig Sonja um ein neues Stück zu bitten.« Gut, nicht die ganze Wahrheit, aber na ja …

»Du warst das?« Marnie sah mich stirnrunzelnd an. »Schade. Na wurscht. Wann war das?«

»Ziemlich am Anfang. Kurz nachdem wir uns auf den Boden gesetzt hatten.«

»Okay, also lange vor dem Mord. Das heißt, Ingrid hätte noch immer Zeit gehabt, den Kuchen mit dem Messer in ihre Nähe zu holen, wenn du ihr nicht die Arbeit abgenommen hättest.«

»Marnie, du bist so überzeugt, dass es Ingrid war. Kommt für dich gar keine andere Täterin in Frage?«

»Wer denn? Du vielleicht?«

»Ich? Nein, ich … ich hab doch die Verletzung am Arm. Die Mörderin hat mich auch erwischt.«

Marnie prustete los. Augenscheinlich hatte sie in ihrem ganzen Leben noch nichts Dümmeres gehört. »Charlie, glaubst du vielleicht, du wärst die erste Verbrecherin, die sich selbst verletzt, um von sich abzulenken?«

»Äh, ich … ja – ich meine, nein. Nein! Hach, du machst mich ganz konfus. Wahrscheinlich bist du die Mörderin und bringst mich gleich auch um.«

Sie reagierte nicht. Ich wollte lachen, um die Scherzhaftigkeit meiner Behauptung zu unterstreichen, doch lediglich ein unsicheres »Hehehe« schlüpfte aus meinem Mund.

Und dann erstarrte ich. Als ihre Hände nach meinem Hals griffen, war mir vollkommen klar, dass sie mich nur erschrecken wollte. Als ihre Finger meine Kehle umfassten, wusste ich natürlich, dass sie nicht zudrücken würde. Als sie es doch tat, war ich mir fast sicher, dass sie gleich wieder damit aufhören würde.

Und als sie nicht aufhörte, schrie ich mir die Seele aus dem Leib.

»Was ist los?« Ingrid und Sonja kamen ins Zimmer gestürzt.

»Sie –« Japsend stand ich vor dem Bett, eine Hand an meinem Hals, mit der anderen deutete ich auf Marnie.

Die kicherte. »Du bist schon ein besonderes Exemplar. Jetzt hast du wirklich gedacht, du bist die Nächste, oder?«

»Ich halte es nicht für besonders klug –«

»Dass *dein* Sinn für Humor zu wünschen übrig lässt, ist uns allen klar, Fräulein Anwältin. Und jetzt raus mit euch beiden. Charlie und ich haben noch einiges zu bereden.«

Schicksalsergeben blieb ich am Bettende stehen, während Sonja und Ingrid murrend den Raum verließen.

»Tut mir wirklich leid, Charlie, aber es war so verlockend«, sagte Marnie grinsend.

»Scheiße, Marnie! Fürchtest du dich gar nicht?«

»Vor dir?«

»Überhaupt.«

Sie zuckte mit den Schultern. »Falls sie mich töten will, lass sie es tun.« Sie zog eine Grimasse. »Mal sehen, ob ich ihr einen Mord wert bin.«

Ich ließ mich zurück zu ihr aufs Bett fallen. »Warum nennen wir fünf uns eigentlich Freundinnen?«

»Gewohnheit, nehme ich an. Irgendwann waren wir das wohl.«

»Was ist passiert?«

»Charlie, du hast schon wieder romantische Gedanken im Kopf. Dass wir uns auseinandergelebt haben und so einen Mist. In Wirklichkeit sind wir einfach fünf, oder jetzt vier, egoistische Biester, die sich nicht ausstehen können, aber aus Bequemlichkeit aneinander kleben. Ist doch viel einfacher, als sich neue Freunde zu suchen. Wo man sich ja denken kann, dass die auch um nichts besser wären.«

Ich betrachtete sie neugierig. »Du hältst mich für ein egoistisches Biest?«

Sie nickte heftig. »Gerade dich, ja. Du lebst auf deinem eigenen Stern. Keine von uns bedeutet dir wirklich was. Sei doch ehrlich, als Rita tot war, war dein erster Gedanke Marc, oder?«

»Kann sein.«

Sie lächelte überlegen. Dann senkte sie den Kopf und sagte: »Sonja ist vielleicht die Einzige, die nicht ganz so egoistisch ist. Dazu hat sie auch gar nicht die Zeit.«

Ich hatte echt keine Lust, über Sonjas perfekt erfüllte Mutter- und Hausfrauenpflichten zu plaudern, also winkte ich rasch ab.

»Übrigens«, fuhr Marnie listig fort, »in einem Krimi wäre Sonja am Ende die Mörderin.«

»Wieso das?«

»Na, weil sie die mit Abstand unwahrscheinlichste Täterin ist. Brave Ehefrau. Hausfrau. Mutter. Sozial engagiert bis dorthinaus. Die perfekte Mörderin.«

»Hätte sie denn einen Grund gehabt, Rita zu töten?«

»Unsere Mutter Teresa? Nein.« Marnie schüttelte den Kopf. Dann sagte sie leichthin: »Vergiss, was ich gesagt hab. In Anbetracht der Lage sollte ich Sonja nicht mal spaßeshalber beschuldigen.«

So viel Vernunft von ihrer Seite kam mir seltsam vor. Ich

dachte an das, was Rita im Auto zu Ingrid gesagt hatte. Über Sonja und das »Pillevergessen«. Ich überlegte kurz, ob ich Marnie darauf ansprechen sollte, konnte mich aber nicht dazu entschließen.

Die Haut in meinem Gesicht spannte, als hätte ich zu viel Sonne abbekommen. Meine Glieder fühlten sich schwer an, und ich fragte mich zum zweiten Mal, was passieren würde, wenn uns alle die große Müdigkeit übermannte.

Marnie schien mich vergessen zu haben. Sie sah zwar in meine Richtung, doch ihr Blick war leer, als befände sie sich an einem Ort, der nur für sie existierte.

Das war der Moment, in dem ich das erste Mal in dieser Nacht den Wind wahrnahm. Es war mir unerklärlich, dass ich sein grässliches Pfeifen erst jetzt bemerkte. Es musste doch schon die ganze Zeit da gewesen sein. Und die Aussicht, die heulenden Töne, die durch das geschlossene Fenster drangen, auch nur eine Sekunde länger ertragen zu müssen, erschien mir schier unerträglich. Ich presste meine Hand in den Nacken und versuchte die Angst wegzureiben, die dort Stellung bezogen hatte.

Marnie starrte stumm vor sich hin. Ihr Körper wippte leicht vor und zurück.

Ich weiß nicht, wie lange ich darauf wartete, dass sie dieses Wippen sein ließ. Oder zumindest das Starren. Kein Mensch kann ewig die Lider oben halten. Bitte, zwinkere doch endlich! Ihre Augen würden austrocknen und wie zwei Dörrpflaumen aus den Höhlen fallen.

Je fester ich meinen Nacken knetete, desto lauter heulte der Wind, bis er sich zu einem regelrechten Brüllen steigerte. Ich wollte ihm antworten, wollte zurückschreien, er solle aufhören damit; doch da endlich, da erkannte ich, dass er mich warnen wollte.

Ich riss den Kopf hoch, spürte, wie Tränen über meine Wangen liefen, und mit einem Mal war ich mir sicher: Ganz egal, wer von uns Rita ermordet hatte, ich oder Marnie, Sonja oder Ingrid, wir alle waren an dem Punkt angelangt, wo wir für unser eigenes Überleben töten würden. Und am Morgen würde man fünf niedergemetzelte junge Frauen finden, und niemand könnte mehr sagen, welche von ihnen den ersten Mord begangen hatte.

Ich drückte die Zeigefinger auf meine flatternden Nasenflügel und schluckte ein paar salzige Tränen.

Marnie wippte.

»Marnie –«

Und starrte.

»Marnie?«

Da endlich zwinkerte sie.

»Hörst du den Wind, Marnie?«

Sie lächelte. »Ja, er redet mit mir.«

»Mit dir auch?«

»Er bereitet mich vor.«

»Auf was?«

»Auf den Rest der Nacht.«

Ein kleines, verzweifeltes Kichern entfuhr mir. »Also ehrlich, in der Klinik hab ich keine so irre Konversation geführt.«

»Keine hat Rita so gehasst wie du, Charlie.«

Ich wich zurück. Das Bett gab einen knarrenden Laut von sich. »Wieso fängst du jetzt damit an?«, fragte ich und verabscheute mich für die Wehleidigkeit in meiner Stimme.

Marnie gab keine Antwort.

Es wäre wohl nicht klug gewesen, weiter darauf herumzureiten, darum fragte ich: »Und was ist, wenn die Mörderin uns schön der Reihe nach alle umbringen will?«

»Zehn kleine Negerlein?«

»Was?«

»Agatha Christie. *Und dann gab's keines mehr.*« Wir waren eindeutig bei ihrem Lieblingsthema angelangt. Der Ort, an dem sie sich die letzten Minuten befunden hatte und den nur sie kannte – sie hatte ihn verlassen. Von Lethargie war nichts mehr zu sehen. »Zehn Leute auf einer einsamen Insel, wo niemand sonst hinkommt. Und alle zehn werden nacheinander abgeschlachtet.«

Wie wir in meiner Vorstellung eben. »Das ist ja furchtbar.«

Marnie lachte. »Charlie, du bist immer so entsetzt. Hast du noch nie einen Krimi gelesen?«

»Doch. Enid Blyton, *Fünf Freunde*.«

Marnie lachte lauter. »Und hast dir dabei die Hosen vollgeschissen, oder?

Ich lachte mit, obwohl mir nicht danach zumute war. »Klar.«

Sonja trat ins Zimmer. Sie sah abgespannt aus. »Okay, es reicht. Wir wollen auch ein bisschen Spaß haben.« Sie zog Ingrid mit sich und ließ sich zwischen Marnie und mir aufs Bett fallen. Dann hielt sie uns einen Teller mit Minischokoriegeln unter die Nase. »Bitte, bedient euch.«

Marnie schnappte sich ein Mars und biss genüsslich hinein. Ich hingegen musste einen Brechreiz unterdrücken. Wie konnten die beiden nur was Schokoladiges hinunterbringen? Der Anblick des verschmierten Kuchenmessers, Ritas Blut mit Schokoladestückchen verziert, hatte es mir ein für alle Mal verleidet. Doch ich schien die Einzige zu sein, die ein Problem damit hatte. Ingrid zog sich den Klappstuhl heran, setzte sich und griff auch in den Teller.

Brechreiz hin oder her, ich war dankbar, dass die anderen zu uns gestoßen waren. Irgendwie waren Ingrid und Sonja so real. Erdnah. Mit beiden Beinen fest auf dem Boden, ohne jegliche Fallhöhe. Wohingegen Marnie und ich nichts als Luftböen waren, die sich von stärkeren Kräften umherwirbeln ließen. Kein Wunder, dass wir uns im Windgeheul verloren hatten. Gott, für so viel Poesie hätte ich mich abwatschen können! Betont prosaisch fragte ich die beiden Neuankömmlinge: »Und? Habt ihr auch Detektiv gespielt?«

»Detektiv? Nein, wir haben überlegt, wie wir am besten runterkommen, morgen in der Früh«, antwortete Ingrid streng. Sie empfand Marnie und mich augenscheinlich als kindisch und unbrauchbar in dieser Situation.

Pflichtschuldig zog ich mein Handy aus der Hosentasche und warf einen prüfenden Blick darauf.

»Nichts zu machen, oder?« Sonja kaute inbrünstig an ihrem Riegel. Plötzlich rief sie: »Warum hab ich nicht schon früher daran gedacht!« Sie kramte ihr Handy hervor und begann darauf herumzutippen.

»Was machst du?«, fragte ich.

»Ich schreib eine SMS an Christoph. Dass er die Polizei hier raufschicken soll.«

»Wie soll er die kriegen, ohne Empfang?«

»Das ist es ja. Das Handy wird in gewissen Abständen versuchen, die SMS zuzustellen. Versteht ihr? Ich werde es natürlich auch weiterversuchen, aber auf diese Weise ist die Chance wesentlich größer, dass es klappt.«

»Eine Art Autopilot fürs Handy, oder was?« Ingrid klang skeptisch.

Sonja nickte eifrig. »Im Prinzip ja. Obwohl es nicht so kompliziert ist. Eine SMS, die nicht gesendet werden kann, versucht es jede Stunde erneut von sich aus. Zumindest bei mir. Vielleicht geht es bei euren Handys sogar öfter.«

»Woher weißt du das alles?« Ich wunderte mich tatsächlich. Ich selbst galt schon nicht als Technikgenie, aber Sonja … sie war Hausfrau und Mutter, wenn Sie verstehen, was ich meine. Schon gut, ich weiß, ich bin konservativ und voreingenommen.

Sonja sah mich ihrerseits erstaunt an. »Ich hab drei Kinder«, gab sie zurück. »Da ist es doch wichtig, sich mit solchen Dingen auszukennen.«

Wenn man es von der Seite betrachtete.

Ingrid förderte ein schmuckes schwarzes Ding mit vielen Tasten zutage. Ich glaube, man konnte damit nicht nur telefonieren, sondern auch E-Mails schreiben. Für Detailinformationen hätte ich wohl Sonja fragen müssen.

Stumm tippten wir unsere Nachrichten. Ich schrieb: Schicke bitte Polizei zur Alpenzauber-Hütte am Dachstein. Wir brauchen dringend Hilfe!

So weit, so gut. Aber plötzlich fühlte ich mich hundeelend. An wen sollte ich sie schon schicken? Meine Eltern wussten nicht einmal, was eine SMS war, geschweige denn, wie man sie am Handy abrufen konnte. Kurz spielte ich mit dem Gedanken, Marcs Nummer zu nehmen. Wahrscheinlich hätte ich es gemacht, wenn die Tote nicht seine Schwester gewesen wäre. Das war der Moment, als mir klar wurde, dass meine sämtlichen Freunde und Vertrauten sich hier oben auf der Hütte befanden. Ich hatte gar niemand anderen als diese egoistischen Biester. Mein Bruder? Vergessen Sie's. Ich hatte nicht einmal seine Nummer gespeichert.

»Am besten, wir legen die Handys in verschiedene Räume. Vielleicht geht es ja im Westflügel schneller als im Ostflügel.«

Wir lachten über Sonjas lahmen Scherz. Doch zumindest hatten wir etwas zu tun. Ich flüsterte Sonja kurz mein Dilemma zu, und sie wies mich an, meinen Hilferuf ebenfalls an Christoph zu schicken.

Ich hatte keine Ahnung, wessen Nummer die anderen beiden eingaben. Ingrid vermutlich die eines Arbeitskollegen, Marnie wahrscheinlich die eines Verehrers Schrägstrich Lieblingskunden. Was weiß ich.

»Wir sollten Ritas Handy mit dazunehmen«, sagte Ingrid. »Das erhöht die Chancen.«

Eine klamme Hand schloss sich um mein Herz. Unter Tränen brachte ich hervor: »An wen sollten wir eine SMS schicken? Doch nicht an ihre Familie. Ich meine, sie werden glauben, dass Rita Hilfe braucht, aber dass sie lebt. Sie werden glauben –« Die Hand drückte fester zu. Die Tränen schossen mir geradezu aus den Augen. Zum ersten Mal dachte ich darüber nach, was Ritas

Tod für ihre Eltern bedeuten musste. Wie hatte ich nur über Tage hinweg einen Mord planen können, ohne dabei an ihre Eltern zu denken?

Sonjas Unterlippe zitterte. »Nicht weinen, Charlie. Bitte. Wir müssen uns jetzt auf die Rettung konzentrieren.« Sie presste die Faust auf den Mund.

Marnie räusperte sich. »Kommt, Mädels. Wir platzieren jetzt die Handys. Ich übernehme Ritas. Ich schick die dämliche SMS halt an irgendeinen ihrer Freunde.«

Zu viert gingen wir von Raum zu Raum. Ich glaube, jede von uns vermied den Blick auf den verhüllten Körper. Ritas Handy fand Marnie auf meinem Bett. Dort, wo Rita es während »Pflicht oder Wahrheit« abgelegt hatte. Das musste Tage her sein, oder?

Als wir uns schließlich wieder im blauen Zimmer einfanden, meinte Sonja: »Falls die Polizei bis morgen früh nicht kommt, versuchen wir ein Auto auszuschaufeln. Ich bin dafür, Ritas zu nehmen. Ihre Winterreifen sind funkelnagelneu, meine leider nicht. Außerdem ist mir auf der Herfahrt eine Schneekette gerissen.«

Wir nickten zustimmend. Es tat gut, sich über rein praktische Dinge zu unterhalten. Besonders, wenn sie etwas mit Heimkommen zu tun hatten. Ich versuchte mir unsere Talfahrt vorzustellen und sah uns augenblicklich mit dem Lexus in eine Schlucht stürzen.

»Was sagen wir jetzt wegen Rita und Marc?«, unterbrach Ingrid meine Gedanken.

»Die Wahrheit.« Marnie knackste mit den Fingern.

»Warum ist dir die Wahrheit in dem Fall so wichtig?«, fragte Ingrid und nahm sich ein Mini-Bounty.

»Viel interessanter, Fräulein Anwältin, finde ich die Frage, wieso dich das interessiert. Du solltest doch als Erste für die Wahrheit plädieren, die ganze Wahrheit und nichts als die Wahrheit.«

Ingrid lehnte sich zurück und sah Marnie ernst an. »Rita war meine Freundin. Ich mag ihre Familie. Warum soll sie darunter leiden?«

Sonja nickte. »Ich muss dir recht geben. Ihre Eltern werden mit Ritas Tod leben müssen. Wenn sie das andere erfahren, dann verlieren sie auch noch ihren Sohn.«

»Doch nur, wenn sie nicht fähig sind, ihm zu verzeihen«, rief Marnie.« Es liegt allein an ihnen, kapiert ihr das nicht? Wenn sie ihn verlieren, dann weil sie nicht damit umgehen können. Und entschuldigt, aber das haben sie sich dann selbst zuzuschreiben.«

Warum war Marnie in dieser Frage so borniert? Fast schien es mir, als genösse sie das künftige Leid von Ritas armen Eltern. Ärger stieg in mir auf. Eben war sie mir so nah gewesen. So verletzlich und verrückt. Und jetzt führte sie sich auf wie die Primadonna persönlich.

Sie hätte wahrscheinlich nur geantwortet, dass sie sich eben nicht festlegen ließ. Und dass ich wieder mal die Grautöne vergaß. Scheiß drauf, dachte ich, ich hasse Grau. »Was verlierst du, wenn du diese Sache bei der Polizei nicht erwähnst?«, fragte ich.

»Habt ihr alle den Verstand verloren? Kapiert denn keine, um was es hier geht? Wenn euch daran gelegen ist, dass Ritas Tod aufgeklärt wird, weil sie eine ach so wichtige Freundin für euch war, dann solltet ihr euch an die Fakten halten.« Marnie richtete sich auf. »Tatsache ist, dass sie ermordet wurde, nachdem ich die Katze aus dem Sack gelassen hab. Irgendjemandem hat das nicht geschmeckt. Klar? Ihr versaut die ganze Aufklärung, wenn ihr damit hinterm Berg halten wollt. Schon mal was von Behinderung laufender Ermittlungen gehört, Fräulein Anwältin?«

»Das ist derart lächerlich. Du bist doch selbst der Meinung, dass die Abdrücke auf dem Messer reichen werden, um die Täterin zu überführen.«

Marnie verschränkte die Arme vor der Brust. »Ein reiner Indizienfall. Nein, nein, du schaffst es, dich da rauszuwinden, das weiß ich. Lässt deine Beziehungen spielen, und die Fingerabdrücke werden unter den Tisch gekehrt.«

»Könntest du freundlicherweise damit aufhören, jetzt schon Rufmord an mir zu begehen? Dazu wirst du noch Gelegenheit genug haben.« Obwohl Ingrid nach wie vor gelassen wirkte, begann sie mir leidzutun. Seit Ritas Tod war sie die Mordverdächtige Nummer eins. Ihrem Selbstbewusstsein tat das allerdings keinen Abbruch. Kerzengerade saß sie auf dem Stuhl, ein Bein über das andere geschlagen, und sah Marnie herausfordernd an. »Dir ist einfach nicht zu helfen. Meiner Meinung nach brauchst du mit dem Trinken gar nicht aufzuhören. Es gibt ohnehin kein Hirn mehr, das du dir wegsaufen könntest.«

Marnie lachte, doch es klang nicht besonders echt. Mir fiel auf, dass ihre Hände zitterten.

Sonja hatte wahrscheinlich die gleiche Beobachtung gemacht, denn sie lehnte sich nach vorne, so dass sie Marnie vor uns verdeckte, und sagte: »Wenn ich daran denke, dass das mein erster richtiger Urlaub seit der Maturareise ist …« Sie versuchte zu lachen, doch es klang genauso erbärmlich wie eben bei Marnie.

»Ja, zu Hause ist es doch am schönsten«, sagte ich, einfach nur, damit irgendetwas gesagt wurde.

»Wie hast du Christoph dazu gebracht, dich fahren zu lassen? Er war doch noch nie mit den Kindern alleine, oder?«, fragte Ingrid. Ich staunte, dass sie sich so schnell auf den Themenwechsel einließ. Eigentlich ein schöner Zug von ihr. Ich an ihrer Stelle hätte mich an Marnies Zittern festgebissen und psychologischen Vorteil daraus gezogen.

Sonja grinste schief. »Stimmt. Und es wird mit Sicherheit die reinste Katastrophe für ihn sein.« Sie zog die Beine an, schaukelte ein bisschen vor und zurück und zuckte schließlich mit den Schultern. »Na ja, im Notfall bleibt ihm noch das Klo.«

»Was?«

Sonjas Grinsen wurde breiter. »Habt ihr eine Ahnung, wie oft ich mich zu Hause im Klo einsperre und leise schreie, weil ich die ganze Bagage nicht mehr aushalten kann!«

Ingrid stöhnte. »Siehst du! Das ist einer der Gründe, warum ich keine Kinder haben will.«

»Willst du wirklich keine? Nicht mal in zehn Jahren?« Sonja schaute Ingrid fassungslos an.

»Nein, nicht in fünf, nicht in zehn, nicht in fünfzehn Jahren. Keine eigenen, keine adoptierten. Und bevor jetzt irgendeine blöde Bemerkung von dieser Seite kommt«, sie hob warnend den Zeigefinger in Richtung Marnie, »ich möchte selbst dann keine, wenn ich es, ganz wider Erwarten, schaffen sollte, einen Mann an meine Seite zu bekommen.«

»Wieso nicht?«

»Zum Ersten interessieren sie mich nicht besonders. Zum Zweiten stelle ich mir vor, dass es Netteres gibt, als mich im Klo einzusperren und gerade so laut zu brüllen, dass es auch ja keiner hört. Zum Dritten würde es bei mir sicherlich nicht beim Brüllen bleiben.«

»Wie meinst du das?« Sonja ließ nicht locker.

»Ich würde die Kinder verdreschen, wenn sie mir auf die Nerven gehen.«

»Das ist nicht dein Ernst!«

»Wenn du meinst …«

»Kinder schlägt man nicht. Und wenn du erst mal eigene –«

»Nein, so etwas tut man nicht. Da hast du recht. Und trotzdem geschieht es jeden Tag.«

Ich wünschte, Sonja würde endlich Ruhe geben. Aber seit wann gehen meine Wünsche schon in Erfüllung.

»Du bist dir immer so sicher in allem. Erkläre mir das. Wie kannst du wissen, wie du dich in einer Situation verhältst, in der du nicht bist?«

»Gong. Pause. Lass mich in Ruhe mit dem Thema.« Ingrid wandte sich demonstrativ von Sonja ab und Marnie zu. »Was ist? Begraben wir kurz das Kriegsbeil? Ich brauche dringend eine Zigarette.«

Marnie neigte den Kopf. »Meinetwegen gern.« Sie hielt Ingrid die geöffnete Packung hin. Ingrid nahm sich eine Zigarette, Marnie steckte sich ebenfalls eine an und griff nach dem Zippo.

»Lass mich machen.« Ingrid nahm ihr das Feuerzeug aus der zitternden Hand und zündete erst Marnie, dann sich selbst die Zigarette an. Die beiden rauchten in stillschweigendem Einverständnis. Sonja und ich sahen uns an und lächelten. Eine schöne Geste. Deshalb verkniff ich mir auch die Meldung, dass Ingrid normalerweise für Schwächen wie Rauchen nur ihre gezückte Augenbraue übrig hatte, was insofern interessant war, als sie sehr gekonnt mit der Zigarette umging und weder durch Husten noch sonst etwas verriet, dass sie das Inhalieren nicht gewohnt war.

»Sehe ich richtig? Du nennst eine Rolex dein Eigen?« Sonja starrte auf Ingrids Handgelenk.

Ich fand es witzig, dass Ingrid richtig rot wurde.

»Kostet die nicht, ich weiß nicht, an die dreitausend Euro?«, bohrte Sonja nach.

»Fünftausend«, sagte Marnie und zog genüsslich an ihrer Zigarette.

»Nicht schlecht für ein Anfangsgehalt. Zahlen die dir schon jetzt so viel?« Sonja biss aufgeregt in ihr Mini-Twix.

Ingrid reagierte nicht. Typisch, dachte ich. Die Reichen halten sich immer an das Credo, über Geld spricht man nicht.

Sonja kannte diese Zurückhaltung naturgemäß nicht. »Mir ist überhaupt aufgefallen, dass du in letzter Zeit wahnsinnig schick angezogen bist. Das ist eine echte Armani-Jeans, oder?« Sie streckte ihre Schokofinger nach Ingrid aus, die prompt zurückzuckte.

»Jetzt kriegen wir uns langsam wieder ein, okay? Ja, die Jeans ist von Armani. Die Rolex ist echt. Warum auch nicht? Ich bin lange genug in Fetzen herumgelaufen.« Ingrid sah mich zwar nicht an, aber ich meinte einen gewissen Seitenhieb zu spüren. Hatte ich vermutlich verdient.

Sonja beugte sich vor und sah Ingrid freundlich an. »Ich will dir nicht lästig fallen, Maus, aber du sprichst eigentlich nie über dein Liebesleben. Mich würde wirklich interessieren, auf was für einen Typ Mann du so abfährst.«

»Ich bin keine Maus – und auf den reichen Typ«, erwiderte Ingrid ohne Zögern.

»Und? Gibt es einen bestimmten reichen Typ in deinem Leben?«, blieb Sonja hartnäckig, Ingrids Zurückweisung völlig ignorierend.

»Noch.«

Wir warteten. Sehr auskunftsfreudig war sie nicht gerade. Echt schade, jetzt wo ich neugierig geworden war. Ich hatte Ingrid bis jetzt kaum über Männer sprechen hören. Hie und da war ein Exemplar an ihrer Seite aufgetaucht, aber etwas Ernstes hatte sich meines Wissens nie entwickelt.

Ingrid schien noch immer genervt. Dennoch sagte sie: »Am Anfang war es toll. Er hatte alles. Das richtige Alter –«

»Das da wäre?«

»Vierundvierzig.«

»Mhm.« Marnie nickte zustimmend. Sonja und ich sahen uns an.

»Den richtigen Beruf –«

»Anwalt?«, fragte ich.

»Investmentbanker. Und er hat keine nervigen Hobbys à la Vögel beobachten oder Bierdeckel sammeln.«

»Was?«

»Das gibt's nicht.«

»Kenne ich.« Das kam natürlich von Marnie.

Ingrid nahm düster einen Zug von ihrer Zigarette. »Er war also ein Traum. Wohnung in der Innenstadt. Ferienhaus in der Toskana.«

»Und warum ist der Traum geplatzt?«

Sie lehnte sich auf dem Stuhl zurück und sagte in ihrer zynischen Art: »Kurz vor Weihnachten durfte ich *Mutti* kennenlernen. Mutti geht flotten Schrittes auf die Achtzig zu, aber den kleinen Buben hat sie noch ganz schön unter der Fuchtel. Und Mutti findet, dass der Kleine viel zu viel Zeit mit mir verbringt und sich viel zu wenig um Mutti kümmert. Das geht natürlich nicht.«

»Er hat Schluss gemacht?«

»Nein, aber er möchte Mutti, der er so viel zu verdanken hat, im Frühling mit in die Toskana nehmen. Unser erster gemeinsamer Urlaub. Kommt ja gar nicht in Frage.«

»Aber du bist noch mit ihm zusammen?«, hakte Sonja nach.

»Noch«, wiederholte sie, ohne weitere Erklärungen abzugeben, und ich dachte nicht zum ersten Mal, dass es verdammt schwer war, in Ingrid hineinzuschauen.

Marnie gähnte. »Na, ewig wird Mutti es nicht mehr machen.«

Ingrid lachte rau. »Die schon. Sohnemann darf doch nicht alleine gelassen werden auf dieser großen, bösen Welt. Und wenn sie doch einmal abtritt, dann hält er auch nicht mehr lange durch. Das weiß ich mittlerweile.«

»Ziemlicher Ödipus-Komplex …« Noch während ich das Wort aussprach, gab es mir einen Stich.

Die anderen schauten betroffen drein. Marnie sagte: »Ja, ja, auch von den Griechen kann man viel lernen.« Sie dämpfte ihre Zigarette aus und gähnte noch einmal. »Scheiße, ich schaff's nicht länger.« Sie legte sich zurück und schloss die Augen. Dann fuhr sie plötzlich hoch. »Moment mal! Wartet! Ich weiß jetzt …« Sie sah in die Runde, dann schüttelte sie den Kopf.

»Was denn?«, fragte Ingrid ungeduldig.

Marnie musterte sie kurz, dann senkte sie abrupt den Kopf. Sie inspizierte ihre weiß lackierten Fingernägel und lachte verlegen.

Wir anderen schauten uns fragend an. Selbst ich ertappte

mich beim Stirnrunzeln. Die ganze Aktion stand Marnie so wenig wie ein Laura-Ashley-Kleid.

»Ich hab nur laut gedacht. Etwas ist komisch bei … ach, wahrscheinlich irre ich mich.« Sie sah mich an. »Charlie, ich muss noch was mit dir besprechen.« Zu den anderen sagte sie: »Geht schon mal ins Wohnzimmer. Wir kommen gleich nach.«

Was sollte das denn? Würde sie mich die ganze Nacht nicht mehr aus ihren Fängen lassen? Mein Herz begann schneller zu klopfen. Ich hoffte, das, was sie mir zu sagen hatte, würde meine Welt nicht noch mehr aus den Fugen geraten lassen.

Die Tür schlug zu. Die beiden hatten mich tatsächlich im Stich gelassen. Zum dritten Mal. Ich wollte ihnen hinterherrufen: »Macht auf! Lasst mich nicht schon wieder mit ihr allein!« Doch natürlich sagte ich nichts. Ich stand auch nicht auf, um die Tür selbst wieder aufzumachen. Ich dachte an Sonja und Ingrid, die draußen im Wohnzimmer alleine waren. Warum fürchteten die sich eigentlich nicht voreinander? Wie konnten sie wissen, ob sie einander vertrauen durften? Wie konnten sie wissen, dass die jeweils andere nicht einen Stuhl nehmen und ihr den Schädel einschlagen würde?

»… ich natürlich nicht nehmen. Ihre Kinder brauchen sie.«

Was? »Was?«

»Hast du mir nicht zugehört?« Marnie funkelte mich zornig an. »Scheiße, Charlie. Du musst dich konzentrieren. Ich kann nicht mehr. Ich bin fertig. Mein Körper geht k. o.«

Böse Gedanken schossen mir durch den Kopf. Plötzlich ging sie mir maßlos auf die Nerven. *Sie* soff wie ein Loch. *Sie* machte sich fertig. Durch *sie* ging ihr Körper k. o. Ich hatte nichts damit zu tun. Ich tat ihr einen Gefallen, indem ich bei ihr blieb und mir ihre neuesten Spinnereien anhörte. Aber natürlich sagte ich auch nichts von alledem. Natürlich reagierte ich gewohnt devot: »'tschuldige. Ich verspreche, ich höre zu. Also?«

Marnie räusperte sich. »Charlie, du bist jetzt in Gefahr. Ist dir das klar?«

Alarmiert sah ich sie an. »Du meinst, wie wir alle …«

»Charlie«, unterbrach sie mich schroff, »mein Plan funktioniert. Hast du ihr Gesicht nicht gesehen? Der Beweis ist erbracht. Zumindest für mich. Die Bullen werden etwas mehr Stoff brauchen.«

»Stoff?«, fragte ich verwirrt.

»Verstehst du nicht?« Sie beugte sich zu mir. Ihr Atem roch nach einer Mischung aus Zahnarzt und Brauerei.

»Die Mörderin glaubt jetzt, dass ich Bescheid weiß. Sie wird höchstwahrscheinlich versuchen, mir an den Kragen zu gehen. Das wollte ich bezwecken. Kapierst du das?« Ihre blutunterlaufenen Augen glänzten. Stolz sprach aus ihrer Stimme. »Aber ich schaffe das nicht alleine. Ich bin zurzeit nicht ganz Herrin meiner Sinne. Du musst für mich mit aufpassen.«

»Marnie …«

»Sie wird denken, dass ich es dir erzählt habe. Sie wird dir genauso auflauern wie mir. Wenn es hart auf hart kommt, dann musst du kämpfen, Charlie.«

Ich starrte sie an. Musste ich irgendetwas von dem, was sie sagte, ernst nehmen? Meine Hände schwitzten. »Das heißt, du hattest gar keinen Geistesblitz? Du hast nur so getan?«

»Natürlich. Das ist die Aufgabe eines guten Detektivs.«

»Warum überlässt du das nicht der Polizei?«

»Du kennst sie doch. Falls sie es ist, wird sie sich rauswinden. Nein, sie muss auf frischer Tat ertappt werden.«

»Sie – ist Ingrid?«

»Natürlich.«

»Du hast gesagt, falls sie es ist …« Ich sah Marnie fragend an. Die nickte heftig. »Sie ist es.«

»Warum vertraust du ausgerechnet mir? Warum nicht Sonja?«

»Charlie, du weißt doch, Mütter und Kinder zuerst ins Rettungsboot. Tut mir leid, aber ich kann nicht eine dreifache Mutter in Gefahr bringen.«

Ich schnappte nach Luft.

»Schau nicht so beleidigt drein.«

»Woher weißt du denn, dass nicht ich die Mörderin bin?«, zischte ich. »Ich hätte doch Gründe genug gehabt.«

Marnie winkte ab. »Du hast dich während dieser ganzen miesen Actionszene mit den Händen in meinen Haaren verfangen. Ich weiß das, weil ich natürlich versucht habe, dich abzuschütteln. Dabei bin ich mit den Nägeln ständig an diesem billigen Kunstfaserding hängen geblieben, das du vorhin getragen hast.« Sie sprach wohl von meiner heiß geliebten Strickjacke. »Du hast Glück, dass du die Einzige bist, die so einen Scheiß anzieht.«

Na, danke schön. »Das ist mein Alibi?«

»Für mich schon. Also, wenn du es geschafft hast, währenddessen das Messer zu nehmen und Rita zu massakrieren, dann Hut ab.«

Das war natürlich völliger Unsinn. Wir hatten so nahe beieinander gesessen, dass alles möglich gewesen wäre. Doch vielleicht wollte Marnie mit diesem Alibi für mich auch gleichzeitig eines für sich selbst schaffen.

»Das heißt, du kannst es auch nicht gewesen sein«, erwiderte ich also brav. Ein Alibi konnte keinesfalls schaden.

»Na, was glaubst denn du?«

»Dass du dich sehr geschickt anstellst. Wegen dieser ganzen Detektivmasche bin ich beinahe völlig davon abgekommen, dass auch du die Mörderin sein könntest.«

Marnies Augen blitzten gefährlich. »Ganz recht. Ich bin auf deiner Seite, das darfst du nie vergessen. Also, lass uns noch einmal nachdenken.«

Ich versuchte es. Ganz ehrlich. Doch ich landete immer wieder bei dem Punkt, dass ich Marnie am liebsten geschüttelt hätte. Wie kam sie dazu zu behaupten, dass mein Leben weniger wert war als das von Sonja?

Mürrisch starrte ich sie an. Sie rieb sich die Nase mit dem

Zeigefinger – wie Wickie in der Zeichentrickserie. Gleich würde die Lösung aller Probleme mit einem Fingerschnippen und einem musikalisch untermalten Sternenflug vor ihr auftauchen.

War diese Aktion mutig von ihr? Oder blöd? Oder kindisch? Wahrscheinlich alles auf einmal. Ich stand auf und begann vor ihr auf und ab zu tigern. Marnie hatte nur geblufft. Okay, wie ging es jetzt weiter?

»Wie sollen wir uns verteidigen?«, fragte ich.

Marnie klopfte auf ihr Bett. Ich setzte mich. Ihr Zittern war stärker geworden. Was sie zu sagen hatte, kostete sie ganz offensichtlich Kraft.

»Wie ich mich verteidige, ist meine Sache. Für dich ist das Wichtigste, dass du weißt, auf wessen Seite du stehst. Dann wird dir nichts passieren. Ich bin mir noch nicht ganz sicher, warum sie es getan hat. Aber ich habe die eine oder andere Idee. Zum Beispiel dieser Diebstahl im *Rima* … Und wenn du genau darüber nachdenkst, dann muss dir klar sein, dass sie die Einzige ist, die es getan haben kann. Diese Tat setzt eine extreme Kaltblütigkeit voraus. Nicht mal ich hätte mich das getraut. Das Risiko war enorm hoch, dass der Stich danebengeht.« Marnies Augen waren schmale Schlitze, aus denen sie mich musterte. »Nicht wahr, Charlie?«

Ich schluckte. So nüchtern hatte sie lange nicht mehr gewirkt. Ich glaubte ihr, dass sie absichtlich geblufft hatte. Doch den wahren Grund hatte sie mir nicht verraten. Sie wusste etwas. »Ja, du hast recht«, stammelte ich. »Wir anderen können es nicht gewesen sein.«

»Und, Charlie«, die Finger, die meine Hand ergriffen, fühlten sich eiskalt an, »pass auf dich selbst auf. Nicht auf mich. Wenn sie mich erwischt, dann trifft dich keine Schuld.«

Dieses Vieraugengespräch wurde zunehmend skurriler. Ich hatte das Gefühl, einen Film zu drehen und die einzige Schauspielerin zu sein, die das Drehbuch nicht gelesen hatte.

»Marnie«, begann ich schließlich, »du bist doch meine Freundin, oder?«

Sie ließ meine Hand los und schloss die Augen.

»Ich weiß«, fuhr ich leicht verzweifelt fort, »du hältst nicht viel von Freundschaftsfloskeln, aber an irgendwas muss ich ja appellieren.«

»Um *was* bei mir zu erreichen?«

»Bitte erzähle der Polizei nichts von Rita und Marc.«

Sie antwortete nicht sofort. Zeit für mich, um noch einmal zu schlucken, und Zeit für mein Herz, um ein paar Pirouetten zu drehen. »Ingrid hat sie deswegen getötet, Charlie. Du warst doch dabei. Du hast gesehen, dass es wegen meiner Anspielung auf die beiden ollen Ägypter war. Ingrids komische Reaktion darauf wird für die Aufklärung wichtig sein.«

Ich öffnete den Mund, doch sie brachte mich mit einer Handbewegung dazu, ihn wieder zu schließen.

»Charlie, sollte ihre Schuld ohnehin erwiesen sein, dann braucht die Sache niemand zu erwähnen, okay?«

»Okay«, sagte ich leise. Was sollte ich sonst sagen? Ich hatte eben das Drehbuch nicht gelesen.

Marnie rutschte endgültig in die Horizontale, zog sich die Decke bis zum Kinn und drehte mir ihren Rücken zu.

Ganz schön mutig von ihr. Was, wenn ich ein Taschenmesser bei mir hätte? Oder einen Schraubenzieher? Zugegeben, das alles war eher spekulativ. Aber was, wenn ich ihre Nachttischlade öffnen und ein paar von diesen Tabletten nehmen würde – für später, für einen geeigneten Moment … Ob sie aufwachen würde, ob sie es merken würde, wenn ich die Lade öffnete? … Gott, knarrte die laut – aber Marnie schlief … sie schlief … wie konnte sie sich in dieser Nacht nur in so vollkommener Sicherheit wiegen?

Als es energisch an die Zimmertür klopfte, hatte ich die Schublade schon wieder zugemacht, trotzdem biss ich mir vor Schreck auf die Zunge. Ingrid und Sonja traten mit sauren

Mienen ein, meine Zunge schmerzte und die Uhr im Wohnzimmer schlug dreimal. Beim dritten Gong bequemte sich Marnie, den Kopf zu uns zu drehen und ein Auge zu öffnen.

»Ich finde es nicht gut, dass ihr euch in dieser Situation schon wieder absentiert und uns aussperrt«, sagte Ingrid und sah mich an.

Ich legte den Kopf schief und nickte brav.

»Keine Panik.« Marnie gähnte. »Wir sind längst fertig. Jetzt absentiere – übrigens ein sehr schönes Wort – ich mich alleine. Ich muss dringend weiterschlafen. Gute Nacht.«

»Die Frau hat Nerven.«

Das klang aus Ingrids Mund nicht gerade nach einem Kompliment. Es war aber auch wirklich ein starkes Stück, das Marnie da ablieferte.

Sonja schloss sanft die Tür und legte den Finger an die Lippen. »Scht.«

Ingrid sah mich an und schnaubte. Ich hob die Schultern und ging zurück zu meinem angestammten Platz am Esstisch. Ich nahm mein kariertes Kissen auf den Schoß und vergrub die Finger darin.

Ingrid lehnte sich gegen die Spüle und ätzte: »Was sollte Marnies Auftritt vorhin? Wichtigtuerei, oder was?«

Ich zuckte mit den Schultern. »Es war nur … wegen Marc.«

Ingrid stieß verächtlich Luft aus. »Ich absentiere mich jetzt auch mal.« Sie äffte Marnies träge Stimme nach und verschwand auf die Toilette.

Sonja, den Schokoriegelteller in der Hand, setzte sich zu mir und fragte: »Habt ihr wirklich nur über Marc geredet?«

»Ja.«

Sie packte ein Bounty aus und biss hinein. »Mist! Ich werd mir hier das Doppelte von dem anfressen, was ich vor Weihnachten so mühsam heruntergehungert hab.«

»Bist du eigentlich schwanger?«, fragte ich sie.

»Na, so fett bin ich auch wieder nicht, oder?«

»Nein, natürlich nicht«, beeilte ich mich zu sagen. »Es ist nur, Rita hat darüber spekuliert. Im Auto.«

Sonja war plötzlich auf der Hut. »Aha. Kann sein, dass ich einmal etwas habe anklingen lassen. Wir wissen noch nicht, ob wir wirklich noch eines wollen.«

»Aber du sprichst mit Christoph drüber?«

»Mit wem denn sonst? Charlie, was ist überhaupt los?«

»Nichts, nur …« Ich stockte. Es war mir furchtbar unangenehm, Ritas Verleumdungen zu wiederholen. »Rita hat gesagt, dass Daniel … also, dass Christoph nicht …« Ich wollte nicht weitersprechen. Und Sonja ließ mich auch gar nicht.

»Das kann nicht sein. Sie hat es dir erzählt? Ingrid auch?«

»Nein«, antwortete ich schnell. Ich musste die Sache mit Sonja alleine bereden. Wollte auf keinen Fall die harsche Stimme der Rechtsprechung dabeihaben.

Sonja war nahe daran auszuflippen. »Ich kann nicht glauben, dass dieses Biest … Wieso hat sie es dir erzählt?«

»Ich weiß nicht. Einfach so. Aber warum hast du nicht mit Christoph darüber geredet?«

»Was hätte ich denn sagen sollen? Es hätte unsere Ehe zerstört, dabei war die Sache so unbedeutend. Wir hatten damals viel Streit. Felix war am Anfang so schwierig – ich habe mich überfordert gefühlt.« Sie sah mich flehend an.

Ich wollte ihr sagen, dass ich vollstes Verständnis für ihre damalige Situation hatte. Ich wollte sie vor allem fragen, wieso sie dann heimlich die Pille abgesetzt hatte, um sich mit einer neuerlichen Schwangerschaft noch mehr Stress zu verschaffen. Doch auf einmal kam mir das alles so unwichtig vor. Wen juckte das, wenn wir diese Nacht nicht überlebten? Deshalb schüttelte ich den Kopf.

Sie lachte bitter. »Schon klar, dass das für dich nicht nachvollziehbar ist. Aber kannst du mir sagen, was ich machen soll? Wenn ich Christoph die Wahrheit sage, zerstöre ich meine

Familie. Daniel hätte dann womöglich keinen Vater mehr. Christoph würde es nie verkraften, dass er nicht sein Sohn ist.«

Nicht sein … Ich biss mir auf die Lippe.

Wohl wissend, dass das für Sonja alles noch schlimmer machen würde, sagte ich leise: »*Das* hat Rita mir nicht erzählt. Sie hat gesagt, dass du Christoph reingelegt hast, indem du absichtlich die Pille vergessen hast.«

Sonja starrte mich an. Dann schloss sie die Augen. »Du hast das richtig aus mir rausgekitzelt. Eine solche Gemeinheit hätte ich dir nicht zugetraut.«

Ich hätte erwidern können, dass ich ihr auch keinen Seitensprung zugetraut hätte, doch mit solchen Kleinlichkeiten wollte ich uns jetzt nicht aufhalten. »Wie hat Rita das mit Daniel rausbekommen?«, fragte ich stattdessen.

Sonja funkelte mich wütend an. »Weil sie alle nicht dichthalten können. Manchmal hab ich das Gefühl, dass die ganze Welt von Arschlöchern bevölkert ist. Woher sie es weiß? Die Tussi vom Labor hat es ihr anscheinend damals gesteckt. Ich kann mir schon vorstellen, wie das abgelaufen ist. ›Hey, letzte Woche hab ich eine alte Schulfreundin von dir dagehabt. Die Dicke, die wir mal beim Eislaufen getroffen haben. War mit so einem Blonden da. Hat ihn einen Vaterschaftstest machen lassen. Die beiden haben nicht grade glücklich dreingeschaut.‹«

Ein Blonder! »Wer –?«

»Einer vom Hilfswerk. Völlig egal.«

»Und hat er noch Kontakt zu Daniel?«

»Bist du wahnsinnig? Der war heilfroh, als ich ihm gesagt hab, dass er sich nie wieder blicken lassen soll.«

Ich erstarrte. Sprach da wirklich Sonja zu mir? Sie hatte ein Verhältnis mit einem anderen Mann gehabt, aus dem ihr mittlerer Sohn hervorgegangen war, und hatte ihm – dem Kindsvater – gesagt, er dürfe sich nie wieder blicken lassen?

»Und warum hast du ihn dann überhaupt den Test machen lassen?«

Sonjas Antwort kam zischend. »Ich wollte Sicherheit haben, ist doch klar. Und leider funktioniert es im wahren Leben nicht, dass man einfach mit einer geklauten Haarsträhne vom Wunscherzeuger antanzt. Ich musste schon mit einem realen Mann dort auftauchen.«

Ingrid kam von der Toilette zurück und erzählte irgendwas von Marnies Zigaretten. Wir beachteten sie nicht.

Ich beugte mich zu Sonja und flüsterte: »Wann hat Rita dich darauf angesprochen?«

Sie zuckte mit den Schultern. »Kurz vor Weihnachten hat sie mich angerufen. Ich hab es nicht fassen können. Nach all den Jahren. Sie hat gemeint, ich sollte es Christoph sagen.«

»Und wann war das mit dem Test?«

Sonja schluckte. »Gleich nach Daniels Geburt.«

»Und Rita wusste das seit damals?«

»Hat sie behauptet, ja.«

»Aber Daniel ist vier. Wieso hat sie so lange dichtgehalten? Wieso ist sie jetzt mit der Geschichte dahergekommen?«

Sonja schüttelte den Kopf. »Keine Ahnung. Es ist mir auch egal.«

Sie verheimlichte etwas. »Was war das dann mit der Pillen-Geschichte?«

Sie runzelte die Stirn. »Ich weiß es nicht. Können wir aufhören?«

»Ich möchte das nur verstehen. Rita hat Ingrid und mir im Auto gesagt, dass …«

»Ich dachte, nur dir!«

»Ich – sie war dabei, ja, aber sie hat sich überhaupt nicht für die Geschichte interessiert. Drum hab ich's ganz vergessen«, erwiderte ich so unschuldig wie möglich.

»Und das soll ich dir jetzt glauben.«

»Ja«, sagte ich mit fester Stimme. »Also, Rita hat gesagt – mit so einem komischen Unterton –, dass du schon wieder dabei bist, die Pille zu vergessen.«

Sie sah mich fast angewidert an. Dann seufzte sie resigniert. »Das ist verrückt. Wie kommt sie auf so etwas?«

Ich dachte nach. Wir hörten ein Geräusch aus dem blauen Zimmer, und Sonja fragte schnell: »Charlie, bei diesem Gespräch im Auto, hattest du da den Eindruck, dass Ingrid von der Geschichte mit dem Vaterschaftstest wusste?«

Ich schüttelte den Kopf. »Nein. Wie gesagt, von einem Test war gar nicht die Rede.« Ich sah mich um. »Hey, wo ist Ingrid überhaupt?«

»Auf dem Klo, oder?«

»Nein, da ist sie schon lange nicht mehr.«

»Oh Gott!« Sonja sprang auf und zerrte mich mit. Die Tür vom blauen Zimmer ging auf – und eine seelenruhige Ingrid spazierte heraus.

»Was hast du da drin gemacht?«, herrschte Sonja sie an.

»Zigaretten geholt.«

Wir drängten uns an Ingrid vorbei durch die Tür zum Bett. Sonja rüttelte Marnie leicht, bis diese schnaufte und sich auf die Seite drehte.

Ingrid tippte sich an die Stirn. Sie lächelte beinahe.

Sonja meinte entschuldigend: »Es ist wirklich zu dämlich. Wir führen uns alle auf.«

Ingrid sagte: »Du hast gedacht, ich bring sie um.« Es war eine Feststellung, keine Frage. Jetzt lächelte sie tatsächlich. Mit erhobenem Haupt marschierte sie voraus ins Wohnzimmer.

Ich ging zögernd hinterher, aber Sonja hielt mich fest. »Charlie, du solltest wissen, dass meine Familie das Einzige ist, das wirklich für mich zählt«, flüsterte sie mir ins Ohr. Und noch einen Deut leiser, so dass ich Mühe hatte, sie zu verstehen: »Was du von mir erfahren hast, bleibt unter uns, kapiert?«

Ich starrte geradeaus. Ich hatte kapiert. Kapiert, dass die gütige und hilfsbereite Sonja eiskalt werden konnte, wenn es darum ging, ihre Familie zu beschützen.

»Kommt ihr dann irgendwann mal wieder?«, rief Ingrid vom Wohnzimmer aus.

Ich wankte auf die Eckbank zu. Sonja folgte mir. Ingrid saß bereits auf einem Stuhl und rauchte. Kurz verspürte auch ich den Drang nach einer Zigarette, obwohl ich bis auf einen einzigen schwindelerregenden Versuch noch nie eine geraucht hatte.

Ich musste endlich nachdenken. Meine Entscheidung hatte ich getroffen, gut. Doch wie würde es jetzt weitergehen?

Ich dachte an den Tag, als ich in die Psychiatrie eingeliefert wurde, meinen festen Entschluss, mir das Leben zu nehmen, da ich sicher war, die Schmach, die ich damals im Schwimmbad erlitten hatte, niemals überwinden zu können. Doch er war zu Besuch gekommen. Bereits am ersten Tag, an dem das möglich war, in der Hand einen kleinen Teddybären.

»Scheiße, Charlie. Es tut mir so leid … Was hast du denn angestellt?« Ein schwacher Versuch, locker zu klingen. »Wenn ich gewusst hätte, dass du –« Sein Blick so hilflos …

»Dass ich – so eine feige Ziege bin?«

»Also bitte, Charlie …«

»Eine feige, hysterische Ziege.«

»Komm schon, hör auf. Ich bin hier der Idiot. Zuerst zerre ich dich da rein, und dann warte ich nicht einmal auf dich.«

»Ist schon gut.«

»Ist es nicht. Aber ich hoffe, das wird es wieder.«

Ja, verdammt, er war es wert!

Es gab eine Chance für Marc und mich. Eine gewaltige Chance. Die Frage war, ob es die auch gab, wenn die Polizei und damit wahrscheinlich die ganze Welt von seinem Verhältnis zu seiner Schwester erfuhr. Doch womöglich konnte ich die Sache sogar zu meinen Gunsten nutzen. Denn welche andere Frau würde dann noch zu ihm stehen?

Ich gestattete mir einen kleinen Blick in die Zukunft. Traute

Zweisamkeit. Keine Störenfriede mehr. Keine anderen Weiber, vor denen ich mich fürchten musste.

Und keine anderen Männer, nach denen ich mich umschauen müsste.

So richtig hatte ich es ohnehin nur einmal probiert, das andere Geschlecht. Bitte, nicht in dem Alter, wo meine Freundinnen angefangen hatten, oh nein, die Teenagerzeit war für mich ein einziges langes Warten auf den großen Moment gewesen.

Aber dann, was soll ich sagen. Als zwanzigjährige Jungfrau hat man es nicht leicht. Derjenige welcher schließlich war ein fürchterlicher Typ namens Ivan gewesen. Ivan der Schreckliche, hatten meine Freundinnen hinter unserem Rücken gekichert. Ihr wisst ja gar nicht, wie schrecklich, hatte ich bei mir gedacht. Unheimlich von sich überzeugt, hatte er sich auf mir herumgewälzt und sich selbst dabei angefeuert: »Ja, komm, Ivan. Komm! Komm!«

Damals, von Panikattacken noch weitgehend verschont, hatte ich trotzdem meinen ersten hysterischen Lachanfall. Ich lag unter ihm und lachte, bis mir die Tränen kamen. Lachte, bis mir ein Hustenanfall die zuvor verspeiste Lasagne in den Rachen zurücktrieb. Lachte über Ivan, über mich, über das ganze hirnrissige Getue wegen des berühmten ersten Mals. Es war einer der komischsten Momente meines Lebens, so dass ich Ivan dem Verdutzten anschließend von Herzen danken musste.

Und wissen Sie was? Seitdem hatte ich – bis zu Marc – keinen mehr richtig an mich rangelassen. Gar nicht, weil es so schlimm war mit Ivan, sondern weil ich erkannt habe, dass es sich nicht lohnt. Natürlich hätte ich gern als Schwerenöterin gegolten. Von mir aus hätten sich ruhig alle das Maul über mich zerreißen können – jetzt hat sie *dem* das Herz gebrochen … und *der* ist ihr verfallen … und *die* ist eifersüchtig auf sie. Wunschdenken. Frauen wie ich müssen mehr tun als mit den Fingern zu schnippen, um Liebeskummer hervorzurufen. Andere Männer waren mir den Aufwand nicht wert gewesen. Ich hatte auf Marc gewartet und jahrelanges Klosterleben gern in Kauf genommen. Selbstverständlich wusste das niemand. Die hätten mich ja alle für verrückt erklärt. Als ich dann endlich in Marcs Armen liegen durfte und wir uns scherzhaft über Verflossene austauschten, da musste ich ihn natürlich anlügen. Ich nuschelte etwas von fünf mehr oder weniger interessanten Typen, eine Zahl, die mir für eine anständige Frau in meinem Alter angemessen erschien. Schließlich wollte ich nicht als Flittchen gelten, allerdings auch und vor allem nicht als Mauerblümchen.

»Hey, ihr.«

Ich fuhr herum.

Marnie stand in der Tür und strich sich mit der Hand durchs Haar. »Sind das meine?« Sie ging auf Ingrid zu und nahm sich eine Zigarette. Ingrid gab ihr Feuer. »Mann, ich zittere.« Marnie starrte auf die Hand, die ihre Zigarette hielt. »Warst du in meinem Zimmer, Ingrid?«

»Ja«, antwortete Sonja fest.

»Was habt ihr beiden für ein Problem?«, fragte Ingrid angewidert. »Du lebst doch noch, Marnie, oder? Und die drei Zigaretten ersetz ich dir, wenn wir wieder zu Hause sind.«

»Bist eingeladen.« Marnie zog sich einen Stuhl heran, dann stutzte sie. Sie legte den Kopf schief und lauschte. Plötzlich kam Bewegung in sie. Mit ein paar langen Schritten war sie an der Tür mit der roten Schleife, öffnete sie und verschwand in dem Zimmer, das Rita und Ingrid sich ausgesucht hatten.

Ingrid ließ sich mit dem Rücken gegen die Stuhllehne fallen. »Was soll das jetzt?«

»Mar–?«, setzte Sonja an.

»Der Wind, der Wind, das himmlische Kind …«, kam die Antwort aus dem roten Zimmer. Mit leichtem Kopfschütteln und verwirrt verzücktem Lächeln kehrte Marnie in unsere

Runde zurück und ließ sich auf ihren Stuhl sinken. »Die ganze Nacht schon hält er mich zum Narren, bis dass der Mor–«

Ingrid fiel ihr ins Wort: »Sag mal, was zitierst du da für einen Schwachsinn, und was machst du in meinem Zimmer?«

»Keinen Sinn für Poesie, das Fräulein Anwältin, nur trockene Paragraphenreiterei, tss, tss, tss …«

»Ich hab dich was gefragt!« Ingrids Stimme klang drohend.

»Und ich bin gerade dabei, dir zu antworten. Bin ich die Einzige, die hie und da noch dran denkt, einen Blick auf die Handys zu werfen?« Marnie sah uns auffordernd an. »Ich dachte, ich hätte was läuten hören. War aber nur das himmlische Kind.« Gierig zog sie an ihrem Glimmstängel. Ihre Lippen waren spröde und an einigen Stellen aufgerissen. Ihre Hände wirkten rau und um die Fingerknöchel herum beinahe runzelig. Es war, als wäre ihr ganzer Körper von innen heraus ausgetrocknet. Am liebsten hätte ich ihr einen Liter Wasser in den Mund geschüttet.

Verdammt, ich hatte das Nichtstun satt. Ich hatte es satt, abzuwarten, bis jemand die Initiative ergriff. Die Sache musste vorangetrieben werden. Und zwar schnellstens! Und zwar von mir!

Kennen Sie diese Augenblicke im Leben? Wo man als ansonsten zurückhaltender Mensch seine Selbstzweifel abwirft? Den dicken Mantel der Schüchternheit mit einem Ruck ablegt und auf die Barrikaden steigt? Oder gehören Sie ohnehin zu den Ritas und Marcs dieser Welt, die mit wehenden Fahnen vorausmarschieren? Bei mir sind solche Momente äußerst rar. Sie dauern meist auch nur kurz an, ähnlich wie Sternschnuppen, die durch den schwarzen Himmel ziehen und in Sekundenschnelle verglühen. Doch so kurz sie sind, diese Momente, so kraftvoll sind sie auch. Zumindest im Vergleich zu sonst.

Ich sprang auf und blickte in die Runde. »Ich finde, wir sollten etwas besprechen«, rief ich, so herausfordernd ich konnte. »Die Polizei wird genau wissen wollen, wo wir alle gesessen haben, als es zu dem Unglück kam. Wer am nächsten beim Messer war. Zu wem der Griff des Messers geschaut hat, et cetera. Ich möchte sicher gehen, dass wir alle die Wahrheit sagen.«

»Schaut, schaut. Unsere kleine Große wird ja richtig rabiat.«

»Ich hab diese Pseudokriminalistik schon so satt.«

»Ich kann das Wort Messer nicht mehr hören.«

Ich hatte nicht vor, in dieser Sache nachzugeben. »Überlegt euch doch mal Folgendes. Zumindest zwei von euch. Die Schuldige darf Pause machen.« Ich gab mir Mühe, dabei niemand Bestimmten anzusehen. »Die Mörderin hat so viele Möglichkeiten. Sie braucht nur ein bisschen zu lügen. Die Tatsachen ein wenig zu verdrehen. Das Messer etwas nach rechts oder links zu verschieben – also bei ihrer Aussage, bildlich gesprochen –, und schon gerät eine andere in Verdacht. Ich möchte das einfach vorher abklären. In ein paar Stunden haben wir doch alle schon vergessen, wer wo saß, wo genau der Kuchenteller stand und so weiter.«

Für meine Verhältnisse war das natürlich eine brandende Rede. Entsprechend erstaunt sahen mich die anderen an.

Überraschenderweise war Ingrid die Erste, die auf meinen Vorschlag einging. »Das ist vielleicht gar nicht so blöd.« Sie öffnete die Tür zu meinem Zimmer und winkte uns hinein. Ich folgte ihr, wobei ich sorgsam darauf bedacht war, Ritas verhüllten Körper nicht zu berühren. Ingrid und ich stellten uns neben das Bett, Sonja und Marnie quetschten sich in den Türrahmen. Wir starrten auf die Tatwaffe, die in ihrem obskuren Farbengemisch auf dem Boden lag.

Der süßliche Geruch von Ritas Blut stieg mir in die Nase. Ich atmete konzentriert aus und sagte dann möglichst bestimmt: »Also, Ingrid, du hast hier gleich neben Rita gesessen. Stell dich – ich weiß, es ist lästig, aber …« Mit den Lippen formte ich lautlos ein »bitte«. Das war schön dramatisch und half erstaunlich oft. Mit geziertem Seufzer und der rechten Augenbraue extra weit oben nahm Ingrid ihren Platz ein. Ich stellte mich neben sie und winkte Marnie an meine freie Seite.

»Heiteres Rollenspiel«, knurrte die. »Aber echt nur, weil du es bist.« Sie zog Sonja am Ärmel in den Kreis. »Komm, Mama, du warst neben mir.«

Sie hatten tatsächlich alle gemacht, worum ich sie gebeten hatte. Jetzt würde alles gut werden. »Okay«, sagte ich. »Wer war die Letzte, die sich ein Stück Kuchen abgeschnitten hat?«

»Was tut das denn zur Sache?«

»Weil der Griff vermutlich in ihre Richtung geschaut hat. Das muss natürlich nicht so sein, aber wer weiß.«

»Warst das nicht du selbst, Charlie? Du hast doch angefangen, deinen Kuchen in den Whisky zu tauchen.«

Ich starrte Marnie an. »Stimmt. Aber das war schon ewig lang bevor … bevor das Licht ausging.«

»Ich glaube, es war Rita.« Ingrid nickte. »Ja, sicher sogar. Als du gesagt hast, sie soll dir endlich die Wahrheit sagen, da hat sie doch grade Kuchen gegessen, oder?«

»Mmhm.« Ich nickte belämmert. Erstick an dem Ding, hatte ich in dem Moment gedacht.

»Ich weiß nicht«, sagte Sonja zweifelnd. »Erstens, nicht jeder legt das Messer mit dem Griff zu sich zurück auf den Teller. Zweitens, vielleicht hatte Rita sich das Stück schon eine Stunde zuvor abgeschnitten, und alle anderen haben nach ihr das Messer in der Hand gehabt. Und drittens, was sagt das Ganze überhaupt aus?«

Ich sah sie gereizt an. »Ich möchte einfach nicht, dass es später zu Ungereimtheiten kommt.«

»Ungereimtheiten?« Marnie lachte. »Hey, Charlie, du weißt, ich bin auf deiner Seite, aber wenn die Mörderin überführt wird, weil sie sich als Letzte vom Kuchen bedient hat, dann ist das an sich schon eine Ungereimtheit.«

»Du warst sogar der Meinung, dass es wesentlich ist, wer den Kuchen auf den Boden gestellt hat«, fuhr ich sie an.

»Wer hat ihn denn auf den Boden gestellt?«, wollte Sonja wissen.

»Ist doch jetzt egal.« Ich winkte ab.

Marnie lachte.

Jetzt wurde ich richtig wütend. »Ich versteh dich nicht. Erst bist du ganz erpicht darauf, Detektiv zu spielen. Und kaum geb ich meinen Senf dazu, machen sich alle lustig. Warum nehmt ihr mich nie ernst?«

Himmel, Arsch und Zwirn, ich hätte mich in den Hintern beißen können. Hatte ich schon wieder diese saudämliche, kindische, verheulte Frage gestellt? Bevor jemand etwas erwidern konnte, zischte ich: »Vergesst es! Ich hasse mich.« Hatte ich das tatsächlich laut gesagt? Es war zum Verrücktwerden mit mir. Die anderen sahen mich ratlos an. Ich zuckte mit den Schultern und riss die Augen auf, um die Tränen zu unterdrücken.

»Hassen wir uns nicht alle manchmal?«, fragte Ingrid gleichmütig.

»Klar.« Marnie schnalzte mit der Zunge. »Sieh dir meine Hände an, Charlie. Ich zittere wie der reinste Tattergreis. Glaubst du nicht, dass ich mich dafür ohrfeigen könnte?«

Sonja lächelte. »Felix meint manchmal bei den Hausaufgaben, dass er sich hasst, weil er die Mathebeispiele nie auf Anhieb kapiert.« Sie schüttelte den Kopf. »Christoph wollte ihn deswegen schon vom Psychologen checken lassen. Könnt ihr euch das vorstellen?«

Ich sah eine nach der anderen an. Meine Freundinnen. »Ist das denn keine Sache für den Psychologen? – Ich meine jetzt nicht Felix, sondern mich.«

Marnie, Sonja, Ingrid. Sie alle lächelten.

»Was?«, fragte ich unsicher.

»Du machst dir viel zu viel Kopf wegen allem«, meinte Ingrid. »Das hab ich vorhin auch gemeint. Du zerlegst deine Seele andauernd in alle Einzelteile, stellst fest, dass du gravierende Fehler hast«, sie machte eine übertriebene Geste mit den Armen, »und suhlst dich in deinen angeblichen Macken. Ich hab dir doch schon gesagt, dass du nicht durchgeknallter bist als der Rest der Welt.«

Ich nickte tapfer.

Marnie sagte glucksend: »Na ja, ein bisschen schon. So wie du Detektiv spielst, kannst du den Täter gleich per Tischerücken ermitteln.«

Ich starrte sie an. Dann begann ich leise zu lachen. Tischerücken ... unsere halbe Jugend hindurch waren wir wie besessen gewesen von diversen okkulten Techniken. Die Erinnerung daran tat gut. Und war so vertraut, dass ich mich beinahe glücklich fühlte.

Und das just neben Ritas Leiche. Ich ballte meine Fäuste so fest, dass es wehtat. Dann ging ich ins Wohnzimmer zurück. Nur weg von diesem Geruch. Und zurück zu angenehmeren Themen. Bemüht fröhlich rief ich: »Früher hast du überall dein Ouija-Board mitgehabt, Sonja.«

Sie kam mir nach und nickte. »Aber seit ich meine Jungs hab – ich möchte nicht, dass sie damit in Berührung kommen.« Sie schüttelte den Kopf. »Ich höre mich an wie meine eigene Mutter.«

In dem Moment fiel es mir ein. »Wir müssen Ritas Geist rufen.«

»Findest du das nicht pietätlos?« Ingrid war mit Marnie aus meinem Zimmer gekommen und schloss sorgfältig die Tür. Natürlich. Sie war wieder ganz die Alte. Von oben herab und mit Augenbraue.

»Nein, so war das nicht gemeint«, verteidigte ich mich. »Könnt ihr euch nicht erinnern, was wir ausgemacht haben?«

»Nö, was denn?«, fragte Marnie.

Ich schluckte. »Ich hatte es selbst vergessen. Es war ein Jahr nach unserem großen Schwur. Wir haben ihn noch einmal abgelegt. Mit einem Zusatz. ›Ich werde alles in meiner Macht

Stehende tun, um für immer eure Freundin zu bleiben. Und wenn ich einmal sterben sollte –‹«

»›Dann werde ich aus dem Jenseits mit euch in Verbindung treten‹«, übernahm Sonja.

Stumm sahen wir uns an. Ingrid, Marnie, Sonja und ich. Vier erwachsene Frauen, die nicht an Geister glaubten. Der Tisch knarrte. Wir schrien.

»Oh Gott«, stöhnte Sonja, beide Hände auf ihr Herz gepresst.

»Das ist doch nicht euer Ernst. Oder?«, fragte Ingrid. Es klang unsicher.

»Ich bezweifle, dass Rita jetzt schon erreichbar sein wird«, vermeldete Marnie. Unmöglich zu sagen, ob das als Scherz gemeint war.

Mein Mund fühlte sich trocken an. Ich fuhr mir über die Lippen und sagte: »Aber was, wenn wir sie wirklich erreichen …« Das Lachen der anderen klang aufgesetzt. Schrill stimmte ich mit ein. Dann fuhr ich fort: »… und Rita eine von uns als Mörderin entlarvt?«

»Das ist doch …« Ingrid stockte, anscheinend fehlte ihr das passende Wort.

»Absolut lächerlich, ja«, ergänzte Sonja. »Trotzdem bin ich dafür, dass wir sicherheitshalber einen anderen Geist rufen. Also … falls wir es überhaupt machen.«

»Mama hat doch Lust auf Verbotenes«, neckte Marnie.

Sonja lächelte müde. »Kann sein. Ich möchte einfach, dass die Zeit vergeht. Und ich möchte endlich aufhören, ständig nachzudenken. Außerdem müssen wir ja nicht über Rita reden. Vielleicht wecken wir heute Elvis auf.«

»Ach bitte, Schätzchen. Der King lebt. Vor zwei Tagen hat ihm ein Automechaniker in Sydney alle vier Reifen gewechselt. Und Elvis hat ihm als Dankeschön *We're caught in a trap* geträllert.«

»Schöne Geschichte. Also, was ist? Tisch oder Glas?«

»Glas«, sagte Marnie.

Ich nickte. »Bin ich auch dafür. Der Tisch hier eignet sich nicht im Geringsten. Viel zu groß.«

»Ihr wollt das also tatsächlich durchziehen«, stellte Ingrid fest.

»Angst?«, frohlockte Marnie.

»Ich bitte dich«, konterte Ingrid. »Glas.«

»Ich hol meinen Block und einen Stift.« Sonja lief ins blaue Schlafzimmer. Wir anderen setzten uns an den Tisch, jede an einer anderen Seite. Ich überließ Marnie und Sonja die Bank und nahm genau wie Ingrid mit einem der Stühle vorlieb. Sonja kam mit ihrem Rucksack ins Wohnzimmer zurück, warf ihn neben sich auf den Boden und legte einen Kugelschreiber und ihren Block auf den Tisch. »Okay, Schere gibt's nicht. Wir müssen halt reißen.«

»Ach so?«, meinte Ingrid. »Also, ich hab schon eine Nagelschere mit.«

Ich rollte innerlich die Augen. Typisch. Die Perfektion in Person. Doch endlich war Elan in unsere Gruppe gekommen. Das tat gut. Also sprang ich relativ motiviert von meinem Stuhl auf. »Ich hol sie. Und trage damit hoffentlich meinen Teil zur Gemeinschaftsarbeit bei.«

»Innen im Kofferdeckel. Das größere von den beiden Reißverschlussfächern. Da ist mein Etui drin.«

Pfff, noch genauer ging's wohl nicht. Im roten Zimmer stellte ich fest, dass Ingrid exakt den passenden Koffer zur Handtasche hatte. Oder auch umgekehrt. Fasziniert drehte ich das kleine braune Louis-Vuitton-Ding in meinen Händen, bevor ich mich dem Trolley widmete. Diese ganzen Markengeschichten waren mir schleierhaft. Schade, dass ausgerechnet Ingrid darauf hineingekippt war. Bei ihrer Kindheit – oh Gott, fing ich schon wieder damit an? Dr. Großkotz Charlie, die bei anderen immer alles besser wusste, nur ihr eigenes Leben nicht in den Griff bekam.

Mit schmerzenden Schläfen ging ich zurück ins Wohnzimmer. Sonja nahm mir die Schere ab und fing an, die einzelnen Buchstaben des Alphabets auszuschneiden.

»Da war doch noch irgendwas mit Zahlen, oder?«

»Ja, ja, Moment. Also. 26 Buchstaben. Die Zahlen 0 bis 9. Sonst noch was?«

»Ja und nein«, sagte Marnie.

»Was denn nun? Fehlt noch was oder nicht?«

»›Ja‹ und ›nein‹«, wiederholte Marnie grinsend.

»Ach Gott, ja. Ein Kärtchen mit ›ja‹ … eines mit ›nein‹ … so.«

Wir legten die Kärtchen dem Alphabet und dann der Zahlenfolge nach in einen Kreis auf den Tisch. Die »Ja«- und die »Nein«-Karten kamen ins Innere des Kreises. Sonja stand auf und ging zur Küchenzeile. Wir anderen begannen die Regeln zu diskutieren.

»Stellen wir gleich zu Anfang eine Frage, oder müssen wir warten, bis sich jemand meldet?«

»Der Geist muss sich zuerst melden.«

»Echt?«

»Ja! Kannst du dich nicht mehr erinnern? Am Anfang sitzt man immer stundenlang da, während sich rein gar nichts tut.«

»Bis die Erste anfängt zu schieben.«

Wir lachten. Sonja kam mit einem Glas zurück und platzierte es mit der Öffnung nach unten in die Mitte des Tisches. Wir blickten sie erwartungsvoll an, da sie die Regeln immer am besten draufgehabt hatte. »Also, zur Erinnerung«, sagte sie, »am Anfang fragen wir einmal nach, ob ein Geist anwesend ist. Falls ja, fragen wir ihn sofort, ob er gut ist.«

»Falsch«, rief Marnie dazwischen. Sie schien richtig aufzublühen. Ihre Wangen waren mädchenhaft gerötet, und wäre da nicht das permanente Zittern ihrer Hände gewesen, hätte sie so gesund gewirkt wie selten. »Du weißt doch, böse Geister können lügen. Das heißt, wenn du ihn fragst, ob er gut ist, dann kann er mit ›ja‹ antworten. Aber«, sie hob triumphierend den Zeigefinger, »böse Geister können das Wort ›gut‹ nicht schreiben. Ergo muss die Frage lauten: ›Bist du gut oder böse?‹«

»Stimmt. Mannomann, wie hab ich das nur vergessen können.« Sonja schien ehrlich bekümmert.

Ich atmete hörbar aus. Gott, war ich tatsächlich aufgeregt? Aus dem Alter waren wir doch längst draußen. Klar, damals war es immens faszinierend gewesen, aber es hatte natürlich immer eine geschoben. Oder? Doch, bestimmt …

Ich beobachtete die anderen. Marnie sah regelrecht feierlich aus. Ich verschränkte die Hände ineinander und merkte, dass sie eiskalt waren.

»Okay, weiter im Text. Wenn es ein böser ist, dann verabschieden wir ihn sofort«, fuhr Sonja fort. »Das heißt, wir drehen das Glas in einem immer enger werdenden Kreis zur Mitte hin. Auf keinen Fall umkippen.«

»Was für eine Wissenschaft«, spöttelte Ingrid.

»Hör mal, die Regeln sind wichtig.«

»Können wir jetzt endlich anfangen?«, fragte Ingrid gereizt und sprach mir aus der Seele.

»In Ordnung.«

Wir setzten uns aufrecht hin und legten alle den rechten Zeigefinger auf den Boden des umgedrehten Glases.

»Scheiße, ich zittere.«

»Macht doch nichts.«

»Benutze das Zittern nur ja nicht zum Schieben.«

»Scht.«

8

Stille umfing uns. Ich schloss die Augen. Sekündlich rechnete ich damit, dass irgendetwas Dramatisches geschah. Dass uns das Hüttendach auf den Tisch und auf die Köpfe krachte. Dass die Polizei doch noch kam und von draußen gegen die Tür donnerte. Dass Rita als Geist erschien und uns alle mit ihrem Kuchenmesser aufschlitzte …

Bei diesem Gedanken riss ich die Augen auf und sah die anderen an. Alle starrten auf den Tisch. Marnies Finger zitterte wie verrückt, was das Glas leicht vibrieren ließ.

»Ist ein Geist anwesend?«, durchbrach Sonja das Schweigen. Ich fuhr zusammen. Ingrid räusperte sich.

Keine Antwort. Nur unser Atem war zu hören und hie und da ein leichtes melodisches Klingeln, wenn der Nagel von Marnies bebendem Finger gegen das Glas schlug. Das Warten war bedrückend. In meinem Kopf schwirrte es. Natürlich glaubte ich *nicht* an Geister, aber was, wenn wir doch Kontakt zu einem bekamen und er mich beschuldigte? Würden mich die anderen dann der Polizei ausliefern? Und musste ich mich nicht sowieso fragen, was ich der Polizei erzählen sollte, sobald wir gerettet waren? Würden sie nicht wissen wollen, welche meiner Freundinnen ich für die Täterin hielt? Das lief doch so, oder? Konnte ich mich einfach dumm stellen? Behaupten, dass keine von uns einen Grund gehabt hatte, Rita so etwas anzutun?

Oder sollte ich ihnen erzählen, dass Ingrid die Kaltblütigste von uns war? Entschlussfreudig und mutig genug, um so eine Tat begangen zu haben. Und als ich sie nach dem gestohlenen Geld fragte, hatte sie gelogen. Dagegenhalten musste ich natürlich, dass sie Ritas allerbeste Freundin war.

Unter halbgeschlossenen Lidern schielte ich zu ihr hinüber. Sie hielt den Kopf leicht nach unten gebeugt, sodass ich vor allem ihre perfekt gezupften Augenbrauen und ihren Nasenrücken betrachten konnte. Eigentlich war sie recht hübsch, befand ich in diesem Moment. Also, wenn man auf den strengen, hypergepflegten Typ stand.

Ich versuchte alles, was mir an Ingrid faul vorkam, gedanklich aufzulisten. Selbstverständlich nur für den Fall, dass die Polizei Antworten von mir verlangte. Da war zum einen ihr neuer exquisiter Stil. Ja, ich weiß, sie war schon immer auf ihr gutes Auftreten bedacht gewesen, doch seit einigen Monaten trug sie mächtig dick auf. Und das Seltsamste an der Sache war, dass es ihr augenscheinlich unangenehm war, darauf angesprochen zu werden. Das war doch komisch, oder? Wer kleidet sich teuer, obwohl es ihm peinlich ist? Klar, jemand, der verheimlichen möchte, dass er Geld hat.

Der nächste Punkt war Ritas ausgesprochen demütiges Verhalten Ingrid gegenüber. Ausgerechnet die Königin kuschte. Konnte es sein … der Gedanke war so abstrus, dass er mir regelrecht körperlich unangenehm war. Was, wenn Ingrid und Rita gemeinsame Sache gemacht hatten? Rita hätte sehr wohl im *Rimu* klauen konnen. Sie hatte ja ständig Zugang zur Kasse. Nur, warum das eigene Vermögen stehlen?

Meine Hand zitterte. Krampfhaft versuchte ich sie ruhig zu stellen. Ich presste meinen Finger aufs Glas, wohl wissend, dass der Druck es dem Glas unmöglich machen würde, sich zu bewegen. Doch das war mir nur recht. Ich brauchte ohnehin keinen Geist, sondern nur Zeit zum Nachdenken.

Wenn Rita tatsächlich in den Diebstahl verwickelt war, würde das auf jeden Fall ihr seltsames Benehmen erklären. Und auch ihre plötzliche Abhängigkeit von Ingrid. Die wiederum ging natürlich vollkommen anders mit der Situation um. Okay, also das alles könnte ich notfalls bei der Polizei aussagen, um den Verdacht auf Ingrid zu lenken.

Weiter in der Runde. Ich schob Ingrid gedanklich zur Seite und knöpfte mir Marnie vor. Rita hatte ihren Vater angebaggert. Gut, die Sache war über fünfzehn Jahre her, aber richtig verziehen hatte Marnie ihr nicht. Sollte ich das bei einem Verhör erwähnen? Ich wollte nicht, dass Marnie Probleme mit der Polizei bekam, aber ich musste für den Fall gerüstet sein, dass meine drei Mitstreiterinnen gegen mich aussagten. Schließlich hatte ich ein wirklich prachtvolles Motiv. Und ich konnte nicht zulassen, dass man mich für immer wegsperrte. Weg von meinem Leben mit Marc. Also musste ich mich vorbereiten.

Die Dritte und Letzte auf meiner gedanklichen Liste war Sonja. Sie hütete ein schwerwiegendes Geheimnis, und die Einzige, die im näheren Umkreis davon gewusst hatte, war jetzt tot. Ermordet, in Sonjas Gegenwart. Doch was würde es für Sonjas Ehe bedeuten, wenn ich das den Bullen erzählte?

Ein Nerv zuckte in meinem linken Augenlid. Selbstsüchtige Kanaille. Lieferst deine Freundinnen dem Henker aus, bettest ihre Köpfe auf den Holzblock und hilfst noch die Axt zu schwingen. Wie sollte Marc jemals so ein feiges Huhn lieben können?

Das Glas bewegte sich! Ich fuhr zusammen. Erst schob es sich langsam, dann immer schneller auf den Außenrand zu.

Ich saß auf der falschen Seite des Tisches, so dass für mich die Buchstaben Kopf standen. Nun sah ich das Glas zielstrebig zum P gleiten. Gleich darauf rückte es seitwärts auf das O, dann fuhr es rüber zum I und machte dort eine kleine Pause. Ich musterte die anderen misstrauisch. Husch, da ging es wieder los, quer über das Feld zum R, dann im Eiltempo zurück zum O und dann rüber zum T.

Wir warteten. Nichts geschah. POIROT.

»Das gibt's nicht«, ließ Marnie sich verwundert vernehmen.

»Scht«, machte Sonja.

»Ist das dieser französische Detektiv?«, fragte ich flüsternd.

Ingrid, rechts von mir, nickte angespannt.

»Kein Franzose. Belgier«, raunte Marnie.

Sonja räusperte sich. »Poirot«, sagte sie laut. Wir anderen

kicherten unterdrückt. »Bist du Hercule Poirot, der berühmte Detektiv?«

Ich starrte auf Marnie. Sie war schließlich der Agatha-Christie-Fan. Mit rosa Wangen saß sie da und blickte mit glänzenden Augen auf das Glas, das durch ihren zunehmenden Tremor unablässig vibrierte.

Wir warteten. Irgendwann sagte Ingrid: »Samuel Beckett lässt grüßen. Warten auf Poirot.«

Wir kicherten wieder. Schau an, dachte ich. Ingrid kann ja richtig witzig sein.

Dann rührte sich plötzlich das Glas wieder. Es glitt in Windeseile vom T zum Ja.

»Verdammt!«, rief ich aufgeregt. »Wenn ich nicht wüsste, dass es unmöglich ist, dann –«

»Scht.«

Ich senkte den Kopf. Marnie flüsterte: »Die Frage, ob er gut ist, kannst du dir sparen. Der ist gut.«

»Bist du wahnsinnig?«, zischte Sonja. »Du weißt, dass er eine Fantasiefigur ist. Das heißt, wir haben es womöglich mit einem bösen Geist zu tun, der sich als belgischer Detektiv tarnt.«

Dann muss es aber ein ziemlich unerfahrener böser Geist sein, schoss es mir durch den Kopf. Er müsste doch die Regeln kennen und wissen, dass er uns nur einen realen Menschen vorgaukeln kann.

»Bist du gut oder böse?«, fragte Sonja.

»Du beleidigst ihn«, flüsterte Marnie.

Diesmal kam die Antwort sofort. Das Glas fuhr vom G zum U und anschließend zum T.

»Siehst du«, triumphierte Marnie leise.

»Kannst du diesen Mord aufklären?«, fragte Ingrid plötzlich.

Nein. Das Glas war in Windeseile vom T zum »Nein« gefahren.

»Toller Detektiv …«

Und dann ging alles blitzschnell. M – A – R – N – I – E.

Wir starrten uns an.

Und dann: K – A – N – N.

Das war's. Nicht mehr und nicht weniger. Marnies Hand zitterte stärker. Sie warf das Glas um.

»Bist du wahnsinnig! Jetzt ist er frei.«

»Macht doch nichts. Du hast doch gehört, dass er zu den Guten gehört«, sagte Ingrid skeptisch.

Ich starrte auf meinen Schoß. Das Glas war auf der schwarzen Hose gelandet, die ich mir von Marnie geborgt hatte. Weg da, du –! Panisch griff ich danach und ließ es wie eine heiße Kartoffel auf den Tisch fallen. Es zersprang in tausend Einzelteile.

»Na toll.«

»Das war nicht ich. Das war der Geist«, verteidigte ich mich. Glanzleistung, Angstkarnickel. Ich stand auf und begann mit spitzen Fingern die Scherben einzusammeln. »Und? Was bedeutet das jetzt?«, fragte ich die anderen.

Marnie starrte vor sich hin. »Hat wer geschoben?«, fragte sie ernst.

»Du hast Nerven«, antwortete ich.

»Was soll das heißen?«

»Na, hör mal, die Sache ist doch klar. Du bist die Kriminologin. Um dich ging es jetzt. Also, wer wird wohl geschoben haben?«

Sie saß ganz fassungslos da. »Ich war es nicht.«

Ingrid runzelte die Stirn. »Ich weiß gar nicht, was der sogenannte Geist überhaupt gemeint hat. Ist Marnie die Mörderin, oder weiß Marnie über die Mörderin Bescheid?«

»Such dir was aus.« Marnie sah sie herausfordernd an.

Ich ging zur Küchenzeile und öffnete die Schranktür, hinter der sich der Mülleimer befand. Ich warf die Scherben hinein. Mit einem Mal drohte mich die große Müdigkeit zu übermannen. Ich merkte, dass es mir völlig egal war, ob jemand geschoben hatte oder nicht. Es war eine nette kleine Ablenkung gewesen, aber der Zauber war vorbei. Der Verbrechensalltag hatte uns eingeholt.

Ich wusch mir die Hände und nahm ein frisches Glas aus dem Schrank. Während ich mir Wasser aus der Leitung einfüllte, lauschte ich dem Geschwätz der anderen. Sie diskutierten die Frage des Schiebens und beschuldigten sich gegenseitig. Manchmal ist es geradezu angenehm, abseits zu stehen. Einfach zuzuhören. Zu beobachten.

Ingrid lügt, dachte ich. Das war tatsächlich ein Punkt, der die Polizei interessieren könnte. Sie hatte irgendetwas mit Rita laufen gehabt – wahrscheinlich eine Geldgeschichte –, was unsere sonst so selbstsichere Königin enorm unter Druck gesetzt hatte. Marnie war nach all den Jahren noch immer wütend auf Rita gewesen. Vielleicht auch eifersüchtig? Und Sonja hatte dieses Geheimnis, das sie schützen musste. Muss, verbesserte ich mich plötzlich besorgt. Schließlich wusste ich jetzt auch davon.

Ich hielt mich am Spülbecken fest. Ließ die Finger über das Aluminium gleiten. Alles ist in Ordnung, alles ist normal … Ich bemühte mich, ruhig zu atmen. Stellte mir Marc in seinem Schlafzimmer vor. Nicht gut, noch mehr Herzklopfen. Ich dachte an meine Eltern. Merkwürdigerweise half das. Unvermittelt wünschte ich mir, ich könnte jetzt bei ihnen zu Hause sein und mich bemuttern oder auch bevormunden lassen. Was drängt uns eigentlich dazu, unbedingt erwachsen werden zu wollen? Der Gedanke, noch einmal Kind zu sein, sich noch einmal neu entwickeln zu können, fasziniert mich. Alles besser machen. Ich schloss eine Hand um den Wasserhahn und drückte zu, bis meine Faust krampfte. Ich war nicht zufrieden mit mir.

Wäre ich ein anderer Mensch, wenn ich die Panikattacken nicht hätte? Vielleicht selbstsicherer?

Ich blickte noch einmal zu den anderen und verspürte so gar keinen Drang, mich zu ihnen zu setzen.

Wie hatten sie sich damals verhalten? Meine Freundinnen. Es hatte wohl niemand so recht damit umgehen können. Mit meiner Hysterie im Schwimmbad.

Meine Güte, es war so dumm gewesen. Ich hätte mich einfach nie in eine derartige Situation bringen dürfen. Hätte meinen Urängsten trauen müssen, statt zu glauben, dass allein Marcs Anwesenheit und seine Aufmerksamkeit mich zu einem mutigeren Menschen machen würden.

Es war am Morgen des zweiundzwanzigsten Dezembers vor drei Jahren gewesen. Ich war mit Rita, Ingrid, Sonja und Marnie im Hallenbad verabredet, ein Ort, an dem ich nicht oft zu finden bin. Vor Wasser habe ich Respekt. Ich kann selbstverständlich schwimmen. Doch wenn ich keinen Boden mehr unter den Füßen spüre, fühle ich mich nicht sicher. Eine Mitpatientin auf meiner Station, die ständig alle und jeden ungefragt analysierte, hat einmal behauptet, ich müsse mich im Mutterleib sehr unwohl gefühlt und daher Furcht vor dem Wasser entwickelt haben. Kann sein. Doch an diesem Tag ging ich mit. Ich hatte munkeln hören, dass Marc dabei sein würde, das gab mir den nötigen Antrieb. Und er war da. In einer dunkelblauen Badehose, ohne ein einziges Haar auf der Brust – wie ein kleines Mädchen, spöttelte Marnie – saß er am Beckenrand und blickte uns erwartungsvoll entgegen. Ich versuchte, mein kleines Handtuch fest um meine Hüften zu wickeln, da ich meinen knochigen Hintern zu fett fand. Er grinste mich an, das Handtuch glitt zu Boden, und er hob es auf und hielt es mir mit den Worten entgegen: »Schön, dich zu sehen, Charlie.«

Fünf kleine Worte, und weg waren all die Zweifel an meinem Körper. Es war *schön*, mich zu sehen! Weg waren die Wünsche nach Körbchengröße C. Und weg war jegliche Vernunft.

»Kommst du mit ins Wasser?«

Nichts lieber als das. Hinter ihm her wie ein kleiner Hund. Hinein ins geliebte Nass. So hatte es sich in diesem Moment zumindest angefühlt.

Wir waren ein bisschen herumgesprungen, hatten uns gegenseitig angespritzt. Und ich hatte es meisterhaft verstanden, seinen Untertauch-Attacken auszuweichen. So viel zum guten Teil des Tages.

»Schwimmen wir zum Strudel!«

»Okay.«

Es war so weit … Überzeugt, dass wahre Liebe Berge versetzen kann, ließ ich jede Vorsicht fahren und schwamm hinter Marc her. Im Strudel war ich noch nie gewesen. Er befand sich an der Stirnseite des Beckens und war in eine Art Kreis eingefasst. Düsen trieben das Wasser in eine Richtung und die Schwimmer ebenso. Die Strömung war ziemlich stark, ein Gegenschwimmen unmöglich. Ich hatte den Strudel aus einem einfachen Grund stets gemieden: Es war für mich die schlimmste Vorstellung überhaupt, vom Wasser mitgerissen zu werden.

»Hey, was ist mit dir? Komm, Charlie!«

Er war schon mitten drin. Trieb mir quasi davon. Nein! Warte auf mich! Und dann war ich drin. Gefangen, inmitten einer Gruppe von Volksschülern, die mir Wasser in die Augen spritzten und mich in den Magen traten. Ich fühlte die Gewalt des Wassers, das aus den Düsen kam. Ich hörte die lauten Stimmen, das Kreischen der anderen Badegäste. Da kam die Angst. Aber nicht so wie sonst, wenn sie sich als leises Kribbeln in meinen Eingeweiden ankündigte, das langsam den Oberkörper durchwanderte bis hinauf zur Kehle. Nein, sie kam mit einer Wucht, die mich überwältigte. Die Flut hatte Besitz von mir ergriffen. Ich würde ertrinken. Unbändiger Überlebenstrieb packte mich. Ich warf mich gegen die Beckenwand und versuchte wie ein nasses Insekt daran hochzukrabbeln. Noch heute spüre ich den Druck der Düse an meinem Körper. Ein Gefühl, als müsste meine Bauchdecke jeden Moment aufreißen.

Ich muss wohl geschrien haben. Ja, wahrscheinlich schrie ich mir die Seele aus dem Leib. Gesichtslose Schatten waren plötzlich über mir, brüllten auf mich ein. Versuchten mich hochzuziehen. Und als das nicht gelang, weil der Beckenrand einfach zu hoch war, da riefen sie mir zu, ich solle mit der Masse schwimmen, es könne mir nichts passieren. Ich weiß bis heute nicht, ob Marc mich gesehen hat. Bekam er mit, wie ein beherztes junges Pärchen mich packte und durch den Strudel bugsierte? Sah er den Bademeister, der ins Becken sprang, als das Pärchen Gefahr lief, von meinem angstgeschüttelten Körper erschlagen zu werden? Die Panik ließ einfach nicht nach. Feucht und kalt hielt sie meinen Körper fest umschlungen. Kein trockenes Badetuch, keine beschwichtigenden Worte vermochten sie zu mindern. Ein Krankenwagen musste kommen. Sie nahmen mich mit. Für vier Monate und fünf Tage.

Die Reaktion meiner Familie können Sie sich sicher vorstellen. Meine Mutter saß in den ersten Tagen weinend an meinem Krankenbett, voller Verzweiflung und Schuldgefühl. Was hatten sie nicht alles falsch gemacht. Wie hatten sie es nur so weit kommen lassen können. Sie zu trösten war Schwerstarbeit und ich war nicht wirklich gut darin. Wie auch? Meine Mutter neigt zu großer Dramatik, wenn sie sich in Selbstvorwürfen seelisch zerfleischt. Eine Schuldige vor dem Herrn, Trägerin der Erbsünde.

Ganz anders mein Vater. »Das nächste Mal reißt du dich hoffentlich zusammen. Hast deiner Mutter einen gehörigen Schrecken eingejagt.«

Wenigstens ersparte Clemens mir seinen Besuch. Die schadenfrohen Kommentare setzten also erst ein, als ich wieder zu Hause war.

Marc aber kam vorbei. Stand verlegen vor meinem Bett und fluchte leise vor sich hin. Ich war froh, dass er nicht erkennen ließ, wie viel er von der kompromittierenden Situation mitbekommen hatte. Er erklärte mir nur, dass Rita ihn abgelenkt hätte. Anscheinend hatte sie gedacht, jemand habe ihr die Geldbörse gestohlen.

Als ich daran dachte, biss ich wütend die Zähne zusammen. Eifersüchtig war sie gewesen. Schon damals.

Moment mal –

Marc hatte so oft Affären und kurze Beziehungen gehabt. Doch eigentlich hatte ich Rita niemals negativ darauf reagieren sehen. Im Gegenteil, Anna und Susan waren dicke Freundinnen von ihr gewesen. Und wie sie mich getröstet hatte: »Ich weiß, Charles, du machst dir noch immer Hoffnungen auf meinen Bruder. Aber diesmal hat es ihn ehrlich erwischt. Hey, es wird Zeit, dass du dich endlich anderweitig umsiehst. Andere Mütter haben auch schöne Söhne.« Und andere Schwestern schöne Brüder. Ein echter Witz.

Die Erkenntnis, dass Rita bereits damals eifersüchtig gewesen war, baute mich irgendwie auf. Denn das bedeutete, dass ich immer schon eine ernst zu nehmende Konkurrentin für sie war. Wer oder was, wenn nicht Marc selbst, konnte sie darauf gebracht haben? Es ging mir augenblicklich besser. Ich fühlte mich fast euphorisch.

»Kinder, mir geht's gar nicht gut.«

Ich drehte mich um. Marnie schlotterte am ganzen Körper. Ich trat zu ihr.

»Warte. Ich hol dir ein Glas Wasser. Du musst ja vollkommen dehydriert sein.« Sonja eilte an mir vorbei zum Waschbecken.

»Oh Gott, wenn ich das lebendig überstehe, dann trinke ich nie wieder was.«

»Und wenn du es nicht lebendig überstehst?«, fragte Ingrid.

»Sehr witzig.«

Sonja kam mit dem Wasserglas zurück und wollte es Marnie an die Lippen setzen, doch die stieß sie weg. »Lass mich in Ruhe.« Sie wischte sich die Handflächen an ihrer Jeans ab. Dann legte sie den Kopf auf den Tisch. Aber auch das brachte offenbar nicht die gewünschte Entspannung, im Gegenteil, die ganze Frau schien zu vibrieren.

Sonja stellte das Glas auf den Tisch, nahm ihren Rucksack, kramte energisch darin herum, fand, was sie gesucht hatte, und sagte bestimmt: »Es ist mir egal, ob du dir von mir helfen lassen willst oder nicht. Du wirst jetzt wenigstens ein paar Baldriankugeln nehmen.«

Marnie hob mit einem Ruck den Kopf. »Mach endlich, dass du wegkommst!«, schrie sie. »Mit deiner betulichen Art wirst du noch deine eigenen Kinder in den Suff treiben. Da muss man sich ja zuschütten.« Sie packte eins der rotweiß karierten Kissen und biss hinein. Dann fauchte sie: »Geh die Welt retten und lass mich in Frieden. Oder geh einen Pullover stricken!«

Da fing auch ich zu zittern an. Ich verstand sie so gut. Ich wusste genau, was sie in diesem Moment wollte, weil ich es mir selbst manchmal so sehr gewünscht hatte. Sie wollte, dass Sonja klein wurde. Dass sie schwach und würdelos wurde. Verzagte. Bettelte. Dass sie sich verdammt noch mal ein einziges Mal in ihrem Leben so erbärmlich und mies fühlte wie Marnie gerade. Oh ja, diesen Wunsch kannte ich nur zu gut. Zusammengekauert nach Panikattacken, von den anderen getröstet, und ihre besorgten Blicke untergruben das letzte bisschen Stolz, das ich noch besaß – eine regelrechte Bestrafung. Und alle um mich herum so furchtbar stark. Noch stärker als normalerweise, weil sie im Angesicht meiner Schwäche zusätzlich aufblühten. Ja, helfende Menschen sind mächtige Menschen. Und dem Betroffenen ist durch die großzügige Hilfe oft noch elender zumute. Jetzt verstand ich auch, was Ingrid vorhin gemeint hatte. Die Spender hatten sich in ihrer eigenen Gutherzigkeit gesuhlt.

Ich sah es Ingrid an. Die Erinnerung an eigenes Leid stand ihr ins Gesicht geschrieben. Ingrid, Marnie und ich hatten etwas gemeinsam, wer hätte das gedacht?

Sonja, die Soziale, die immer alle verstand, alle tröstete, verstand an diesem Punkt gar nichts mehr. Ihre Mimik war bei Marnies Ausbruch in sich zusammengefallen. Ich wusste nicht, was ich davon halten sollte. Nach dem, was sie heute zu mir gesagt hatte, konnte sie mir nicht richtig leidtun. Warum machte sie auch immer einen auf unbesiegbar? Genau wie Rita. Bitte, ich gebe es zu, in meinem Herzen glomm ein Funke sadistischen Vergnügens auf.

Sonja stand hinter Marnies Stuhl, den Rücken zu uns gekehrt, und ich sah ihre Schultern verdächtig zucken. Aber hallo, ein absolutes Novum! Wahrscheinlich war es das erste Mal in ihrem Leben, dass sie wirklich gekränkt war.

»Ähm …«, begann ich und hoffte, dass Ingrid übernehmen würde. Auffordernd sah ich sie an. Sie schüttelte den Kopf. Großartig. Ingrid und ich, die Seelentröster der Nation. Unsicher setzte ich mich Marnie gegenüber und sagte: »Wie wäre es, wenn du die Abstinenz morgen oder übermorgen beginnst. Ich meine – auf jeden Fall mit den nötigen Medikamenten. So quälst du dich ja zu Tode.«

Sie starrte mich böse an. »Ich trinke nichts. Ihr wollt, dass ich mich zu Tode saufe. Den Gefallen werde ich euch nicht tun!« Sie wurde wieder lauter. »Lasst mich einfach in Ruhe! Ich kann nicht besoffen sein, wenn die Polizei kommt. Die nehmen mich sonst mit und lassen mich nie wieder raus!«

Grinste Ingrid? Ich räusperte mich geräuschvoll. Ingrid wandte mir ihr Gesicht zu. Mit den Lippen formte sie das Wort »Verfolgungswahn«. Ich nickte vorsichtig.

»Sonja, es tut mir leid«, sagte Marnie plötzlich. »Vergiss das mit dem Pullover, ich bin ein Scheusal. Ich weiß doch, dass du gar nicht gerne strickst …«

Auf der Stelle war Sonja wieder bei ihr. »Ich verstehe, dass es dir ganz besonders beschissen geht.«

»Immer verstehst du alles!«, heulte Marnie.

»Tut mir leid. Und glaube mir, ich verstehe bei Gott nicht alles.« Sonjas Wurstfinger berührten Marnies Haar so sanft, dass die es wohl gar nicht bemerkte. Dann deutete Sonja mit einer Kopfbewegung in meine Richtung. »Marnie, ich glaube, Charlie hat recht. Es ist natürlich deine Entscheidung –«

»Ich wollte es heute wirklich schaffen. Ihr seid meine Zeugen. Es war das erste Mal, dass ich es wirklich wollte. Oh Gott, ich kann nicht mehr … muss mich hinlegen.«

Sie stand auf. Sonja stützte sie. Gemeinsam wankten sie in Richtung ihres Schlafzimmers. Als sie an mir vorbeikamen, erstarrte ich. Bildete ich mir etwas ein? Bis heute bin ich mir nicht sicher, doch ich traue es ihr durchaus zu. Ich glaubte zu sehen, dass Marnie mir im Vorbeigehen zuzwinkerte. Verdattert starrte ich ihr nach.

Ingrid kam zu mir. Sie drückte mir ein Glas voll Whisky in die Hand.

»Du musst aber mitkommen«, sagte ich. Sie verzog das Gesicht, folgte mir jedoch anstandslos. Leise klopfte ich an die Tür des blauen Schlafzimmers. Marnie kauerte, ganz Häufchen Elend, auf dem Bett. Sonja saß mit einem gewissen Respektabstand daneben und sah aus, als hätte sie Marnie am liebsten an ihren Mamabusen gedrückt.

Marnie nahm mir das Glas aus der Hand. »Ich wollte wirklich damit aufhören.«

Ich nickte. »Du musst das auch nicht trinken. Aber jede von uns versteht, wenn du es tust.« Oho, was für ein Großmut meinerseits.

Sie setzte das Glas an die Lippen und trank. Erst einen Schluck. Dann noch einen. Dann den ganzen Rest.

»Komm, wir gehen«, flüsterte Ingrid.

Ich tauschte einen Blick mit Sonja, die Zustimmung signalisierte, und ging ins Wohnzimmer zurück.

»Puh!« Ingrid ließ sich auf die Eckbank fallen. »Das ist eine Nacht.«

Ich setzte mich zu ihr und nickte so lange, bis ich mich selbst lächerlich fand. Dann räusperte ich mich und sagte: »Ich hoffe, sie schafft das mit dem Entzug.«

Ingrid erwiderte nichts darauf. Sie sah mich nur an. Dann meinte sie: »Weißt du, dass ich nie verstanden habe, was du an diesem Playboy findest? Für mich ist er ein verwöhntes, arrogantes Kind, das sich eine Menge auf seine optischen Reize einbildet. Was kann man mit Marc schon großartig anfangen? Ich war immer der Meinung, dass Rita sich die besseren Gene rausgefischt hat.«

Das fand ich interessant. Ich hätte nämlich die Persönlichkeit eines verwöhnten, arroganten Kindes durchaus Rita attestiert. »Wie kommst du jetzt darauf?«

»Ich beobachte dich schon die ganze Zeit. Nimm's mir nicht übel, aber ich glaube, du bist gar nicht so ein Memme, wie du immer tust.«

»Was?«

»Normalerweise –«

Weiter kam Ingrid nicht. Lautes Rufen und der Klang von klirrendem Glas ließen uns aufschrecken. Wir rannten ins blaue Schlafzimmer.

Sonja schrie hysterisch: »Helft mir! Sie erstickt mir noch!«

Sie kniete auf dem Boden. Marnies Kopf lag auf ihrem Schoß. Marnie zuckte wild, Schaum stand ihr vor dem Mund. Ihr Gesicht war regelrecht blau.

Diesmal schlüpfte ich in keine Seifenblase. Vielleicht hatte Ingrid recht. Ich war keine Memme, also brauchte ich mich auch nicht wie eine zu verhalten.

»Wir müssen sie zum Erbrechen bringen«, schrie Sonja und steckte ihren Zeigefinger in Marnies Mund.

Ingrid und ich stürzten uns neben sie auf den Boden. »Drehen wir sie auf die Seite«, rief Ingrid mir zu.

»Sie ist doch nicht bewusstlos«, ächzte ich und zerrte trotzdem an Marnie.

»Ja, aber wenn sie bricht – sonst erstickt sie.«

Sonja hatte mittlerweile zwei Finger in Marnies Rachen. Verzweifelt stieß sie sie vor und zurück. Plötzlich sprang sie auf und rief: »Macht weiter! Ich hol Kochsalz.«

Marnies Körper bäumte sich auf. Es erinnerte an die Arztserien im Fernsehen, wenn sie mit Elektroschocks arbeiten. Mit aller Kraft versuchten Ingrid und ich sie festzuhalten, auch wenn ich nicht genau wusste, was das für einen Sinn haben konnte.

Sonja kam zurück, warf sich neben mich und versuchte Marnie Flüssigkeit aus einer weißen Flasche in den Mund zu träufeln. »Ihr müsst sie besser halten«, schrie sie. So gut es ging, drückten wir sie nieder. Sonja griff wieder in Marnies Mund, holte ihre Zunge nach vorne.

Ich sah Marnies Augen immer weiter hervorquellen. Sie stirbt, dachte ich. Hilfe, sie stirbt!

Und dann hörten die Zuckungen auf.

Sonja setzte zur Mund-zu-Mund-Beatmung an. Ich hatte keine großen medizinischen Kenntnisse, aber Ingrid suchte an Marnies Handgelenk den Puls und fand ihn anscheinend nicht. Denn sie begann im Takt mit Sonjas Beatmungsversuchen Marnies Herz zu bearbeiten.

Ich fühlte mich hundeelend. Nie wieder, nie wieder würde ich den Wunsch haben, jemanden zu töten! Wenn ich auch nur annähernd eine Ahnung gehabt hätte, dass der Vorgang des Sterbens so erbarmungslos sein konnte … Ich schloss einen Tauschhandel mit Gott. Wenn Marnie überlebt, dann verzichte ich auf Marc. Ich verzichte wirklich. Nur bitte, bitte, lass sie überleben! Bitte … bitte … bitte … nichts …

Irgendwann stöhnte Ingrid: »Scheiße! Das wird nichts.« Ihr stand der Schweiß auf der Stirn. Der Haarknödel hatte sich aufgelöst. Strähnen klebten ihr im Gesicht.

Sonja pumpte unermüdlich Luft in Marnies Mund. Ich merkte, dass ich automatisch die Hände gefaltet hatte. »Bitte, bitte, hilf ihr. Bitte, bitte, bitte, bitte … oh Gott, bitte, hilf ihr …«

Ingrid strich sich die Haare aus den Augen. Sie tastete noch einmal nach Marnies Puls. Ihre Hände zitterten.

Sonja sah sie an. Ein lautes Schluchzen drang aus ihrer Kehle.

Speichelfäden hingen wie dünne Eiszapfen an ihrem Kinn. Wieder beugte sie sich über Marnie.

Ingrid aber setzte ihren Part nicht fort. »Sonja, tut mir leid …« Tränen standen in ihren Augen. Eine einzelne schlüpfte hervor und tropfte von ihrer Nasenspitze.

»Nicht aufhören«, flüsterte ich flehend. »Bitte mach weiter, Ingrid.«

Sie sah mich traurig an und schüttelte den Kopf.

Sonja brach über Marnie zusammen. Sie legte den Kopf auf Marnies Brust und weinte bitterlich. Marnie war tot.

9

Ich starrte in ihr Gesicht. Die Augen waren herausgequollen. Der Mund stand offen. Rundherum waren Bläschen weißen Schaums verteilt. Die Haut in ihrem Gesicht war blassblau.

Torkelnd erhob ich mich. Irgendetwas musste ich jetzt sagen. Die Stille, nur durchbrochen von Sonjas Klagelauten, war unerträglich.

»Ingrid«, begann ich. Sie sah zu mir herauf. Ihr Blick war leer.

Sonjas Schluchzen wurde leiser, das Zucken ihres Rückens weniger. Langsam hob sie den Kopf. »Das war kein Epi. Das wisst ihr, oder?«

»Was meinst du?«, fragte Ingrid irritiert.

»Ich meine, dass das kein epileptischer Anfall war!« Sonja betonte jedes Wort. Ihre Stimme drohte zu kippen.

»Was denn sonst?«

Wie in Trance beugte Sonja sich zu Marnies Nachtkästchen hinüber. Sie öffnete die Schublade und zog die Tablettenpackung hervor. Mit dem Daumen klappte sie den Deckel nach oben. Der Blick, mit dem sie uns anstarrte, hatte etwas leicht Irres. Sie kippte die Schachtel, sodass wir hineinsehen konnten.

Leer. Sie war leer. Kein Tablettenröhrchen weit und breit.

Sonja sprang auf. »Ich kann euch nicht mehr sehen!« Mit der Packung in der Hand stürzte sie ins Wohnzimmer. Ingrid folgte ihr.

Ich konnte unmöglich mit Marnie in diesem Raum bleiben, also eilte ich den beiden nach. In der Türe drehte ich mich um und blickte zurück. Sie sah noch entsetzlicher aus als Rita. Ich schloss für einen Moment die Augen und war nahe daran, mich auf sie zu werfen, so wie Sonja es vorhin getan hatte.

»Wer von euch war das?«, hörte ich Sonjas Stimme. Ich riss mich von Marnie los und rannte ins Wohnzimmer.

»Wir müssen uns gegenseitig durchsuchen.« Schon stülpte Sonja ihre Hosentaschen nach außen. »Seht ihr, meine sind leer, was ist mit euch?«

Ingrid sah aus, als ob sie kurz vor einem Lachkrampf stünde. »Hör mal«, begann sie. »Was willst du beweisen? Ich hab nicht mal Taschen in meiner Hose.«

Automatisch tastete ich an den Sachen, die ich anhatte – Marnies geborgten Sachen –, nach irgendwelchen Verstecken. »Da ist auch keine Tasche«, erklärte ich.

Sonja wirkte einen Moment unschlüssig, also versuchte ich zu helfen. »Ich schau mir unsere Jacken an.«

»Halt!«, rief Ingrid. »Das machst du sicher nicht alleine. Wer sagt mir denn, dass du beim Herumwühlen nicht etwas in meinem Mantel deponierst?«

Ich riss meinen Pullover in die Höhe. »Ich sagte doch, dass ich gar keine Taschen habe, in denen ich was verstecken könnte!«

»Du kannst sie genauso in den Hosenbund gesteckt haben. Oder in den Ärmel.«

»Du doch auch!«

Sonja hielt sich die Ohren zu. »Schnauze, alle beide!«, brüllte sie.

Schnauze? Ich starrte sie an.

Sonja nahm die Hände von den Ohren und sagte deutlich gefasster: »Gehen wir es noch mal in Ruhe durch. Wer hatte die Möglichkeit, die Pillen zu nehmen? Ingrid. Du warst heimlich in unserem Zimmer!«

»So ein Schwachsinn«, fauchte Ingrid. »Wer hat denn die ganze Zeit davon geredet, dass die Dinger tödlich sind? Du hast doch alle wahnsinnig gemacht mit deiner Sorge, dass Marnie sie nehmen könnte.« Sonja machte den Mund auf, um etwas zu erwidern, doch Ingrid gab ihr keine Chance. »Jetzt ist mir klar, wieso du so ein Drama draus gemacht hast. Du wolltest, dass Charlie und ich genau über die Gefährlichkeit der Pillen Bescheid wissen. Damit wir, genauso wie du, die Mittel für den Mord haben.«

Sonjas Mund stand offen, die Wangen glühten. »Oh nein, du wirst jetzt nicht anfangen, die Schuld auf mich zu schieben. Damit kommst du nicht durch. Du warst diejenige, die sich zu Marnie ins Zimmer geschlichen hat. Von wegen Zigaretten holen!« Sie lachte böse. Dann zischte sie: »Seit wann rauchst du eigentlich?«

»Wieso hast du, gleich als sie tot war, an die Tabletten gedacht? Niemand anderer ist überhaupt auf die Idee gekommen!«, schoss Ingrid zurück.

Ich ging dazwischen. »Jetzt hört doch mal auf. Vielleicht hat Marnie die Dinger ja selbst genommen. Anders kann ich es mir nicht vorstellen. Keine von uns hatte die Möglichkeit, sie in ihr Glas zu tun, oder?«

Sonja funkelte mich an. »Du!«, schrie sie. »Du hast ihr den Whisky gebracht!«

Ich fuhr zurück. »Na und? Ingrid hat ihn eingeschenkt. Sie hat mir das Glas gegeben, nicht wahr, Ingrid? Warum eigentlich? Warum hast du es ihr nicht selbst gebracht? Du wolltest den Verdacht auf mich lenken –«

Ingrid ließ ein kurzes Lachen hören. »Du bist ja wahnsinnig!

Ich wette, die ganze Flasche ist vergiftet. Dazu hättest du die beste Gelegenheit gehabt. Hast dich nach dem Gläserrücken ja wieder absentieren müssen.«

Mein Oberkörper zitterte. »Jede von uns hätte im Lauf der Nacht das Zeug in die Flasche tun können!«

Unbewusst waren wir auseinandergewichen. Wir standen jetzt wie die Eckpunkte eines gleichschenkligen Dreiecks im Zimmer verteilt. Sonja beim Esstisch, Ingrid vor der Küchenzeile, ich mit dem Rücken zu Marnies Zimmertür.

Einige Zeit starrten wir uns nur böse an. Schließlich begann Ingrid: »Sonja, ich bleibe dabei. Du bist diejenige, die am Schluss alleine mit Marnie war. Wer sagt uns, dass du ihr die Tabletten nicht in den Mund gedrückt hast?«

»Wie hätte ich das denn machen sollen? Sie hätte das kaum zugelassen, oder?«

»Wahrscheinlich hast du ihr eingeredet, dass es deine komischen Baldriankügelchen sind. Was war das überhaupt für ein Zeug, das du ihr in den Mund geträufelt hast?«

»Kochsalzlösung. Ich brauch sie für meine Kontaktlinsen. Ich wollte sie damit zum Erbrechen bringen. Damit sie das Gift loswird …« Sonja schluchzte auf.

Ingrid schien einen Moment lang nicht zu wissen, wie sie reagieren sollte. Schließlich legte sie erneut los: »Immerhin hast du sofort an die Tabletten gedacht. Erklär das doch endlich!«

»Was denn bitte?« Sonjas Stimme überschlug sich. »Marnie ging es extrem schlecht, aber sie war lebendig. Warum sollte sie nach dem Glas Whisky auf einmal einen Anfall haben? Das ist total unlogisch. Ich hab es einfach gewusst, besser kann ich es nicht erklären. Und da das Röhrchen weg ist, habe ich wohl recht mit meiner Annahme.«

»Das stimmt«, mischte ich mich ein. »Was hast du eigentlich wirklich so lange bei ihr im Zimmer gemacht, Ingrid?«

»Ich?« Ingrid lachte höhnisch. »Wer war denn stundenlang

mit ihr alleine? Wer weiß, was da abgelaufen ist. So zu wie sie war, hätte sie es nicht mal gemerkt, wenn du sie vor ihren Augen ausgeraubt hättest.«

»Was habt ihr da drinnen besprochen, Charlie? Du musst uns jetzt die Wahrheit sagen.« Sonja sah mich erregt an.

Ich musste gar nichts! Doch die Schuldgefühle nagten. Ein bisschen Absolution, dann würde es mir besser gehen. »Sie hat gesagt … ach verdammt, wenn ich nur nicht so idiotisch reagiert hätte.« Mir schossen Tränen in die Augen. »Ich hätte es erzählen sollen. Vielleicht würde sie noch leben, wenn ich …«

Splisch – links und rechts die Niagarafälle auf den Wangen, brachte ich hervor, wie Marnie diese geniale Idee gehabt hatte, der Mörderin eine Falle zu stellen.

Die beiden hörten schweigend zu. Dann sagte Ingrid: »Hör schon auf zu heulen. Ich meine es ehrlich. Du bist nicht schuld. Uns war doch allen klar, dass sie nichts wusste Und die Mörderin –« Sie zuckte mit den Schultern. »Für mich ergibt das alles keinen Sinn. Aber ich bin überzeugt, dass sie nicht gestorben ist, weil sie tatsächlich etwas Gefährliches wusste.« Sie lachte verzweifelt. »*Die Mörderin.* Ist das nicht Irrsinn? Wir sprechen tatsächlich von einer Mörderin.«

»Die Polizei wird uns alle für immer einsperren«, flüsterte ich.

Ingrid und Sonja sahen mich finster an.

Ich deutete auf die beiden Schlafzimmer, in denen unsere toten Freundinnen lagen. »Überlegt euch mal, in was für einer Situation wir sind. Wir haben zwei Leichen.«

Die beiden sagten nichts. Wir standen an unseren strategischen Punkten und starrten uns an. Nie wieder würden wir uns bewegen können. Die Welt würde mit einem lauten Knall explodieren, wenn eine von uns es wagte, ihre Position zu verändern. Ich biss die Zähne so fest zusammen, dass es wehtat. In meinem Kopf arbeitete es fieberhaft. Die eine Hälfte versuchte zu begreifen, was in dieser Nacht geschah, die andere setzte alles daran, jeden Funken Erkenntnis sofort im Keim zu ersticken. Ich hatte Angst. Mehr Angst als vor dem Ertrinken damals. Mehr als bei jeder Panikattacke. Ich hatte hundertmal mehr Angst als noch vor ein paar Stunden, als Rita ermordet wurde. Ich hob die Hände zu meinem Gesicht und rieb mir mit den Fingerkuppen über die Wangenknochen. Vertraute Haut, das ist gut … alles ist gut … vertraute Konturen, gut … das bin ich … ich … ich –

Von einer plötzlichen Eingebung gepackt, fuhr ich herum. War ich denn wahnsinnig? Einfach so mit dem Rücken zu Marnies Tür zu stehen! Was, wenn sie … Nichts. Durch den Türspalt konnte ich ihre merkwürdig abgespreizten Beine sehen. Ich drehte mich abrupt zum weißen Zimmer, in dem Rita lag. Kniff mir in beide Wangen. Ich würde irrsinnig werden. Dessen war ich sicher.

»Wer ist die Nächste?«, fragte ich.

Keine Antwort.

»Ich habe gefragt, *wer – die – Nächste – ist*!«, brüllte ich. Das Schreien tat mir gut. Ich fühlte mich stärker. Kampflustig. Ich würde nicht aufgeben. Oh nein. Ich ballte die Fäuste und machte einen Schritt nach vorne.

»Bleib stehen!« Ingrid war sofort bei mir und hielt mich mit beiden Armen fest.

Ich versuchte mich zu befreien. »Lass mich los, du …«

Ihr Griff war eisern. Schließlich hieb ich meine Zähne in ihre Schulter. Sie heulte auf, hielt mich aber fest.

»Was ist los, Ingrid?«, keuchte ich. Da ließ sie endlich locker. Ohne sie aus den Augen zu lassen, wankte ich an ihr vorbei in Richtung Esstisch. Als ich ihn erreichte, klammerte ich mich an der Platte fest.

Ingrid zeigte mit dem Finger auf mich. »Du wolltest in dein Schlafzimmer zu Rita, um das Messer zu holen, stimmt's nicht?«

»Du bist wahnsinnig. Ich wollte nur – oh Gott, du bist ja auch noch da ...« Ich fuhr herum und starrte Sonja an, die mit schreckgeweiteten Augen auf der äußersten Kante der Eckbank hockte. Ich lachte hysterisch auf. »Das wäre was gewesen. Während ich mit Ingrid kämpfe, schnappst du dir ein anderes Messer und stichst uns beide nieder.«

»Charlie, hör auf! Bitte, hört doch alle beide auf –« Sonja fing an zu schluchzen.

»Wieso denn? Weil wir die besten Freundinnen sind und uns nie, nie streiten dürfen?« Meine Stimme überschlug sich. Was hatte Marnie gesagt? »Wir waren nie befreundet, kapiert ihr das? Wir sind eine Ansammlung von Egoistinnen, die aus reiner Bequemlichkeit aneinander kleben!«

»Das kann sein, Charlie. Von mir aus bin ich eine Egoistin, aber ich habe niemanden umgebracht!« Sonja stierte mich an. »Und ich habe auch nicht vor, heute oder irgendwann umgebracht zu werden, also bitte, reißt euch zusammen!«

»Und wie ist der Plan?«, fuhr ich sie an. »Sollen wir in Ruhe hier zusammensitzen, auf den Tagesanbruch warten und dann gemütlich zur Polizei fahren?«

»Was denn sonst?«, fragte Ingrid spöttisch. »Willst du lieber so lange herumstreiten, bis wir uns alle gegenseitig massakrieren?«

»Du hast angefangen«, knurrte ich.

Ingrid zündete sich eine Zigarette aus Marnies Päckchen an. Mit einiger Genugtuung stellte ich fest, dass ihre Hände zitterten. Ich musste lächeln.

»Wisst ihr was«, sagte ich herausfordernd. »Mir fällt gerade auf, dass ich die Einzige bin, die Marnie sicher nicht vergiftet hat. Das wird die Polizei auch so sehen.«

»Na, dann leg los.«

»Ich hatte keine Möglichkeit, diese Antabusdinger an mich zu nehmen. Ich bin nämlich die Einzige, die nie alleine in Marnies Zimmer war.«

Ingrid blies den Rauch aus dem Mund und sagte verächtlich: »Und was, wenn Marnie sie dir gegeben hat? Damit sie nicht in Versuchung kommt, sie zu nehmen?«

Perplex glotzte ich sie an. Darauf hatte ich keine Antwort.

Waffenstillstand, das war das neue Zauberwort. Die Diskussion war vorübergehend auf Eis gelegt. Keine hatte aufgegeben, keine verloren und schon gar niemand gewonnen. Doch jede von uns schien erkannt zu haben, dass wir so nicht weiterkamen.

Wir waren sogar so weit gegangen, uns gemeinsam an den Tisch zu setzen. Lauernd, mit einer gewissen Distanz. »Schließlich sitzen wir alle im gleichen Boot«, hatte Sonja gesagt.

»Und jetzt?«, fragte ich zum wiederholten Male.

Ingrid stand auf und sah durch das kleine Fenster in der Haustür. Sie ließ den Kopf sinken.

»Noch immer nicht besser?«

»Nein, es schneit weiter wie verrückt.«

Sonja hatte sich ihr Handy vom Kamin geholt und steckte es jetzt in die Hosentasche. »Die Nachricht ist natürlich auch noch nicht weggegangen.« Sie strich sich mit dem Zeigefinger über das Kinn. »Wisst ihr, von welchem Gedanken ich nicht loskomme?«

Ich sah sie an. Ingrid schüttelte den Kopf.

»Die beiden waren so attraktiv«, fuhr Sonja fort. »Ist es nicht seltsam, dass ausgerechnet die beiden Schönheiten ermo– also, sterben mussten?«

Interessant – der Gedanke war mir noch gar nicht gekommen.

Ingrid meldete gelassen: »Also, wenn eine von uns ein Problem mit hübschen Frauen hat, dann kann sie jetzt ja mit den Morden aufhören.«

Sonja kicherte. Ich schluckte meine Komplexe runter und stimmte mit ein. Galgenhumor war eine gute Sache.

Ein wenig entspannter meinte ich: »Wisst ihr, was ich mich die ganze Zeit frage?« Ohne auf eine Antwort zu warten, fuhr ich fort: »Ich hatte den Eindruck, dass Marnie sauer auf Rita war. Kurze Zeit hab ich es sogar für möglich gehalten, dass sie Rita ermordet hat. Wisst ihr, was ich meine? Oder hab ich mir was eingebildet?«

Sonja zuckte mit den Schultern. »Das war doch nichts Neues, oder? Das ging schon seit fünfzehn Jahren so.«

»Du meinst wegen Marnies Vater?«

»Klar. Rita war scharf auf ihn. Das wusste doch jeder.« Sonja musterte mich.

»Schon. Aber ganz versteh ich es trotzdem nicht. Wir sind doch alle auf ihren Vater geflogen.«

»Also, ich sicher nicht!«, warf Ingrid ein.

»Hat sie ihn wirklich so penetrant angebaggert?«, fragte ich.

Sonja lachte kurz auf. »Sag bloß, du hast nie davon gehört, dass Rita halbnackt bei ihm in der Firma aufgetaucht ist.«

Ich riss die Augen auf. »Sag das noch mal! Wann soll das gewesen sein? Wir waren dreizehn, als er gestorben ist.«

»Manche sind eben frühreif.«

»Oh Gott! Er ist doch nicht darauf eingegangen, oder?«

Sonja lächelte. »Nein, natürlich nicht. Aber er war so schockiert, dass er Marnie davon erzählt hat. Tja.«

Mir stand der Mund offen. Wo war ich in dieser Zeit gewesen? Wieso hatte ich nichts davon mitbekommen? »Das heißt, Marnie hat Rita nie verziehen.«

»Sicher nicht. Du weißt doch, wie sie … war.« Sonja schluckte.

»Damals war ich wohl ziemlich mit mir selbst beschäftigt«, murmelte ich.

Sonja und Ingrid sahen sich an. »Damals?«, sagte Ingrid. Mehr nicht. War auch nicht nötig.

Das muss anders werden, schwor ich mir. Ich darf mich nicht mehr so völlig reduzieren. Marc ist wichtig, natürlich, aber … Ach, Marc … Um nicht wieder in Träumereien zu versinken, sagte ich rasch: »Eines würde mich ja noch interessieren. Wer hat beim Gläserrücken geschoben?«

»Marnie«, antworteten beide zugleich.

»Woher wisst ihr das?«

Sonja lächelte matt. »Ihr Finger hat die ganze Zeit gezittert, außer in den Momenten, in denen das Glas in Bewegung war.«

»Das bedeutet, dass sie ihn in der Zeit fester draufgepresst hat. Und das musste sie beim Schieben«, schloss Ingrid.

Hatte sie mir deswegen zugezwinkert? »Sie wollte die Mörderin erschrecken und herausfordern«, sagte ich düster.

Niemand antwortete. Ich stand auf.

»Ich muss mal«, sagte ich und wollte in Richtung Badezimmer gehen.

»Du wirst dich doch jetzt nicht im Klo einsperren?«, rief Ingrid mir zu.

»Wie bitte?« Ich drehte mich zu ihr um. »Ich werde wohl einem menschlichen Urbedürfnis nachgehen dürfen.«

Sonja drückte sich von der Bank hoch. »Wir gehen mit.«

»Kommt nicht in Frage.« Augenblicklich stand ich wieder unter Strom.

Ingrid sah mich an, als käme ich von einem anderen Stern. »Stell dich doch nicht so begriffsstutzig. Du wirst uns beide nicht hier alleine lassen.« Sie schüttelte fassungslos den Kopf. »Mir scheint, du hast den Ernst der Lage nicht erkannt.« Und dann zu Sonja: »Ist doch komisch, oder? Uns beiden ist absolut klar, dass wir nicht miteinander alleine bleiben dürfen, weil das zumindest für eine von uns viel zu gefährlich sein könnte, und Charlie denkt nicht einmal daran.« Sie sah mich mit ihrem arroganten Blick an. »Ich frage mich, woran das liegt.«

»Fang ja nicht an, dich bei Sonja einzuschleimen«, fuhr ich sie an. »Du willst doch nur von dir ablenken. Vielleicht habe ich mir deswegen nichts dabei gedacht, weil ich weiß, dass ich unschuldig bin. Und dass es eine von euch war, kann ich mir auch nicht wirklich vorstellen.«

Ingrid lachte spöttisch. »Dann würde ich mich langsam mit dem Gedanken anfreunden. Der große Unbekannte existiert in diesem Fall nämlich nicht.«

»Leck mich doch am Arsch!« Ha, ich wusste gar nicht, wie befreiend so eine Unflätigkeit sein konnte.

»Charlie, bitte, lass die Tür offen.« Sonjas Stimme klang fast flehend.

Ohne mich umzuwenden, marschierte ich ins Badezimmer, zog mir die Hose herunter und setzte mich auf die Toilette. Die Türe ließ ich sperrangelweit offen. Ich starrte auf die Fliesen und versuchte Ingrid und Sonja zu ignorieren, die sich beide in den Türrahmen drängelten und mit zumindest jeweils einem Auge auf mich schielten. Was, wenn jetzt wirklich eine durchdreht?, fragte ich mich beklommen. Die Aussicht, mich unten ohne wehren zu müssen, war nicht gerade verlockend.

Ingrid klopfte mit der Hand auf ihren Oberschenkel. Sonja flüsterte ihr etwas zu.

»Hey, was tuschelt ihr da?«, wollte ich wissen.

Sonja schnaufte. Es klang leicht gereizt. »Ich hab ihr lediglich gesagt, dass sie mit dem Klopfen aufhören soll, da du sonst noch länger brauchen wirst.«

»Das stimmt allerdings«, murrte ich.

»Apropos, haben wir's bald?« Ingrid klopfte ein weiteres Mal auf ihren Oberschenkel.

»Tut mir leid, dass ich in dieser entspannten Atmosphäre die Frechheit besitze, eine Klosperre zu haben.«

»Die hast du doch immer.«

»Dann gönn sie mir jetzt auch. Ihr könntet euch ja ein bisschen unterhalten, dann hätte ich vielleicht nicht ständig das Gefühl, dass man mir zuschaut wie einem kleinen Kind, das zum ersten Mal auf den Topf geht.«

»Wir haben uns unterhalten, und du hast gleich die Krise

gekriegt. *Was tuschelt ihr da?*«, äffte Ingrid mich nach. »*Immer schließt ihr mich aus. Ich geh zu meiner Mami.*«

»Wenigstes hab ich eine Mami, zu der ich gehen kann.« Augenblicklich bereute ich diesen Satz. Verdammt, was hatte diese Nacht aus mir gemacht?

»Beruhigt euch endlich«, sagte Sonja. »Es ist klar, dass wir alle aufgeregt sind und Dinge sagen, die –«

»Ein Mal möchte ich erleben, dass du dich auch aufregst.« Ingrid kam richtig in Fahrt. »Irgendwie hatte Marnie recht. Du geilst dich dran auf, wenn andere die Kontrolle verlieren. Ist doch so, oder?« Sie sah mich Zustimmung heischend an.

Ich lächelte, kurzfristig erleichtert. »Danke, ihr beiden«, sagte ich. »Das hab ich zur Ablenkung gebraucht.« Ich stand auf und zog mir die Hose hoch.

»Und? Kein Klopapier, Charlie?«, fragte Sonja erstaunt.

»Du hast's erfasst. Ich hab echt keine Lust, mir vor euren Augen irgendetwas abzuwischen. Ingrid, bitte, lies ihr noch mal die Leviten. Du bist wirklich fürchterlich, Sonja.«

Wir lachten. Alle drei. Doch zurück auf Bank und Stuhl war die kurze Entspannung dahin.

Der Wind vor den Fenstern heulte sein Klagelied. Marnie hatte er auf den Rest der Nacht vorbereitet. Der zugleich das Ende ihres Lebens war. »Ich will nicht sterben, Charlie«, hatte sie gesagt. Sie hatte es vorhergesehen. Es war völlig egal, ob ich die pfeifende Warnung des Windes ernst nahm oder ignorierte, mein Schicksal schien besiegelt.

Ich wollte nicht weiter darüber nachdenken, also sagte ich: »Werden wir noch Kontakt zueinander haben, falls wir jemals heil nach unten kommen?«

Ingrid zuckte mit den Schultern. »Wieso nicht?«, sagte sie. »Zumindest die beiden von uns, die es nicht waren.«

»Und was glaubst du, Sonja?«

»Ich weiß nicht. Ich kann mir eigentlich nicht vorstellen, dass es je wieder wie früher wird. Für keine von uns.« Sie machte eine kleine Pause, dann sagte sie: »Habt ihr eigentlich schon mal daran gedacht, was passiert, wenn der Fall sich nicht eindeutig klären lässt?«

»Die Gefahr besteht nicht.« Aus Ingrids sicherem Ton sprach die Anwältin. »Die Fingerabdrücke auf dem Messer werden die Täterin überführen.«

Wir schwiegen. Schließlich sagte ich: »Ich glaube auch nicht, dass wir Freundinnen bleiben. Dazu ist zu viel passiert heute Nacht.« Ich wartete. Als niemand antwortete, fragte ich: »Haltet ihr es für möglich, dass eine von uns eine Psychopathin ist? Eine Serienmörderin? Eine Beautykillerin?«

Sonja neigte den Kopf zur Seite und zuckte mit den Schultern.

Ich sah Ingrid an. Sie nickte bedächtig. »Zumindest kann ich keine Erklärung finden, die einleuchtender wäre. Das Ganze ergibt keinen Sinn. Ritas Ermordung, okay. Jemandem stand sie im Weg, oder was auch immer. Aber Marnie? Wer auch immer Rita getötet hat, kann sich nicht ernstlich vor Marnies angeblichem Wissen gefürchtet haben. Die Idee an sich ist schon lächerlich.«

Keine von uns antwortete.

»Was würde Rita an unserer Stelle machen?«, fragte ich schließlich.

»Sie wäre vermutlich längst ins Tal hinuntergebraust, und den zweiten Todesfall hätte es erst gar nicht geben müssen«, meinte Ingrid.

»Ich wollte schon vor Stunden fahren«, sagte Sonja vorwurfsvoll.

»Vielleicht sollten wir es einfach tun.« Ingrid zuckte mit den Schultern.

»Was?« Ich traute meinen Ohren nicht. »Die Stimme der Vernunft meint, wir sollten es einfach tun?«

»Warum nicht?« Ingrid stand auf. »Wir können zumindest versuchen, das Auto freizukriegen. Alles ist besser, als hier weiter herumzusitzen und auf den nächsten Mord zu warten.« Sie marschierte zur Garderobe und begann sich ihre schwarzen Lederstiefel anzuziehen.

Ich wartete ab, was Sonja machen würde. Sie blieb einen Moment unschlüssig sitzen und nickte mir schließlich zu. Wir erhoben uns.

»Also dann«, sagte ich mit dünner Stimme, wobei ich mich redlich um einen heiteren Tonfall bemühte, »auf ins Tal.«

»Eigentlich hinab ins Tal«, korrigierte Ingrid. Und dann: »Scheiße, Ritas Schlüssel brauchen wir noch.«

Brav trabte ich ins rote Zimmer. »Bring mein Handy auch gleich mit«, rief Ingrid mir hinterher. Wie ein Grabräuber kam ich mir vor, als ich in Ritas Handtasche nach dem Autoschlüssel wühlte. Danach schnappte ich mir Ingrids Handy und ihr Louis-Vuitton-Täschchen und kehrte ins Wohnzimmer zurück. Ingrid und Sonja standen in der kleinen Garderobe und erwarteten mich bereits in voller Montur.

»Was hast du mit meiner Tasche vor?«, fragte Ingrid, als ich sie öffnete.

»Ich leg nur dein Handy –«

Die Zeit stand still. Keine Bewegung war zu spüren, kein Atemzug zu hören. Bis mir die edle Designer-Tasche aus den Händen glitt und geöffnet zu Boden fiel. Meine Reaktion war sicher aussagekräftig genug. Weder Ingrid noch Sonja mussten den am Boden verstreuten Inhalt betrachten, um zu wissen, was ich entdeckt hatte. Irgendwo hatte das Tablettenröhrchen ja auch sein müssen.

»Du –«, begann Sonja.

Ingrid keuchte. »He, was soll der Scheiß? Ihr könnt doch nicht glauben, dass ich …«

»Du –«, wiederholte Sonja.

»… so dämlich wäre, jemanden zu vergiften und dann das Beweismittel in meine *Handtasche* zu stecken!«

»Wir … darüber muss man reden, ja …« Sonja klang mit

einem Mal merkwürdig beiläufig. Ihr Arm tastete hinter Ingrids Rücken nach der Tür, doch die Klinke erreichte sie nie.

Ingrid gab ihr einen ziemlich ruppigen Schubs in Richtung Wohnzimmer. »Das möchte ich aber lieber im Warmen besprechen.«

»Marnie hatte die ganze Zeit recht.« Sonjas Stimme hatte einen Höhensprung um mindestens eine Oktave gemacht.

Ingrid trat einen Schritt auf sie zu. »Noch mal. Warum sollte ich ein Beweismittel ausgerechnet zu meinen eigenen Sachen tun?« Dann fixierte sie mich: »Ist es nicht viel wahrscheinlicher, dass unser kleiner Psycho die dämlichen Tabletten in meine Tasche gesteckt hat? Wer hat dir überhaupt gesagt, dass du sie bringen sollst? So was macht doch kein normaler Mensch!«

»Ich wollte nett sein! Ich dachte, du würdest sie gerne mitnehmen! Ich wäre jetzt in mein Zimmer gegangen und hätte meinen Rucksack geholt. Das ist doch das Normalste der Welt, dass man sein Geld und seinen Ausweis mitnimmt!«

»Aber nicht zum Schneeschaufeln!«, brüllte Ingrid.

Tränen der Wut schossen mir aus den Augen. Meine Stimme überschlug sich, als ich kreischte: »Wir wollten doch zur Polizei fahren!«

»Ruhe jetzt!«, fuhr Sonja mich an. Und dann zu Ingrid, beinahe lächelnd: »Ich weiß jetzt, warum du es getan hast.«

Ingrid zog sich betont langsam ihre Handschuhe aus. »Oh, das interessiert mich aber brennend.«

»Bevor Marnie gestorben ist, hat sie mir von dem Diebstahl im *Rima* erzählt. Und dass du Charlie gegenüber so getan hast, als wüsstest du nichts davon. Dabei warst du Ritas beste Freundin. Natürlich hat sie mit dir darüber gesprochen.«

Ingrid verschränkte die Arme vor der Brust. Mit der Zunge fuhr sie sich über die Lippen, bevor sie sagte: »Ich hab keine Ahnung, wovon du redest, bin aber schon ganz gespannt auf die Fortsetzung.«

Ich klammerte mich an meiner Bank fest. Das war nicht gut.

Überhaupt nicht gut. Ich wünschte, ich hätte Ingrids Tasche nie in die Hand genommen. Was war das nur für eine Idee gewesen? Und Sonja sollte bitte endlich ihren Mund halten!

Doch sie machte unbeirrt weiter. »Jetzt ergibt alles einen Sinn. Rita hat dir ihr Verhältnis mit Marc gestanden. Und du hast angefangen, sie zu erpressen. Am Schluss hat sie Geld aus ihrem eigenen Lokal stehlen müssen, um dein Schweigen zu bezahlen.«

Ingrid lachte hohl. In meinem Hirn begann es zu arbeiten.

Sonja fuhr fort: »Und dann macht Marnie diese Anspielung. Und Rita erkennt, dass du nicht die Einzige bist, die von ihrem Geheimnis weiß. Deshalb hat sie dich mit so einer Genugtuung angesehen. Der Inzest war aus dem Sack. Dein Geschäft geplatzt. Du hättest sie nicht weiter erpressen können, nachdem wir davon wussten. Dir war klar, dass Rita jetzt dich in der Hand hatte. Was, wenn sie uns von der Erpressung erzählt hätte? Ja, das war es. Sie wirkte beinahe erleichtert, als es herauskam.«

Bevor Ingrid etwas sagen konnte, brach es aus mir heraus: »Oh mein Gott, du hast recht. Deswegen war Rita auf der Fahrt hierher so eingeschüchtert. Du hast sie erpresst, Ingrid!«

Schlecht. Ganz schlecht. Langsam drehte Ingrid ihren Kopf zu mir. Sie schob die Lippen vor und hob die Augenbrauen – beide. Hilfe! Ich wahnwitziges, weichbehirntes, wichtigtuerisches Waschweib! Wieso musste ich mich immer einmischen? Die beiden hätten so schön weiter theoretisieren können. Bis die Polizei kam. Doch so geriet Ingrid endgültig unter Zugzwang. Zwei gegen eine. Die Mannschaften waren positioniert. Sonja und Charlie gegen Ingrid.

Und dann Sonja und Charlie gegen Ingrid und ein Fleischmesser. Mit einem katzenhaften Sprung war Ingrid bei der Küchenlade und zog ihre Waffe hervor. Zwanzig Zentimeter Stahl richteten sich auf Sonja und mich. »Nehmt das sofort zurück, ihr beiden!«, herrschte sie uns an.

Ich stotterte: »Ja, ich … wir reden doch die ganze Zeit von irgendwelchen Theorien. Das ist einfach eine davon. Ich – Sonja hat mich auch schon beschuldigt, nicht wahr, Sonja?«

Doch Sonja sah meine goldene Brücke nicht. In ihrem weißen Parka, der ihr eine frappante Ähnlichkeit mit einem Schneeball verlieh, stand sie neben mir und sagte: »Mein Gott, es ist wahr. Du hast sie beide umgebracht, Ingrid.«

Ich wollte schreien. Was machte die Frau da? Wollte sie unbedingt niedergemetzelt werden?

Ingrid schob sich drohend auf Sonja zu. »Wenn du das noch einmal sagst, dann wird gleich ein dritter Mord geschehen.«

Einen Moment lang herrschte Totenstille. Ich beschloss, nichts mehr zu sagen, damit die Situation nicht noch weiter eskalierte.

»Wollt ihr diesen Scheiß tatsächlich der Polizei erzählen? So ein hirngespinstiges Erpressermärchen?«, zischte Ingrid.

»Nein, natürlich nicht«, rief ich und schlug mir die Hand auf den Mund. Mist, anscheinend konnte ich es nicht ertragen, auch nur eine Minute ruhig zu sein.

»Und darauf soll ich reinfallen?«, höhnte Ingrid. Dann sagte sie trocken: »Schöner Scheiß. Ich glaub, jetzt muss ich euch tatsächlich umbringen.«

Es war der reinste Reflex. Ich schoss auf die Haustür zu. Lieber draußen erfrieren! Doch als meine Hand die Klinke berührte, dröhnte Ingrids Stimme: »Du bleibst da, oder sie stirbt!«

Nur ein Schritt. Es wäre so einfach. Es kostete mich übermenschliche Kräfte, die Tür nicht zu öffnen.

»Dreh dich um!«

Ich gehorchte.

Es war wie im Film. Zumindest fast. Sonjas angstvolle Augen. Das mordlustige Küchenmesser mit der scharfen Schneide an ihrem Hals. Die Grabesstimme der Schurkin. Alles allerschönste Hollywoodmanier. Nur eines passte nicht ins Klischee. Die Heldin.

»Bitte tu uns nichts, Ingrid«, bettelte ich.« Wir verraten dich nicht. Ich versprech es dir.« Jetzt heulte ich. Flennte geradezu.

»Wenn du nicht genau das machst, was ich dir sage, Charlie, dann ist Sonja die dritte Leiche. Hast du verstanden?«

Panisch nickte ich.

»Gut. Also komm ganz langsam näher.«

Sonja sah mich flehend an. Ich tat wie geheißen. Meine Knie zitterten so stark, dass ich drei Anläufe brauchte, um den ersten Schritt in Ingrids Richtung zu machen.

Ich kann nicht behaupten, dass sie mordlüstern aussah oder ihr Gesicht dem einer Wahnsinnigen ähnelte. Nein, wäre da nicht ihre drohende Stimme gewesen, sie hätte gewirkt wie meistens. Emotionslos und analytisch. Vielleicht ein bisschen unschlüssig, was bei ihr ungewohnt war und mir wiederum Hoffnung gab.

»Was machst du denn?«, fragte ich sie und versuchte möglichst lässig und beschwichtigend zu klingen.

»Ruhe. Ich muss nachdenken.«

»Ich hab gedacht, wir versuchen ins Tal zu kommen. Lasst doch den Blödsinn. Die Polizei soll sich mit der Sache befassen.«

»Hör auf, mich zu verarschen, Charlie.« Ingrid klang sauer. »Geh da rüber«, sie zeigte auf die Küchenzeile, »und schau alle Schubladen und Fächer durch. Ich brauche eine Schnur oder ein Seil oder so etwas Ähnliches.«

Sonja stieß ein leises Wimmern aus. Ich beeilte mich, die Schubladen aufzureißen, um das Gewünschte so schnell wie möglich herbeizuzaubern. Sie würde uns doch nicht damit aufhängen wollen?

Wissen Sie, was seltsam ist? Wenn ich jetzt an diese Szene zurückdenke, um sie möglichst naturgetreu für Sie aufzuschreiben, ertappe ich mich ständig dabei, einen bestimmten Satz zu Protokoll bringen zu wollen. Nämlich, dass ich während des Suchens fieberhaft überlegte, wie ich Sonja und mich aus der misslichen Lage befreien konnte. Doch dem war einfach nicht so. Ich überlegte gar nichts. Ich konnte ganz im Gegenteil keinen einzigen klaren Gedanken fassen. Mein Kopf war völlig leer. Natürlich, ein kleiner Klecks Selbstmitleid saß drin, und ein ziemlich großer Haufen Angst. Ansonsten herrschte Leere.

»Hier, ist das okay?« Zaghaft streckte ich Ingrid ein Knäuel Garn entgegen, das ich oben im Küchenschrank entdeckt hatte.

»Wird schon gehen.« Ingrid zerrte Sonja zu einem Stuhl beim Esstisch und platzierte sie darauf. »Komm her, Charlie.«

Wieder gehorchte ich.

Ingrid richtete das Messer jetzt auf mich und befahl: »Zieh ihr den Mantel aus. Und dann binde sie am Stuhl fest. Na los, mach schon.«

Das mit dem Mantel brachte ich gerade noch zustande. Doch wie fesselt man jemanden, ohne ihn tatsächlich flucht- und kampfunfähig zu machen? Ich stellte mich hinter den Stuhl und schlang das Garn um Sonjas Körper und die Rückenlehne. Die Messerspitze funkelte in meinem Augenwinkel.

Denk nach, Charlie, denk nach. Wieso konnte ich keine Knotentricks? Wieso fiel mir überhaupt nichts ein? Denk an den Überlebenstrieb, Charlie … töte, bevor du getötet wirst!

Ich versuchte mir einzureden, es wäre ein gutes Zeichen, dass Ingrid von mir verlangt hatte, Sonja zu fesseln. Wenn sie uns umbringen wollte, hätte diese ganze Aktion doch keinen Sinn. Oder? Meine Hände zitterten so stark, dass es mir fast unmöglich war, Ingrids Befehl auszuführen.

»Hast du es bald?«

»Ich mach so was zum ersten Mal.«

»Und sicher auch zum letzten Mal.«

»Wie meinst du das? Wirst du – mich umbringen?«

»Das weiß ich noch nicht. Jetzt mach endlich.«

Ich biss mir auf die Zunge, bis ich Blut schmeckte. Mein Körper hatte die Pforten für die nächste Angstattacke geöffnet. Ich wusste, dass ich es nicht schaffen konnte, ruhig zu bleiben. Ich wimmerte vor mich hin. Erst leise, dann immer lauter.

»Charlie, halt den Mund. Mach endlich, dass du fertig wirst.«

Schützend legte ich die Hände über meinen Kopf und sank in die Knie.

»Charlie, verdammt! Du nichtsnutzige Memme!«

Ingrid trat mit dem Fuß nach mir. Erst in die Seite, dann genau auf die Schnittwunde an meinem Unterarm. Ich schrie auf.

»Charlie, wenn du nicht sofort aufstehst und weitermachst, stech ich euch beide ab!«

Ich weiß nicht, wie, aber ich stand auf. Wie in Trance wickelte ich Sonja fester ein und krönte die Aktion mit circa dreißig Knoten. Sonja versuchte mir mit den Augen irgendetwas zu sagen, doch ich war nicht aufnahmefähig. Mein Kopf dröhnte. Im Mund hatte ich den Geschmack von Blut und bitterer Galle.

»Na endlich. Jetzt setz dich hierher, Charlie.« Mit ihrer freien Hand zog Ingrid einen zweiten Stuhl neben Sonjas. Gehorsam ließ ich mich darauf nieder und fragte mich benommen, wer jetzt wohl mich fesseln würde.

»Wieso hast du die beiden umgebracht?« Sonja. Es war das erste Mal, das sie sprach, seit Ingrid sie mit dem Messer bedroht hatte.

Ingrid schüttelte den Kopf. Ihr Lachen war abgehackt, klang nach Keuchhusten. »Wenn du glaubst, dass ich sie umgebracht habe, bist du blöder, als ich dachte.«

»Willst du uns erzählen, dass du gar nicht die Mörderin bist?«

»Ich will euch gar nichts erzählen.«

»Was hast du mit uns vor?«

»Pssst! Ich hab gesagt, ihr sollt still sein. Ich muss nachdenken.«

Wir waren still. Scheiß mich an, ich musste endlich einen Gegenangriff starten. Nur wie? Ingrid war so übermächtig. Sie stand hinter uns, und obwohl ich es nicht sehen konnte, wusste ich instinktiv, dass die Messerspitze auf meinen Nacken gerichtet war. Ich fixierte Sonja aus den Augenwinkeln. Tränen liefen über ihre Wangen. Dennoch sah sie weniger verzweifelt aus als vielmehr wütend. Plötzlich fuhr sie Ingrid an: »Du wirst uns doch ohnehin töten. Was soll dieses ganze Getue?«

Ich erstarrte. Das ist die falsche Taktik, dachte ich. »Können wir nicht noch einmal darüber reden?«, fragte ich rasch, bevor Sonja uns noch tiefer reinreiten konnte. »Wir fahren einfach zur Polizei, sagen denen, dass wir nichts wissen, und damit hat sich die Sache.«

Ingrid trat vor uns. Demonstrativ verdrehte sie die Augen.

Verzweifelt fuhr ich fort: »Wir könnten ihnen auch erzählen, dass Marnie Rita getötet hat und sich anschließend das Leben genommen –«

»Ich habe dir bereits gesagt, dass du aufhören sollst, mich zu verarschen.«

»Bitte, Ingrid, glaub mir. Es ist mir völlig egal, was bis jetzt passiert ist, ich möchte einfach nur weiterleben.« Ich begann zu weinen. Es war die Wahrheit. Ich wollte überleben, egal um welchen Preis.

Sonja hatte anscheinend andere Absichten. Mit einem Zaunpfahl machte sie den Tod auf sich aufmerksam. »Wie willst du der Polizei eigentlich vier Leichen erklären?«, fragte sie.

Halb erwartete ich, dass Ingrid ihre Drohung wahr machen und Sonja auf der Stelle abstechen würde, doch stattdessen trat sie wieder hinter uns und sagte: »Es wird nicht vier Leichen geben, sondern nur drei. Hast du etwa gedacht, ich würde ohne Sündenbock bei der Polizei antanzen?«

»Du willst tatsächlich noch einen Mord begehen«, sagte Sonja fassungslos. »Ingrid, du bist wahnsinnig.«

Ich weinte hemmungslos weiter, die Messerspitze strich über

meinen Nacken. Hätte ich eine Chance, nach hinten zu greifen und die Schneide des Messers mit bloßen Händen zu packen? Den Griff würde ich nie erreichen. Ich konnte Ingrid nicht sehen, nur ihre gespannte Aufmerksamkeit spüren. Sie würde mir immer voraus sein.

»Nicht ich bin wahnsinnig«, sagte sie jetzt, »sondern Charlie. Sie hat erst Rita, dann Marnie und schließlich Sonja umgebracht. Einzig ich konnte mich vor ihr retten. Im finalen Zweikampf habe ich sie besiegt. Ein Glück für mich, dass ich dieses Massaker überlebt habe.«

»Ich werde der Polizei die Wahrheit sagen«, flüsterte ich.

Ingrid schnaubte. »Und du glaubst, die werden eher dir glauben als mir? Charlie, begreif es endlich. Du bist eine Psychopathin. Du warst fast ein halbes Jahr in der Klapsmühle. Ich gehöre einer der besten Anwaltskanzleien unserer Stadt an. Also, was meinst du, wem die Polizei glauben wird?«

»Du – habe ich kein Recht auf ein Leben, nur weil ich in der Psychiatrie war? Du müsstest doch am besten wissen, was Vorurteile wert sind!«

»Du willst uns beide vergleichen? Ich bitte dich. Ich hatte das Pech, in meine Familie hineingeboren zu werden. Du hingegen hast dir deinen Knall doch ausgesucht. Hast wahrscheinlich gedacht, dass du Marc damit auf dich aufmerksam machen kannst. Ich hab mich aus dem Nichts hochgearbeitet. Du hattest diese Chance in den letzten Jahren. Hättest ja was aus deinem Leben machen können.« Wieder das Keuchhustenlachen, dann: »Mit dir soll ich Mitleid haben? Du bist weniger wert als der Dreck unter meinen Fingernägeln.«

Ich war nahe daran, ihr den Stuhl, auf dem ich saß, in den Bauch zu rammen. Was für eine Bösartigkeit in dieser Person steckte. Sonja schnaufte. Bitte sag was, Sonja, flehte ich sie innerlich an. Wir müssen Ingrid ablenken. Irgendwie.

Sie erhörte mich. »Warum hast du sie erpresst? Sie war deine beste Freundin.«

»Rita? Das glaubst du doch nicht im Ernst. Rita hatte nur eine Freundin, und das war Rita. Hätte sie nicht diese peinliche Schwäche für ihren eigenen Bruder gehabt, dann wäre ihr an niemandem etwas gelegen gewesen.«

»Ihr habt euch so gut verstanden.« Sonjas Stimme klang erstickt. »Sie hat dir in der letzten Zeit regelrecht zu Füßen gelegen. Oder war das auch Erpressung?«

»Sie hätte alles getan, um zu verhindern, dass ich die Geschichte an die große Glocke hänge. So hat sie halt auch in diesen sauren Apfel beißen müssen.« Ingrid frohlockte geradezu.

Ich konnte es einfach nicht begreifen. Sie hatte doch alles erreicht. Ihr mit Auszeichnung abgeschlossenes Studium. Eine angesehene Stellung in der Gesellschaft. Ein für ihr Alter fürstliches Gehalt. Wieso der ganze Schwachsinn? Offensichtlich hatte sie es genossen, so viel Macht über Rita zu haben. »Das hast du doch gar nicht nötig gehabt«, stammelte ich.

»Ach nein? Was weißt du denn von den Dingen, die ich nötig habe? Vielleicht hat es mir Spaß gemacht, einmal die Privilegierte zu spielen, die das Sagen hat. Vielleicht hat es mir einfach gutgetan, dass eine wie Rita, die von Geburt an alles hatte, vor mir springen musste.«

So viel Offenheit verschlug mir die Sprache. Ich zermarterte mir das Hirn, was ich darauf antworten konnte, ob ich sie bestätigen oder kritisieren sollte, doch mir fiel beim besten Willen nichts Brauchbares ein. Ich drehte mich zu Sonja, die sich zur Abwechslung mal zurückhielt. Von den Schultern bis zum Becken an die Stuhllehne gefesselt saß sie da und starrte gleichgültig geradeaus. Ich hörte Ingrid hinter mir atmen. Meine Zähne schlugen aufeinander. Alles wird gut … Gott, Charlie, tu was, rede – irgendwas –

»Wieso hast du Marnie getötet?«

»Ich habe keine Ahnung, wer eurer teuren Freundin die bösen Pillchen untergemischt hat. Und wisst ihr was? Es ist mir auch vollkommen egal. Das ist eben der Unterschied zwischen euch und mir. Ihr wollt immer alles hinterfragen. Wollt die Gründe wissen. In eurer Situation würde ich keine Sekunde darüber nachdenken, warum Rita und Marnie gestorben sind. Ich würde ums Überleben kämpfen, aber ihr sitzt hier rum und spielt Fragestunde. Das ist so typisch.« Ingrid stieß einen verächtlichen Laut aus und schien sich wirklich über unsere Untätigkeit zu ärgern.

Sonja jedoch erwachte aus ihrer Lethargie. »Wenn du schon beschließt, über unseren Tod zu bestimmen, dann überlass mir die Art meiner Reaktion darauf. Wenn du glaubst, du kannst hier Gott spielen, dann täuschst du dich. Na los, töte mich doch! Aber ob ich dabei um mein Leben winsle oder dich währenddessen eine dreckige Versagerin nenne, das ist immer noch meine Entscheidung!« Sie drehte den Kopf über ihre Schulter und spuckte in Ingrids Richtung.

Ich war auf das Schlimmste gefasst. Doch Ingrid schnalzte nur mit der Zunge. »Nicht schlecht, Frau Sattmann. War's das? Ich würde nämlich gerne weitermachen.«

Ich wollte mein Hirn zum Arbeiten zwingen. Ingrid musste abgelenkt werden. Jetzt.

Die Ablenkung kam. In einer Weise, die nicht unbedingt überlebensfördernd war.

Ein Handy piepte. Dreimal kurz, zweimal lang, dreimal kurz. Eine SMS.

»Was war das?« Ingrid riss Sonjas ganzen Stuhl herum. »Wo hast du das verfluchte Ding?«

»In der Hosentasche.«

»Charlie, gib mir ihr Handy!«, befahl Ingrid.

Ich stand auf, trat zu Sonja und kämpfte mich durch das Garn. Das Handy war in ihrer rechten Hosentasche. Ich quetschte meine Finger hinein und zog es hervor. In dem Moment begann es zu läuten. Nur einmal ganz kurz, dann schnappte das Klingeln gleich wieder ab. Ich starrte gebannt auf das Display. »Christoph –«, sagte ich.

Ingrid riss mir das Telefon aus der Hand und tippte fieberhaft darauf herum, dann sagte sie: »Tja, Pech für euch.«

Mir rann der Schweiß in die Augen. »Was meinst du? Was war das für eine SMS?«

»Die Nachricht, dass Sonjas Hilferuf weggegangen ist. Anscheinend war kurzfristig genügend Empfang. Das bedeutet, wir haben es jetzt eilig.« Ingrid schnippte mit den Fingern. »Charlie, komm mit mir mit.« Sie dirigierte mich zu meinem Schlafzimmer. »Mach auf!«

Ich öffnete die Tür mit der weißen Schleife. Ritas verhüllter toter Körper. Dahinter das Kuchenmesser. Mein erster Impuls war, mich auf das Messer zu stürzen, doch Ingrid war schneller. Mit spitzen Fingern hob sie es hoch, das Fleischmesser weiterhin auf mich gerichtet.

Ich drehte mich zu Sonja um. Sie sah mich mit versteinerter Miene an.

»Das kann nicht dein Ernst sein«, sagte ich zu Ingrid.

Die nickte. »Oh doch, und wie. Ich hab jetzt keine Zeit mehr, mir eine bessere Methode auszudenken.« Sie schob mich zurück zu Sonjas Stuhl. Dann reichte sie mir das Kuchenmesser. »Keine faulen Tricks, verstanden. Ich hab kein Problem damit, dich umzubringen. Ich denke, das wissen wir mittlerweile beide.«

Ich packte das Messer. Jetzt – jetzt – Mist, verdammter, wo war dieser scheißbeschissene Überlebenstrieb? Mir war doch längst klar, dass ich töten konnte! Doch wie sollte ich Ingrid abstechen? Das würde nie und nimmer funktionieren. Zusehen zu müssen, wie das Blut aus ihr rausspritzte …

»Mach schon, sonst passiert was«, donnerte Ingrid.

Ich zuckte zusammen, blickte Sonja ins Gesicht, versuchte irgendetwas herauszulesen. Hilf mir, Sonja. Gib mir einen Wink, was ich tun soll.

Und sie tat es. Mit voller Wucht. Sie warf sich mitsamt ihrem Stuhl auf Ingrid. Streckte ihren Kopf vor und rammte ihn in

Ingrids Bauch. Die beiden wälzten sich auf dem Boden. Ich war wie gelähmt.

Ich sah, wie Ingrids Arm sich unter Sonjas Körper hervorkämpfte, sah das Messer in ihrer Hand und schrie auf. Das half. Ich spürte wieder Leben in mir. Mit ganzer Kraft sprang ich auf Ingrids Ellenbogen. Sie brüllte vor Schmerz und ließ das Messer fallen. Ich schnappte es mir. Dann zog ich Sonja und ihren Stuhl hoch. Mit klappernden Zähnen schnitt ich das Garn durch.

»Wo hast du das Messer?«, stieß Sonja hervor.

»Hier.«

»Das andere!«

Ich schrie erneut auf. Ingrid stand breitbeinig vor uns und bedrohte uns mit dem Kuchenmesser. »Lass dein Messer fallen, Charlie.«

Ich zog Sonja in Richtung Haustür. »Vergiss es. Lass du deins fallen. Wir sind zu zweit. Du hast keine Chance.« Meine Stimme zitterte und gab all meine Zweifel preis. Ich war ganz und gar nicht davon überzeugt, dass Sonja und ich bessere Karten hatten als Ingrid.

Die lachte höhnisch. »Ihr kapiert es noch immer nicht, oder? Ihr seid kein Team. Da steht ihr so beschaulich Arm in Arm, dabei ist eine von euch eine Mörderin, und zwar eine ganz abgefeimte.«

Ich blickte Sonja von der Seite an. Dann sagte ich, so ruhig ich konnte: »Hör nicht auf sie. Sie blufft nur. Sie will uns gegeneinander aufbringen.«

»Ich weiß«, knurrte Sonja. »Das wird dir nichts bringen. Christoph hat sicher schon die Polizei verständigt. Die werden gleich da sein. So lange halten Charlie und ich es schon aus. Wir werden keinen Schritt von hier weichen.«

Ingrid stürzte auf uns zu. Sonja und ich stoben auseinander. Ingrid verlor das Gleichgewicht und knallte auf den Boden. Überlebenstrieb! Jetzt oder nie! Ohne zu wissen, was ich tat, stieß ich ihr das Fleischmesser in die Seite. Sie schrie auf. Ich trat erleichtert zurück, doch diese Frau bewies die Konstitution eines Urviechs. Mit einem Ruck zog sie sich das Messer aus dem Körper und kam taumelnd auf die Beine.

War ich denn wahnsinnig! Ich hatte ihr die zweite Waffe auch noch zugespielt. Doch Sonja reagierte blitzschnell. Von hinten sprang sie Ingrid auf den Rücken. Mit den Fäusten schlug sie auf ihren Kopf ein. Ingrid wirbelte mit den Messern um sich. Ich nahm die Flasche Whisky vom Tisch und schleuderte sie auf Ingrids Brust. Das hatte ich zumindest vor. Ich traf die Wand dahinter und fluchte lautstark.

Ingrid schüttelte Sonja ab und drehte sich zu ihr um. In jeder Hand ein Messer.

Ich brüllte Ingrids Namen, so laut ich konnte, wollte sie von der am Boden liegenden Sonja ablenken. Doch sie stutzte nur kurz. In diesem Moment sah ich am Boden etwas blinken. Ich griff danach, ohne genau zu registrieren, was es war. Ingrid holte mit der rechten Hand aus. Sonja würde in einer halben Sekunde filettiert sein. Ich stach zu und trieb Ingrid ihre eigene Nagelschere in den Hals. Mit einer Wucht und einer Überzeugung, die ich in meinem Leben nicht für möglich gehalten hätte.

Ingrid schrie auf, ließ beide Messer fallen und tastete nach der Wunde. Dann brach sie zusammen.

Sonja rappelte sich hoch und schnappte sich die Messer.

Wir schauten uns an. In Sonjas Gesicht spiegelte sich meine eigene Fassungslosigkeit. Ingrid lag wimmernd am Boden. Sie versuchte sich aufzurichten, was misslang. Unter ihr hatte sich ein großer roter Fleck gebildet. Die Schere steckte seitlich in ihrem Hals. Blut sickerte am Metall vorbei und tropfte auf den Boden.

»Wir müssen sie verarzten«, stöhnte Sonja.

Ich spürte, dass ich einem Zusammenbruch nahe war, aber ich durfte mich noch nicht ausruhen. »Warte«, sagte ich. »Sie werden bald hier sein.«

Sonja nickte.

»Es ist wegen Marnie. Ingrid sagt, sie hat sie nicht getötet. Was sagen wir der Polizei?«

»Marnie hatte Magenkrebs im vierten Stadium.«

Sie sagte das einfach so, als würde das alles erklären.

Vielleicht tat es das ja auch.

Ich packte Sonja am Arm und flüsterte: »Marnie hat sich selbst getötet, oder?«

»Ich weiß es nicht. Vielleicht dachte sie, dass Ingrid davonkommt, wenn es nur eine Tote gibt. Belass es einfach dabei, Charlie. Verdirb Marnie nicht ihren Plan.«

Verdirb Marnie nicht ihren Plan … Was denn für einen Plan? Ingrid ins Gefängnis zu bringen?

Was auch immer es war, Sonja konnte anscheinend damit leben. Die Frage war, ob ich das auch konnte.

10

Den Rest der Nacht erlebte ich wie durch einen Schleier. Ein Rettungshubschrauber kam und nahm die mittlerweile bewusstlose Ingrid mit. Durch unsere Aussage würde sie vom Krankenbett aus direkt in einer Zelle landen. Der Wohnraum, der auf einmal nur noch »Tatort« hieß, wurde abgesperrt. Laufend trafen neue Polizisten ein.

Irgendwann sah ich aus dem Fenster. Der Tagesanbruch war da. Man verfrachtete Sonja und mich in ein Kettenfahrzeug und brachte uns in den Ort hinunter. Im sogenannten Präsidium, das in Wahrheit aus wenigen winzigen Räumen bestand, wurden mir dieselben Fragen wie bereits in der Hütte gestellt. Immer und immer wieder.

Dann kam ein netter Mann in Zivil, der sich als Inspektor Soundso vorstellte und von seinen Kollegen aufs Äußerste hofiert wurde. Noch einmal betete ich meine Geschichte herunter. Wahrscheinlich war das sogar sinnvoll, da mir jedes Mal mehr Details einfielen.

Dann wollte ich nur noch schlafen. Mir eine Decke über den Kopf ziehen, mich in eine Ecke rollen und schlafen. Eine Woche lang. Doch kaum war die Befragung vorläufig beendet, wurde ich genötigt, meine nächsten Verwandten anzurufen, damit sie sich um mich kümmern konnten. Man gab mir ein Telefon. Ich registrierte die altmodische Wählscheibe, doch mir fiel partout nicht die Nummer meiner Eltern ein. Wieder begann ich zu weinen. Die Beamten holten Sonja, die beruhigend auf mich einredete. Mir half, meine Eltern anzurufen. Sie tat was sie am besten konnte: helfen.

Meine geistigen Fähigkeiten waren auf dasselbe Level gerutscht wie ein paar Stunden zuvor, als Ingrid uns mit ihrem Messer in Schach gehalten hatte. Ziemlich tief. Fast könnte man den Ausdruck »hirntot« bemühen. Es war mir schier unmöglich, einen vernünftigen Gedanken zu fassen

»Wenn der ganze Trubel vorbei ist, reden wir noch mal.«

Ich fuhr zusammen. Sonja hatte mir so heftig ins Ohr gezischt, dass ich meinte, eine Ladung Spucke an meinem Ohrläppchen zu spüren. Ich nickte schwach. Wenn der ganze Trubel vorbei ist – das war ein guter Satzanfang. Darüber konnte man reden.

Eine junge Polizistin schaute uns interessiert zu. Sonja strich mir rasch über den Arm. Ich sah sie dankbar an. Sie lächelte zurück.

11

Ich war wieder zu Hause. Meine Mutter hatte mich kurzerhand in meinem alten Zimmer einquartiert und umsorgte mich wie ein Baby. Mein Arbeitgeber hatte Verständnis, dass ich nach den Ereignissen ein paar Wochen zur Verarbeitung brauchte. Für die Videothek war es nicht die schlechteste Werbung, dass eine ihrer Mitarbeiterinnen in den aufsehenerregendsten Mordfall seit langem verwickelt war. Die Kunden kamen in Scharen, um die eine oder andere Information zu ergattern oder sich einfach lautstark über die Schlechtigkeit der Welt zu empören. Ich durfte mich ausruhen. Meine einzige Pflicht war es, der Polizei weiter Rede und Antwort zu stehen und einige Sitzungen mit einer netten Psychologin über mich ergehen zu lassen.

Es ist offensichtlich Usus, dass Mordzeugen Seelenbeistand von offizieller Stelle erhalten, wobei man in meinem Fall regelrecht darauf bestand. Ich schien aber ganz gut mit der Situation zurande zu kommen. Zwar quälten mich abscheuliche Alpträume – und tun es im Übrigen heute noch –, doch die Panikattacken blieben weitgehend aus. Ich führe das darauf zurück, dass mein Körper völlig ausgebrannt und deswegen kein Nährboden für großartige Regungen vorhanden war.

Ich saß viel bei meiner Mutter in der Küche oder neben meinem Vater auf dem Sofa, was ein munteres Wechselspiel zwischen ›Charliemaus, heul dich aus‹ und einer völlig neuen Action-Charlie bedeutete. In der Küche bekam ich endlich das nötige Mitleid für die Schnittwunde an meinem Unterarm. Und im Wohnzimmer saß der Mann, der sich nie für mich interessiert hatte, und konnte gar nicht oft genug hören, wie ich Ingrid das Messer in die Seite und die Nagelschere in den Hals gestoßen hatte. Seine Tochter, die »Heldin«. Diesen Beinamen hatte ich diversen Zeitungen zu verdanken, die mich, genau wie Sonja, als »ungeheuer tapfer« oder »unfassbar mutig« beschrieben.

Eine Bemerkung freilich hatte sich mein Vater nicht verkneifen können. Nämlich dass es eine Schande sei, dass ausgerechnet die beiden Schönheiten Rita und Marnie dran glauben mussten. Sie können sich Ihren Teil dazu denken, nicht wahr?

Und dann war da natürlich Marc. Um ihn war es schließlich mein Leben lang gegangen. Schade nur, dass unser erneutes Zusammenkommen so unspektakulär war.

Es lag nicht an ihm, sondern an mir.

Fünf Tage nach meiner Rückkehr fand eine Trauerfeier für Rita und Marnie statt. Das Begräbnis war auf später verschoben worden, da – Marnie hätte an diesem Fachjargon ihre Freude gehabt – die Leichen aus ermittlungstechnischen Gründen noch nicht freigegeben waren.

Die Familie Juanez hatte die Verwandtschaft und den engsten Freundeskreis in ihr Haus gebeten, um gemeinsam Abschied von den beiden jungen Frauen zu nehmen. Es war eine schöne Geste von ihnen, dass sie auch an Marnie und ihre Hinterbliebenen gedacht hatten.

Die Tante, bei der Marnie nach dem Tod ihres Vaters gelebt hatte, war erschienen. Eine große blonde Frau, die traurig, aber gefasst die meiste Zeit bei Ritas Eltern stand. Ich fand das richtig. Ich hoffte so sehr, dass sie sich gegenseitig Trost spenden konnten. Was natürlich nicht der Fall war.

Ich konnte gar nichts tun. Im Gegenteil. Ich hatte das Gefühl, vollkommen fehl am Platz zu sein. Marnie und Rita waren tot, vor meinen Augen gestorben, und ich lebte weiter. Fast hatte ich das Bedürfnis, mich für diesen Umstand zu entschuldigen. Ich vermute, Sonja ging es nicht anders. Sie war mit Christoph da, der seinen schützenden Arm nicht ein einziges Mal von ihrer Schulter nahm. Er nickte mir vorsichtig zu, doch Sonja zog ihn weg. Mir war das recht. Ich wollte nicht an sie denken, wollte nicht an die Umstände der beiden Morde denken, wollte endlich aufhören, mir den Kopf zu zerbrechen. Rita war ich für ihre Gehässigkeiten nicht mehr böse. Sie war in ihrer Situation gefangen gewesen. Das kannte ich doch irgendwoher.

»Charlie.«

»Marc, es tut mir so leid.«

Er nickte. Sein Gesicht sah mager und alt aus. Ich nahm ihn in die Arme.

»Ich bin froh, dass dir nicht auch noch was passiert ist«, brachte er heraus.

Das ließ mich für einen Moment aus meiner Lethargie erwachen. Es war das größte Zugeständnis, das er mir in dieser Situation machen konnte.

12

Eine weitere Woche war vergangen. Das Verhältnis der Geschwister Juanez war bis dato nicht ans Tageslicht gekommen. Ich wusste nicht, ob Ingrid es im Verhör erwähnen würde oder nicht. Wohl eher nicht, denn sie schien eine ganz andere Taktik zu verfolgen. Sie sei völlig unschuldig, und Sonja und ich hätten einen Komplott gegen sie geschmiedet. Die Staatsanwaltschaft versicherte uns, wir hätten nichts zu befürchten. Der Fall läge klar auf der Hand. So wurde es auch in den Medien dargestellt. Die Polizei konnte aufgrund verschiedener Indizien den Kampf rekonstruieren, den es zwischen uns dreien gegeben hatte. Zum einen waren da die Hautabschürfungen, die Sonja durch die Fesseln erlitten hatte. Zum anderen stimmten unsere Berichte mit der Anordnung der Fingerabdrücke auf den beiden Messern überein. Sonjas und meine Aussage hatten ergeben, dass Ingrid Rita in einer Blitzaktion getötet hatte. Und dass sie anschließend Marnie – die ihr auf die Schliche gekommen war – mit ihren eigenen Pillen vergiftet hatte.

Die ganze Sache hatte sich in einer Weise verselbstständigt, die ich so nie wollte. Sicher, ich war frei von jedem Verdacht, das war gut. Und ja, ich hatte nie dezidiert ausgesagt, dass Ingrid Marnie die Tabletten verabreicht hätte. Es war vielmehr so, dass die Polizei mich selbst auf diese Spur hinführte und ich stets lakonisch antwortete: »Ich weiß es einfach nicht, aber es ist wahrscheinlich die logischste Erklärung.« Das war es doch, oder? Ingrids Fingerabdrücke waren zwar die einzigen, die man nicht auf der Tablettenschachtel fand, doch gerade das schien sie besonders verdächtig zu machen.

Ähnlich verhielt es sich mit dem Mord an Rita. Bei keinem Verhör hatte ich Ingrid direkt beschuldigt, Rita erstochen zu haben. Ich hatte nur von Differenzen zwischen den beiden berichtet. Und von Ritas neuer Demut, die so gar nicht zu ihr passte, fast schon krankhaft war. Hatte ich das tatsächlich so ausgedrückt? »Krankhaft«? War Ritas Verhalten Ingrid gegenüber derart drastisch gewesen? Oder hatte ich es so formuliert, um Ingrid weiter zu belasten? Damit ich frei sein konnte. Frei und feige. Wann hatte ich eigentlich begonnen, ein Mensch zu sein, der ich nie sein wollte?

Marnies Plan, wie Sonja ihn genannt hatte, bereitete mir Kopfzerbrechen. Ich lag auf der Tagesdecke auf meinem Jugendbett, starrte auf das Bon-Jovi-Plakat an der Wand gegenüber und kramte in meinem sedierten Hirn mühsam nach einzelnen Puzzleteilen, die zusammengesetzt hoffentlich irgendwann einen Sinn ergeben würden.

Marnie war sterbenskrank gewesen. Das wurde durch die Autopsie bestätigt. Nachdem sie sich keiner Krebstherapie unterzogen und ohne Rücksicht auf ihren geschädigten Magen weitergesoffen hatte, konnte man annehmen, dass sie mit ihrem Leben abgeschlossen hatte. Das war das erste Puzzleteil.

Ihre große Chance, auf spektakuläre Weise das ungeliebte Dasein zu beenden, war das zweite. Sie opferte sich, um Ingrid nicht davonkommen zu lassen.

Die große Inszenierung. Unter der Regie von Marnie Schrader und Sonja Sattmann. Denn Sonja hatte davon gewusst.

Folgendes war ihnen wichtig gewesen: Ingrid musste Gelegenheit haben, die Tabletten an sich zu nehmen. Und sie mussten bei ihr gefunden werden. Sie tat den beiden einen großen Gefallen, als sie die Zigaretten holen ging, während Marnie schlief. Sonja hatte ihr Bestes gegeben, damit ich es auch ja registrierte. Darauf lief es hinaus. Ich musste auf Sonjas Seite kämpfen. Der Polizei sollten zwei übereinstimmende Aussagen geliefert werden.

Was wäre passiert, wenn wir es bis ins Tal geschafft hätten? Und das Louis-Vuitton-Täschchen schön brav im roten Zimmer geblieben wäre? Vermutlich hätte die Polizei alles durchsucht und die Tabletten ebendort gefunden. Und Sonja und ich hätten ausgesagt, dass Ingrid als Einzige heimlich bei Marnie im Zimmer gewesen war.

Marnie … Wegen eines angeblichen Handyläutens war sie im roten Zimmer verschwunden … Von wegen! Das Tablettenröhrchen hatte sie in Ingrids Tasche gesteckt! Und in meinem völlig idiotischen Drang, Ingrid ihre Sachen hinterherzutragen, hatte ich Sonja und mich in Lebensgefahr gebracht.

Aus Marnies Sicht war alles vollkommen logisch. Sie war die ganze Zeit überzeugt, dass Ingrid die Mörderin war. Natürlich musste sie damit rechnen, dass Ingrid ihre Fingerabdrücke auf dem Kuchenmesser abgewischt hatte, als wir anderen drei uns umzogen. Und das hätte bedeutet, dass es womöglich keinen Beweis für ihre Schuld gab.

Und wir Übrigen? Wir wären nie zur Gänze vom Verdacht reingewaschen worden. Am meisten hätten Sonjas Kinder darunter gelitten. Ich konnte es regelrecht vor mir sehen. Die Schulfreunde, die auf einmal nicht mehr zu Besuch zu den Sattmanns durften. Die Tratscherei bei den Elternabenden. Und wenn Christoph angefangen hätte, seiner Frau zu misstrauen, wer weiß, vielleicht sogar Verlust des Sorgerechts. Ja, ich konnte mir gut vorstellen, dass Marnie und Sonja genügend gute Gründe sahen, dem Recht ein bisschen nachzuhelfen.

Doch es gab etwas, das mich daran störte. Erstens wies meine Theorie ein paar Lücken auf. Und zweitens hatte mich niemand nach meinem Einverständnis gefragt! Ich glaube nicht, dass ich freiwillig eine Rolle in dieser Inszenierung übernommen hätte.

Nur, was konnte ich schon tun? Das Ganze lag mittlerweile zwei Wochen zurück. Die Polizei würde mich für verrückt halten, wenn ich ihnen nun eine völlig andere Theorie lieferte. Und außerdem ... War es sinnvoll, Marnies Andenken zu beschmutzen, nur um Ingrid davor zu bewahren, für ein weiteres Verbrechen angeklagt zu werden? Ich meine, als Ritas Mörderin stand sie ohnehin fest. War es sinnvoll, eine dreifache, bisher unbescholtene Mutter zu belasten, sie der Beihilfe zum Selbstmord zu bezichtigen?

Und noch etwas: War es unbedingt nötig, noch mehr Verwirrung zu stiften, die Sache unter geänderten Vorzeichen neu aufrollen zu lassen und damit womöglich zu riskieren, dass Marcs Verhältnis zu seiner Schwester doch noch an die Öffentlichkeit gelangte?

Ich wusste nicht, wen ich in erster Linie schützen wollte. Marnie, Sonja, Marc oder doch mich selbst?

Ich schloss die Augen und ließ meine Finger über die wollene Decke gleiten, die vom vielen Waschen rau und stachelig geworden war. Wie lange besaß ich das Ding jetzt? Zwanzig Jahre? Gott, das eigene Kinderzimmer war der denkbar schlechteste Ort, um endlich erwachsen zu werden.

Oder? Ich hob die Lider. Jon Bon Jovi schmachtete mich an. »Scheiße«, murmelte ich. »Was soll ich tun?«

Sonja. Die einzige Freundin, die mir geblieben war. Wir mussten reden. So viele Fragen waren noch offen. Sonja würde mir helfen, die Lücken zu füllen.

Und dann?

Wenn ich nur wüsste, was richtig war.

Epilog

Es ist der dreißigste Januar. Ritas und Marnies Beerdigung hat nach einigen Verzögerungen gestern Vormittag stattgefunden. Marc und ich sind uns in den letzten Wochen noch nähergekommen, und ich habe allen Grund, endlich besseren Zeiten entgegenzusehen.

Wenn Sie möchten, dann begleiten Sie mich zu meiner Fragestunde bei Sonja. Holen wir uns gemeinsam die fehlenden Antworten.

Es ist fast zehn am Abend, und ich stehe vor Sonjas Haustür. Christoph grüßt mich, dann verschwindet er mit einer gemurmelten Entschuldigung die Treppen hinauf. Sonja und ich bleiben in der Wohnküche zurück.

»Schlafen die Jungs?«, frage ich sie im Plauderton.

Sie nickt.

Ich versuche, bei meinem nächsten Satz denselben Ton zu treffen. »Und weiß Christoph, dass Marnie sich umgebracht hat?«

Sie schüttelt den Kopf. Einfach so. Ohne irgendwelche Ausflüchte.

»Erzähl es mir«, bitte ich.

Sie streicht sich eine Haarsträhne aus dem Gesicht. Müde und abgekämpft sieht sie aus. »Im Oktober hat Marnie erfahren, dass sie Krebs hat«, beginnt sie schließlich. »Er wurde viel zu spät entdeckt. Die Ärzte haben ihr keine großen Hoffnungen gemacht, und selbst wenn … du weißt schon …«

Ja, ich weiß. Um nichts in der Welt hätte Marnie einer Therapie zugestimmt.

»Ich wollte sie überreden, dagegen anzukämpfen. Ich bin der Meinung, man kann alles besiegen, wenn man nur will.« Sonja zuckt mit den Schultern. »Natürlich hab ich gegen eine Wand geredet, also hab ich sie einfach machen lassen. Sollte sie sich doch halb totsaufen. Ich hab mir eingeredet, sie könnte zur Vernunft kommen, wenn sie durch ihre Exzesse endlich im Spital landet. Und wenn nicht – na ja, man kann niemanden zwingen, leben zu wollen, sosehr man das selbst auch möchte.«

»War es ihre oder deine Idee, ihr Leben in dem Moment zu beenden?«

Sonja sieht mich an. Sie wirkt ehrlich erstaunt. »Woher willst du wissen, dass ich in ihren Plan eingeweiht war?«

»Ich hab mich schlaugemacht. Diese Tabletten wirken innerhalb von wenigen Minuten. Und nachdem weder Ingrid noch ich ihr etwas in den Whisky getan haben, hat sie die Dinger wohl selbst geschluckt. In ihrem Zimmer. Als du bei ihr warst.«

Sie antwortet nicht, also frage ich nochmals: »Wer hatte die Idee. Du oder sie?«

Wieder das Erstaunen. »Sie natürlich. Was hätte ich denn davon gehabt?«

»Was hatte sie davon?«

»Das Gefühl, dass ihr Tod einen Sinn hatte.«

Ich beuge mich vor und sehe ihr in die Augen. »Weil du damit aus dem Schneider warst.«

»Falsch, Charlie. Nicht nur ich. Auch du. Keine hatte so viel von Ritas Tod wie du. Und keine war so verdächtig wie du.«

Ihr Ton lässt keinen Raum für Spekulationen. Genauso gut könnte sie mich *Mörderin* nennen.

Sie wissen es, oder? Mein grenzenloser Hass auf Rita. Der Wunsch, sie aus meinem Leben zu verbannen. Das Messer vor mir. Meine Sehnsucht nach Marc, mit einem einzigen Schnitt durch die Kehle seiner Schwester erfüllt. Wer, wenn nicht ich, in diesem Taumel der Liebe, mit all dem Schmerz der Verstoßenen, hätte die Kraft und den Mut aufbringen sollen, diese Tat zu begehen?

Und doch wissen Sie, dass ich es nicht war.

»Ich habe Rita aber nicht getötet. Und ich hätte nie zugelassen, dass Marnie sich umbringt. Egal für wen«, sage ich.

»Wenn du Kinder hättest, würdest du alles mit anderen Augen sehen«, antwortet Sonja.

»Wie weit würdest du gehen, um deine Kinder zu schützen?«

Sie sieht mich an. Ihr Blick ist Antwort genug.

Eine leise Ahnung kriecht langsam meine Wirbelsäule hinauf. Ich versuche sie abzuschütteln, doch es gelingt nicht. Sie hat meinen Hinterkopf erreicht und sich dort festgebissen.

Mein Herz klopft. Tränen stehen mir in den Augen. Das Sprechen fällt mir schwer. »Marnie hat es gewusst, nicht wahr? Du hast es ihr anvertraut, als ihr allein im Zimmer wart. Deshalb war sie so auf Ingrid als Täterin fixiert. Um von dir abzulenken.« Die Erkenntnis trifft mich mit solcher Wucht, dass ich die Augen schließen muss. »Deshalb ist sie gestorben. Sie wollte dir genug Zeit verschaffen, um deine Fingerabdrücke vom Messer zu wischen. Die beste Möglichkeit war ein aufsehenerregender Tod. Ein langer, qualvoller Tod, der Ingrids und meine Aufmerksamkeit so beanspruchen würde, dass uns nicht auffallen *konnte*, dass du nicht nur Kochsalzlösung holen warst, sondern auch das Messer abgewischt hast.«

Sie blinzelt ein paarmal, dann flüstert sie heftig: »Du weißt genau, dass Ingrid Rita ermordet hat.«

Ich lege die Arme um meinen Körper. Tränen laufen über meine Wangen. »Nein, sie war es nicht. Sie hat es uns doch gesagt. Nur hab ich's nicht begriffen. Du warst gefesselt, und sie hat gesagt, wir müssten blöd sein, wenn wir sie für die Mörderin hielten. Nicht nur den Mord an Marnie hat sie geleugnet, auch den an Rita. Warum hätte sie lügen sollen, wo sie sowieso vorhatte, uns zum Schweigen zu bringen?«

»Da siehst du es doch. Ingrid ist komplett verrückt. Sie wollte mich töten. Verstehst du, sie ist eines Mordes fähig.«

Ich nicke. »Ja, das ist sie. Weil du sie im richtigen Moment unter Druck gesetzt hast.«

Und als ich weiterspreche, füllen sich endlich die Lücken, und ich weiß, dass ich richtig liege.

»Es war die Geschichte mit dem Geld. Du hast den Nagel auf den Kopf getroffen. Ingrid hat Rita erpresst. Und als du das erkannt oder zumindest vermutet hast, da hast du deine Chance ergriffen und mich auf deine Seite gezogen. Du hast mich perfekt manipuliert.«

Sie hat rote Flecken im Gesicht, doch ihre Stimme klingt ruhig. »Charlie, erinnerst du dich nicht? Ich war diejenige, die von Anfang an zur Polizei wollte. *Ihr* habt mich zurückgehalten.«

»Ich bitte dich. Es war doch klar, dass wir nie durch den Schnee kommen würden. Du wolltest lediglich demonstrieren, dass du nichts zu verbergen hast.«

»Warum hätte ich Rita töten sollen?«

»Wegen der Geschichte mit Daniel. Sie war psychisch und wohl auch finanziell am Ende. Ich vermute, sie ist selbst zur Erpresserin geworden.«

Sonja deutet durch den schlicht eingerichteten Raum. »Bei mir gibt's nichts zu holen.«

Ich nicke. »Ja, aber bei Rita gab's auch nichts mehr. Und Ingrid war gierig. Rita musste irgendwie Geld beschaffen. Warum sonst hätte sie nach vier Jahren mit dieser Geschichte ankommen sollen?«

Sonja schüttelt ungeduldig den Kopf. »Rita war verrückt. Selbst wenn sie mich erpresst hätte, wäre mir das egal gewesen. Denk an die Geschichte, die sie im Auto über mich erzählt hat. Mit der Pille, die ich angeblich absichtlich vergessen hab. Du kannst Christoph fragen. Er hat sich über alle drei Schwangerschaften gefreut.«

Wieder muss ich improvisieren. Doch es gelingt mir, überzeugt zu klingen. »Sie hat gehofft, dass du von ihrer Andeutung erfährst. Sie wollte, dass du weißt, dass es ihr ernst ist. Auf der Hütte hat sie dich vor uns anderen auf das Thema

Schwangerschaft angesprochen. Sie wollte dich unter Druck setzen. Vielleicht stimmt es ja. Vielleicht hättest du tatsächlich nichts gegen sie unternommen. Aber als sich die Gelegenheit ergab … Wenn es um deine Familie geht, bist du mindestens so eiskalt und schnell entschlossen wie Ingrid.« Mein Herz schlägt so heftig gegen meinen Brustkorb, dass ich das Gefühl habe, mein gesamter Oberkörper wird davon vor- und zurückgeschleudert.

Da hören wir Schritte auf der Treppe. Christoph lehnt sich über das Geländer. »Sag, Schatzi, haben wir kein Shampoo mehr?«

»Doch. Im weißen Schrank in der untersten Lade, da müsste noch eine Flasche sein. Ich komm gleich rauf und helf dir suchen.«

Er geht zurück nach oben. Ich bleibe mit seiner Frau, der Mörderin, allein.

Ich habe Angst. Angst, dass sie plötzlich eine Waffe hervorzieht. Angst vor ihren kleinen, kräftigen Händen, die sich um meinen Hals legen könnten.

Und als sie den nächsten Satz sagt, erkenne ich noch etwas. Sie sagt: »Und was willst du jetzt machen?«

Ich erkenne, dass ich Angst vor mir selbst habe. Vor dem, was ich tun werde. Ich sage: »Ich werde dich bitten, mir ein Taxi zu rufen.«

»Und dann?«

»Dann werde ich wohl nach Hause fahren.«

Sie sieht mich lange an. Ich merke, dass sie mir glauben möchte. Schließlich lächelt sie. »Und ich werde nach oben zu meinen Kindern gehen. Sie sind noch so klein. Sie brauchen mich.«

Ich nicke.

Sie nimmt meine zittrige Hand. »Und Marc braucht dich. Du musst ihn schützen. Lass nicht zu, dass die Sache wieder aufgerollt wird. Es war schwer, die Inzestgeschichte vor der

Polizei zu verheimlichen. Ich hoffe wirklich, ich muss ihnen nie mehr gegenübertreten …« Sie lässt den Satz unbeendet.

Noch einmal nicke ich. »Ruf mir bitte ein Taxi, Sonja.«

Ich steige in den Wagen und drehe mich ein letztes Mal nach Sonja um. Die kleine, rundliche Gestalt steht reglos vor ihrer Haustür, bis das Taxi mit mir um die Ecke verschwindet.

Ich zwinge mich, langsam ein- und auszuatmen, was mir zugegebenermaßen schwerfällt. Der Fahrer blickt misstrauisch nach hinten, als er mein unterdrücktes Stöhnen vernimmt.

Ruhig, Charlie, sage ich mir, der zeigt dich sonst noch wegen sexueller Belästigung an. Das Leder unter meinen Handflächen fühlt sich kalt an. Wie Ritas Sitze. Alles ist gut, Charlie … alles ist normal …

Wie oft in den vergangenen Jahren habe ich das Leben einfach an mir vorbeiziehen lassen? Die Augen geschlossen, wo andere womöglich beherzt gehandelt hätten? Ich hatte es mir auf der Hütte geschworen: Nie wieder wollte ich mich nur auf das eine, das Verliebtsein reduzieren.

Sie waren bei meinem Vieraugengespräch mit Sonja dabei. Werden Sie mich verstehen? Ich hoffe wirklich, irgendwann, eines Tages ist es nicht mehr wichtig für mich, dass man mir Absolution erteilt …

Ich mag Sonja lieber als Ingrid. Ich bin der Meinung, dass eine dreifache, fürsorgliche Mutter eine wichtigere Aufgabe erfüllt als eine karrieregeile, erpresserische Anwältin. Aber, nun ja, anscheinend habe auch ich meine Prinzipien. Womöglich weniger als die meisten Menschen – vielleicht weil es so viele Grautöne gibt und ich mich mit dieser Farbe so schwertue –, doch ein paar moralische Grundpfeiler sind vorhanden.

Also werde ich wohl zur nächsten Polizeistation fahren, um einen der mir mittlerweile bekannten Inspektoren zu kontaktieren. Dann werde ich mich mit meiner Erzählung wahrscheinlich zum Vollidioten machen. Ich werde den Ruf einer engagierten Mutter zumindest vorübergehend schädigen. Ingrid wird die ganze Aktion vermutlich gar nicht helfen, weil man mir – der aktenkundig Durchgeknallten – sicher weniger Glauben schenkt als Sonja. Ich werde meine Beziehung zu Marc riskieren und ihn außerdem dem Vorwurf des Inzests aussetzen. Denn Sonja macht ihre Drohung bestimmt wahr. Diese Chance kann sie sich nicht entgehen lassen. Aussage gegen Aussage. Mutter gegen Ausgeflippte, die noch dazu ein Verhältnis mit einem Perversen hat. Einmalig.

Aber es ist gut … ist in Ordnung … Irgendwann müssen wir alle zu uns selbst stehen. Und anscheinend ist heute der Tag, an dem ich damit anfange.

Kriminelle Heimat

Dagmar Scharsich

»Von erstaunlicher schriftstellerischer Meisterschaft und umwerfend originell.« *Stiftung Lesen*

Der grüne Chinese

Ariadne Krimi 1180 · ISBN 978-3-86754-180-0

Marie Baer ist Antiquarin in Berlin Mitte. Kiezbewohner gehen bei ihr ein und aus; sie kauft, verkauft und unterhält Touristen mit Anekdoten. Eines Tages bekommt sie ein paar uralte Romanhefte angeboten: Wanda von Brannburg, Deutschlands Meisterdetectivin. Eine weibliche Heldin in einer Groschenheft-Serie aus der Kaiserzeit? Da gab es doch noch gar keine Detektivinnen! Aber das Manuskript, das Marie dann in die Hände fällt, ist von 1909 und anscheinend das Tagebuch einer jungen Baronesse, die in einen hochdramatischen Polit-Thriller verstrickt wird. Ist Wanda eine literarische Figur, oder hat sie wirklich gelebt?

In Dagmar Scharsichs filigranem Zwei-Zeiten-Roman sieht man förmlich, wie der erste Zeppelin über der Hauptstadt kreist: ein kriminell-berauschendes Sittenbild des alten und neuen Berlin.

Die gefrorene Charlotte

ariadne classic 011 · ISBN 978-3-86754-011-7

Berlin, August 1989, die letzten Wochen der DDR. Die stille Cora bekommt zum 30. Geburtstag sechs Gefrorene Charlotten, zarte Porzellanwesen aus Tantes kostbarer Puppensammlung. Dann plötzlich droht Pfändung, Cora trifft einen Antiquitätenexperten – ein Mord geschieht! Zugleich spitzt sich ringsum die Atmosphäre zu: In Berlin wächst der politische Unmut, bürokratischer Stellungskrieg und Verdächtigungen blühen. Wem kann Cora jetzt noch trauen?

»Ein ›Wendekrimi‹ über Antiquitäten, Stasi, Flucht, DDR-Alltag. Intensive Spannung!« *Sender Freies Berlin*

Kriminelle Heimat

Monika Geier

»Monika Geier verfügt über die Bösartigkeit aller guten Krimiautorinnen, über Witz und die Raffinesse für wirklich subtile Plots.« T. Gohlis, *Die Zeit*

Wie könnt ihr schlafen

Ariadne Krimi 1110 · ISBN 978-3-88619-840-5

Leichenfund in Kreimheim: Bettina Boll wird in die Pampa geschickt.In letzter Sekunde informiert man sie, dass die fragliche Babyleiche seit 25 Jahren da liegt. Viel Glück beim Ermitteln, Frau Boll!

Neapel sehen

Ariadne Krimi 1136 · ISBN 978-3-88619-866-5

Die Lehrerin Aurelie betreute Sorgenkinder der Gemeine – nun liegt sie tot im Steinbruch. Kommissarin Boll ermittelt in brütender Hitze und stößt auf menschliche Abgründe …

Stein sei ewig

Ariadne Krimi 1150 · ISBN 978-3-88619-880-1

Boll soll die Provinzvariante eines Kunstraubes aufklären. Dann gibt es eine böse Überraschung: Ein eiskalt inszenierter Mord erschüttert die Architekturfakultät Lautringens!

Schwarzwild

Ariadne Krimi 1174 · ISBN 978-3-86754-174-9

Verdächtige Knochen im Wildschweingehege. Eine spurlos verschwundene Wandersfrau. Kriminalkommissarin Bettina Boll forscht nach.

Die Herzen aller Mädchen

Ariadne Krimi 1184 · ISBN 978-3-86754-184-8

Bettina Boll begibt sich in die Welt der Bücherwürmer und Mittelalterforscher, stellt ihre Kombinationsgabe unter Beweis und lässt sich mit einem Verdächtigen ein.

